10|18
12, avenue d'Italie — Paris XIIIe

Sur l'auteur

Lauren Haney a été rédactrice technique au sein d'une entreprise californienne d'aéronautique durant quelques années avant de se consacrer à l'écriture. Férue de romans policiers et passionnée par l'Égypte antique, elle publie, en 1997, *La Main droite d'Amon*, la première enquête du lieutenant Bak. *A Path of Shadows*, neuvième roman de cette série, a paru aux États-Unis en 2003. Lauren Haney vit aujourd'hui à Santa Fe.

SOUS L'ŒIL D'HORUS

PAR

LAUREN HANEY

Traduit de l'américain
par Corine Derblum

10|18

INÉDIT

« Grands Détectives »
dirigé par Jean-Claude Zylberstein

Du même auteur
aux Éditions 10/18

LA MAIN DROITE D'AMON, n° 3386
LE VISAGE DE MAÂT, n° 3387
LE VENTRE D'APOPIS, n° 3450
► SOUS L'ŒIL D'HORUS, n° 3557

Titre original :
A Curse of Silence

ISBN 2-264-03711-3

Remerciements

D'abord et avant tout, je désire témoigner ma gratitude à Dennis Forbes pour sa générosité sans borne, qu'il me prodigue son temps et son savoir ou qu'il m'ouvre sa bibliothèque. Je remercie également Tavo Serina pour sa lecture critique du manuscrit et pour ses suggestions, comme toujours pleines de bon sens.

En outre, je tiens à remercier les égyptologues qui, par leurs travaux bien documentés, m'ont aidée à recréer l'ancienne Égypte dans les pages de ce roman. Pas un jour ne s'est passé sans que j'aie eu à chercher une information, et je l'ai généralement trouvée. Bien qu'ils soient trop nombreux pour être nommés, je leur exprime à tous ma reconnaissance.

En dernier lieu, mais certes pas par ordre d'importance, j'adresse mes très vifs remerciements à mon agent, Nancy Yost, et à mon éditrice, Lyssa Keusch, qui ont tant donné d'elles-mêmes pour moi.

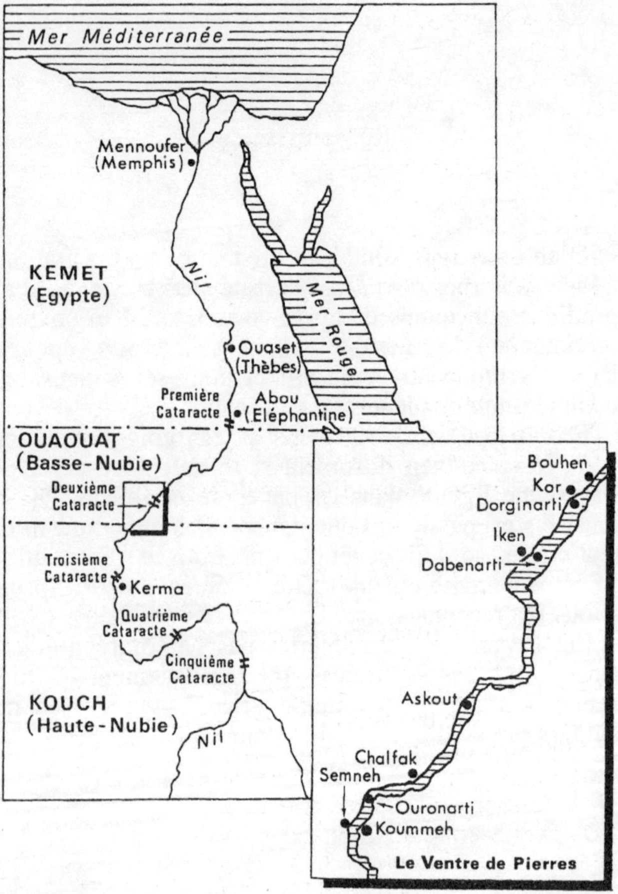
Mer Méditerranée
Mennoufer
(Memphis)
Nil
KEMET
(Egypte)
Mer Rouge
Ouaset
(Thèbes)
Première
Cataracte
Abou
(Eléphantine)
OUAOUAT
(Basse-Nubie)
Deuxième
Cataracte
Troisième
Cataracte
Kerma
Quatrième
Cataracte
Cinquième
Cataracte
KOUCH
(Haute-Nubie)
Nil
Bouhen
Kor
Dorginarti
Iken
Dabenarti
Askout
Chalfak
Semneh
Ouronarti
Koummeh
Le Ventre de Pierres

Personnages

Forteresse de Bouhen
Bak : lieutenant, chef de la police medjai.
Imsiba : sergent medjai, son second.
Pachenouro : sergent medjai.
Hori : jeune scribe de la police.
Thouti : commandant de la garnison.
Neboua : capitaine, son second.
Dedou : sergent d'infanterie.
Noferi : propriétaire d'une maison de plaisir, informatrice de Bak.

Ceux venus de la capitale, Ouaset
Amonked : cousin de la reine. Gardien des greniers d'Amon et inspecteur des forteresses de Ouaouat.
Nefret : sa concubine.
Horhotep : son conseiller militaire.
Sennefer : son beau-frère, un noble fortuné.
Minkheper : capitaine de vaisseau.
Merymosé : lieutenant de la garde.
Roï : un sergent, son second.
Thaneni : scribe d'Amonked.
Paouah : jeune héraut.
Mesoutou : servante de Nefret.

Autres personnages, de plus ou moins grande importance dans le voyage en amont
Baket-Amon : prince de Ouaouat.

Sechou : chef de la caravane.
Hor-pen-Dechret : puissant chef d'une tribu du désert.
Menou : jeune oisif.
Thoutnofer : propriétaire d'une maison de plaisir.
Meretrê : jeune fille de Ouaset.
Ouaser : commandant de la garnison d'Iken.
Ahmosé : lieutenant, chef de la garnison d'Askout.
Rona : chef d'un village situé aux environs d'Askout.

Ceux qui marchent dans les couloirs du pouvoir à Kemet

Maakarê Hatchepsout : souveraine de Kemet.
Menkheperrê Touthmosis : neveu de la reine, avec qui il partage officiellement le trône.

Dieux et déesses

Amon : le plus grand des dieux pendant la majeure partie de l'histoire égyptienne, et surtout au début de la XVIIIe dynastie, époque où se situe ce roman. Il revêt une apparence humaine.
Horus de Bouhen : version locale du dieu-faucon Horus.
Maât : déesse de l'ordre et de la vérité, symbolisée par une plume.
Hapy : personnification du Nil.
Hathor : déesse de l'amour, souvent dépeinte sous l'aspect d'une vache.
Osiris : roi du monde souterrain, figuré tel un homme enveloppé de bandelettes comme une momie.
Rê : le dieu-soleil.
Kheprê : le soleil levant.
Seth : dieu ambivalent, symbolisant en général la violence et habituellement représenté avec un corps d'homme et une tête de chien.
Thot : patron des scribes, dieu de l'écriture et du savoir.
Khonsou : dieu de la lune.
Dedoun : dieu du pays de Kouch.

1

— Le prochain est à toi, mon ami, dit le sergent Imsiba, évitant une paire d'oies vidées suspendues par les pattes à un auvent rudimentaire. On est à peine au milieu de la matinée, et j'ai déjà vu assez de gens danser autour de la vérité pour toute une journée.

Le lieutenant Bak, chef de la police medjai à la forteresse de Bouhen, sourit au grand Noir musclé, qui marchait à ses côtés avec la grâce d'un fauve.

— Tu montres beaucoup trop d'indulgence à leur égard.

— Je doute que ce misérable soit du même avis ! lui opposa Imsiba en désignant un marchand que deux lanciers entraînaient sans ménagement sur le sentier sablonneux, vers la citadelle. As-tu remarqué comment il ajoutait du poids à la balance chaque fois qu'il effleurait le fléau ? On pourrait croire qu'on a déjà tout vu, mais ce tour-là, je ne le connaissais pas, admit-il, encore sidéré.

— C'est là une nouvelle leçon, et un nouveau triomphe pour Maât, déesse de l'ordre et de la justice.

Imsiba sourit de ce ton sentencieux, rappelant celui d'un scribe que les deux compagnons n'appréciaient guère.

Bak s'écarta afin de laisser passer deux jeunes femmes. Elles pouffèrent, troublées par le geste de courtoisie de cet homme un peu plus grand que la moyenne, large d'épaules et bien découplé, doté d'un bâton de commandement. Bak passa les doigts dans ses cheveux courts, inconscient de l'émoi qu'il avait fait naître dans leur poitrine.

— Le commandant veillera à ce qu'il ne dupe plus personne pendant de longues années.

Un sourire grave effleura les lèvres d'Imsiba. On ne plaisantait pas avec Thouti. Ses jugements étaient rigoureux et les punitions qu'il infligeait rarement oubliées par les coupables.

Les deux policiers avancèrent d'un pas nonchalant entre les rangées irrégulières d'auvents, dressés pour offrir de l'ombre aux vendeurs et aux clients, ainsi qu'aux marchandises. Le marché se tenait deux fois par semaine, entre l'enceinte extérieure et la forteresse. Ils évitèrent des hommes, des femmes, des enfants et des animaux ; ils enjambèrent des détritus et du crottin en prenant garde à ne pas heurter les minces poteaux soutenant les abris. Ce faisant, ils jetaient çà et là des regards inquisiteurs pour déceler une expression, un geste furtif laissant suspecter des pratiques malhonnêtes. Parfois, une marque de bonne humeur, un signe du menton, un sourire ou quelques paroles aimables les accompagnaient, allégeant la besogne ingrate mais nécessaire qu'ils accomplissaient périodiquement.

Le temps était d'une chaleur inhabituelle pour cette saison, la plus fraîche de l'année. Le soleil qui dardait ses rayons les baignait de sueur. Une brise du nord légère et sporadique poussait des tourbillons de poussière sur les chemins. Les mille effluves du commerce flottaient autour d'eux : épices, poisson, bétail, bois fraîchement coupé, viande braisée, oignons, parfums et transpiration. A travers le flux et le reflux des voix, on entendait des ânes braire dans les enclos et des chiens aboyer.

— Lieutenant Bak ! Chef !

Un lancier se frayait précipitamment un chemin vers eux, élevant son arme au-dessus de sa tête de sorte que le reflet du soleil sur la pointe de bronze attire leur attention. Les deux officiers accélérèrent le pas pour aller à sa rencontre. Bak le reconnut : c'était un des dix soldats chargés de maintenir l'ordre sur le marché.

— Un problème ?

— Une simple rumeur, chef. Du moins, je l'espère...

Ils étaient probablement du même âge — vingt-cinq ans —, cependant le lancier lui répondait avec la déférence due à son supérieur.

— En ce moment même, l'histoire se répand d'étal en étal. Je prie pour que tu puisses la démentir.

Les rumeurs volaient le long du fleuve plus vite que le vent, s'amplifiant telle une tempête de sable balayant le désert. Bak aurait souri si l'inquiétude manifeste du soldat ne l'avait incité à ne pas prendre l'affaire trop à la légère.

— Qu'as-tu entendu ?

— On prétend que l'armée va quitter Bouhen et toutes les forteresses de la frontière sud. Qu'il nous faudra retourner à Kemet. Que ceux qui souhaitent rester à Ouaouat [1] — et nous sommes nombreux dans ce cas — se retrouveront seuls, abandonnés de notre souveraine et de notre patrie. Chef, dit le lancier, la voix tremblante d'émotion, j'ai pris pour épouse une femme de ce pays. Comment l'arracher, elle et nos enfants, à leur foyer, leur famille, leur village ? Non, je ne le pourrai pas !

— Nous n'avons rien entendu de ce genre.

Imsiba semblait préoccupé et, remarqua Bak, aussi sceptique que lui. Pareille idée était inconcevable.

Thouti, le premier, aurait appris une nouvelle d'une telle gravité. Puisqu'il ne les en avait pas informés, ce n'était rien de plus : une simple rumeur. Des divagations auxquelles il fallait mettre un terme avant qu'elles ne sèment la panique parmi tous ceux qui vivaient près du fleuve, militaires et civils. L'armée consommait non seulement les céréales de Kemet, mais nombre de denrées cultivées ou fournies par les agriculteurs. Sans les

1. Ouaouat : Basse-Nubie. (*N.d.T.*)

troupes, non seulement ceux-ci deviendraient la proie des nomades du désert, mais ils ne trouveraient plus de marché pour leurs produits. Leur propriété péricliterait, leur terre mourrait.

Mais souvent, la rumeur la plus extravagante comportait une bribe de vérité.

— Je doute qu'il y ait un fondement là-dedans, dit Bak au lancier d'un ton rassurant, mais je me pencherai sur cette affaire avant la nuit.

— Il essaie de me voler !

L'homme mince, à la peau sombre, devait venir du désert méridional car il portait un pagne mi-long, en peau souple teinte en rouge, lustrée par l'usure. Il regardait d'un œil noir le gros marchand assis dans le sable devant lui, qui protesta avec indignation :

— Il se trompe, lieutenant ! M'as-tu déjà pris à voler qui que ce soit ?

Bak, qui ne l'avait encore jamais vu, passa parmi la douzaine de chèvres blanches à longs poils qui entouraient l'homme du désert. Un chien jaune les maintenait groupées, mordillant le flanc de celle qui osait s'écarter. Les poings sur les hanches, le policier considéra les objets étalés devant le marchand : un panier rempli de perles de pierre et d'amulettes, une dizaine de sacs dont l'ouverture révélait des céréales, quinze jarres renfermant de la bière, du miel et de l'huile, ainsi qu'une pile de peaux exhalant la puanteur âcre du tannage. Des perles de toutes les couleurs, enfilées et roulées en spirales pour les mettre en valeur, et sept amulettes au bout de cordelières étaient posées sur un morceau d'étoffe blanche. Rien dans tout cela que de très banal.

— Je sais compter, et je vois ce qui est juste et ce qui ne l'est pas, affirma le chevrier.

— Vous êtes bien tous les mêmes, rétorqua le marchand d'un ton de mépris. Vous arrivez du désert avec vos bêtes faméliques et vous voulez en échange la moitié des richesses de Kemet.

Les yeux de son accusateur étincelèrent de colère.

— Lieutenant, il a essayé de me donner cinq jarres d'huile au lieu des six promises. L'amulette en cristal est fêlée, et aucun des colliers de perles n'a l'air aussi long qu'il le prétend. Je parierais ma propre fille qu'il a alourdi le blé avec des pierres.

Le marchand s'empara des colliers brillants posés sur l'étoffe, les jeta dans le panier de perles et se leva d'un bond.

— Regarde ces chèvres ! Aussi maigres que des épis dans un champ desséché. On ne pourra pas les abattre avant au moins deux mois.

Son empressement à faire disparaître les colliers montrait qu'il ne tenait pas à ce qu'on les regarde de trop près. Bak soupçonnait que les autres produits ne résisteraient pas davantage à l'examen. Étouffant un soupir, il leva brièvement les yeux vers Rê, orbe jaune dans le ciel pâle. A peine midi ; encore au moins une heure avant qu'acheteurs et vendeurs ne commencent à partir. Il implora Amon afin de conserver sa patience. Il avait hâte de parler au commandant Thouti, d'apaiser son cœur concernant la rumeur qu'il n'avait cessé d'entendre depuis sa conversation avec le lancier.

Essuyant son front en sueur, il s'agenouilla au milieu des chèvres. Il attrapa la plus proche, dont le bêlement de frayeur affola les autres, qui voulurent s'enfuir. Le chien les en dissuada en jappant. Bak passa les mains sur le dos de la captive, le long de son ventre et de ses pattes. Elle était aussi douce qu'une concubine choyée dans une noble maison. Il la libéra, examina la suivante, puis une troisième.

— Ça ne leur ferait pas de mal d'être un peu engraissées, mais elles sont saines et vigoureuses.

— Tu vois ! triompha le marchand en se tournant vers le chevrier. Elles ne valent pas le prix entier, c'est bien ce que je te disais.

L'homme lança au lieutenant un regard désabusé, visiblement convaincu que, comme si souvent, un représentant de la loi se rangeait du côté du plus malin.

Excédé par son peu de confiance, Bak se leva. D'un geste preste, il prit les colliers du panier. Le marchand étouffa un cri, tendit la main pour les lui reprendre, se ravisa au dernier moment. Bak mesura les longueurs de perles multicolores contre son bras. Pas deux identiques, et toutes trop courtes. Il examina tour à tour les amulettes des cordelières. Le cristal de roche était fendillé, comme l'affirmait le chevrier. Les autres pierres, grossièrement sculptées, étaient d'une qualité médiocre et présentaient des défauts.

Jetant le tout dans le panier, Bak s'accroupit devant un sac de blé. Le marchand marmonna une obscénité quand, ayant enfoncé profondément ses doigts à l'intérieur, il en remonta un caillou de la taille d'un radis. Poussant plus loin l'exploration, il pêcha une demi-douzaine de pierres similaires et deux autres grosses comme des œufs de cane. Une chèvre écarta son coude afin d'accéder au grain. Le marchand se taisait, conscient qu'aucune excuse ne le sauverait. Le nomade balançait entre la satisfaction d'avoir démontré sa bonne foi et l'incertitude quant à l'issue de la dispute.

Bak se leva : il en avait assez vu. Il fit signe au chevrier de retenir sa bête avant qu'elle ait mangé du blé et détruit une preuve en altérant le poids du sac. Il agita la main pour attirer l'attention du sergent de la patrouille. Celui-ci accourut, deux lanciers sur ses talons.

— Conduis cet homme au poste de garde, avec ses marchandises. Que mon scribe Hori en dresse l'inventaire ; qu'il note scrupuleusement le poids des sacs, les différentes longueurs de perles et chaque anomalie qu'il constatera. Cela ne me surprendrait pas que la bière soit coupée ou qu'il découvre des pierres dans le miel et dans l'huile.

Le marchand s'approcha discrètement de Bak et lui dit à mi-voix :

— Lieutenant, j'apprécie autant ma liberté que toi, la

tienne. Je peux sûrement te rendre un petit service, te procurer quelque chose dont tu n'aurais pas les moyens. Un présent de choix, digne d'un homme de goût, prêt à fermer les yeux sur une petite faute.

Méfiant, le chevrier s'efforçait de les entendre.

— Une « petite » faute, vraiment ? ironisa Bak, une lueur inquiétante au fond des yeux.

Le marchand ne s'en rendit pas compte.

— Je possède une servante, une jolie fille de quatorze ans. Elle n'est plus chaste et pure, mais c'est encore mieux. Permets-moi de te l'offrir.

— Tenterais-tu de me soudoyer ?

— Non ! Non, lieutenant, tu te méprends ! protesta le marchand, livide.

— Emmenez-le, ordonna Bak.

Avec l'indifférence qu'inspire une besogne répétitive, le sergent commanda à ses hommes de ramasser les objets disposés sur le sable tandis qu'il entravait les bras du prisonnier dans des menottes de bois.

Le nomade, stupéfait, les regarda partir. Bak posa la main sur son épaule.

— Il ne volera plus personne pendant des mois, et après avoir purgé sa peine, je doute qu'il soit tenté de recommencer.

Intimidé par tant de bonté, l'homme contempla les bêtes qui l'entouraient.

— Je ne pouvais sacrifier mes chèvres à vil prix. Elles sont comme des enfants pour mon épouse et moi, comme des sœurs pour notre petit garçon et notre petite fille.

— La plupart des commerçants de ce marché mènent honnêtement leurs transactions. Mais, personne ne t'a donc jamais dit que la valeur de tes bêtes réside dans leur toison superbe, et non dans leur chair ? demanda le lieutenant, grattant les têtes avides de caresses qui se tendaient vers lui.

— Si. Je troque quelquefois le fil que ma femme tire de leur laine ; j'en connais la valeur. Mais leur chair nous permet de subsister, autant que leur lait et leur pelage.

Les chèvres se pressaient contre les jambes de Bak, confiantes, innocentes. Aussi douces que des animaux familiers. Il parcourut les allées du regard, passant d'un étal à l'autre à la recherche d'un cultivateur qui venait souvent vendre ses produits. Enfin il l'aperçut, assis à l'ombre d'un toit en joncs tressés, au milieu de fruits et de légumes. Netermosé, bon et chaleureux, aimait sa terre et ses animaux par-dessus tout.

— Je connais un homme pour qui ces chèvres seraient plus précieuses vivantes. Laisse-moi te conduire à lui.

— Hor-pen-Dechret !

Dans la bouche de Sechou, le chef caravanier, ce nom sonnait comme une malédiction.

— On dit que ce chien est revenu.

— Il n'oserait pas, dit le capitaine Neboua avec contrariété.

— Qui donc ? demanda Bak.

Il détourna les yeux de la multitude de gens qui marchaient vers la porte de la citadelle, se hâtant de rentrer chez eux avec leurs provisions, leurs bêtes et les mille nécessités de la vie.

— Hor-pen-Dechret. « L'Horus du désert », ainsi qu'il aime à se faire appeler ! railla Neboua en crachant par terre.

Agé d'une trentaine d'années, le grand officier à la carrure imposante et aux traits épais était le second de Thouti. Ses cheveux indisciplinés avaient, comme toujours, besoin d'être coupés. La sueur dessinait des filets dans la poussière dont il était couvert, car il revenait du terrain de manœuvre, hors de l'enceinte, où il avait supervisé l'entraînement des nouvelles recrues.

— Le plus rusé et le plus sanguinaire des chefs de tribu, expliqua Sechou. Il ignore la peur.

— Pendant des années, il a rêvé d'imposer sa loi sur cette partie du fleuve, et de s'enrichir en levant une taxe sur tous ceux qui l'empruntent, continua Neboua avec mépris.

— C'est vrai, acquiesça le chef caravanier. Et ce rêve, on dit qu'il ne l'a jamais perdu.

Sechou, de taille moyenne, avait les muscles fuselés et la peau tannée de celui qui a passé près de quarante années de sa vie à marcher sous le soleil. Ses yeux vifs et perçants, ses pommettes saillantes, son nez aquilin témoignaient que ses ancêtres avaient jadis foulé le désert oriental.

Bak se souvenait vaguement d'avoir entendu parler d'Hor-pen-Dechret. Il s'engagea dans le flot humain qui s'amenuisait et, encadré par Neboua et Sechou, il se rendit d'un pas énergique vers la résidence du commandant. Comparé à la possibilité d'une évacuation militaire de la frontière, le retour d'un pillard du désert semblait dérisoire.

— Sa bande et lui harcelaient les caravanes, les villages, et même les unités restreintes de soldats quand le risque en valait la peine, se rappela Neboua. Ils raflaient les provisions, les bêtes, les femmes, les armes — tout ce sur quoi ils pouvaient mettre le grappin —, et faisaient régner la terreur le long du fleuve. Jusqu'à il y a cinq ou six ans — bien avant ton arrivée à Bouhen, Bak. Le commandant Nakht, le prédécesseur de Thouti, résolut d'écraser ce misérable serpent. Il forma une compagnie et prit la tête de la colonne ; j'étais à ses côtés. Ce bandit nous échappa, mais fut contraint de fuir loin dans le désert, et nombre de ses partisans furent anéantis. Voilà des années qu'il n'avait plus fait parler de lui, et je pensais ne jamais le revoir.

— J'espérais qu'il était mort, admit Sechou, en s'arrêtant à la croisée du sentier qui conduisait aux enclos. Les dieux n'ont pas choisi de nous exaucer, semble-t-il.

— Je n'y crois pas ! s'écria Neboua, l'air dur et buté. Il n'aurait pas le front de revenir.

Dubitatif, Sechou tourna les talons et remonta le sentier.

Des rires attirèrent l'attention du lieutenant vers un groupe de soldats, occupés à désensabler la route encaissée qui rejoignait l'esplanade, au pied de la muraille. Il ne les enviait pas. Le soleil martelait le haut mur à tourelle qui dressait sa blancheur aveuglante au-dessus du désert, transformant la route en fournaise. Tout en haut, sur les remparts, une sentinelle se pencha d'une tour en saillie pour observer le marché presque vide.

— Quoi qu'il en soit, ces rumeurs doivent être rapportées au commandant avant qu'il ne les apprenne par d'autres.

— Il ne nous remerciera pas de lui relater ces stupidités.

— Ni de les lui avoir tues, si elles répandent la panique.

— Chef ! Chef !

Le scribe Hori courait vers eux, évitant les hommes et les femmes chargés de marchandises et deux chiens haletants, trop accablés par la chaleur pour aboyer. C'était un adolescent d'une quinzaine d'années, un peu grassouillet.

— Le commandant veut vous voir, toi et le capitaine Neboua.

— Que se passe-t-il encore ?

Hori essuya les perles de sueur sur sa lèvre supérieure.

— Le scribe qui a transmis l'ordre au poste de garde a dit qu'un courrier est venu de Ma'am, porteur d'un message du vice-roi. Peu après, il a entendu le commandant hurler à Tiya et à Meryet qu'il ne voulait plus voir leurs petits braillards dans ses jambes.

— Oh oh ! murmura Neboua.

Tiya et Meryet étaient l'épouse et la concubine de Thouti, qui considérait d'ordinaire les nombreux petits enfants de la maisonnée avec l'indulgence d'un père au cœur tendre. Bak marmonna un juron. Malgré de brusques sautes d'humeur, Thouti conservait généralement son sang-froid. Quelle avait été la teneur du message, pour qu'il s'en prenne aux êtres qui lui étaient les plus chers ?

— Un fonctionnaire de second ordre ! Gardien des greniers d'Amon ! vociférait le commandant d'une voix vibrante de fureur. A quoi pense donc notre souveraine ? Un homme qui ne connaît rien à l'armée, qui ne sait sûrement pas tenir une lance ni même marcher au pas ! Et il est censé inspecter les forteresses de Ouaouat ? Par la barbe d'Amon, quel esprit malin s'est emparé d'elle ? s'écria-t-il en abattant le poing sur son accoudoir.

Bak échangea un coup d'œil avec Neboua, debout à côté de lui devant Thouti. Le capitaine, peu adonné à la diplomatie et à la patience, se trouvait pour une fois réduit au silence. Pas plus que Bak, il ne jugeait opportun d'interrompre le commandant pour l'informer des rumeurs qui circulaient au marché.

— Pas même le vice-roi Inebni, le fonctionnaire le plus puissant de Ouaouat et de Kouch [1], ne pourrait empêcher cette maudite inspection. Savez-vous pourquoi ?

— Non, chef ! répondirent Bak et Neboua à l'unisson.

Que Thouti n'ait pas pensé à leur offrir un siège, et de la bière pour étancher leur soif montrait assez l'ampleur de sa colère. Il fronçait ses épais sourcils noirs et redressait son menton volontaire, la bouche dure et pincée.

Il se leva d'un bond et ouvrit la porte de sa salle d'audience privée. Au-dehors, la cour était aussi silencieuse qu'un tombeau à jamais scellé. Pour obtenir ce calme rarissime, Tiya et Meryet étaient sans doute sorties avec les enfants.

— C'est le cousin de notre souveraine, cracha Thouti. Le propre cousin de Maakarê Hatchepsout ! Lui qui, nourrisson, rampait déjà dans les couloirs du pouvoir, s'entend à plaire aux grands de Kemet.

— Je ne comprends pas, chef.

Bak passa le pouce sous la ceinture de son pagne pour tenter d'en déloger le sable. Il devait avoir l'air aussi sale que Neboua.

1. Royaume indépendant conquis au Nouvel Empire ; terme générique pour désigner la Nubie. (*N.d.T.*)

— Le vice-roi inspecte régulièrement les forteresses. Pourquoi la reine envoie-t-elle un autre émissaire ?

— Ne se fie-t-elle plus à Inebni ? questionna Neboua.

Thouti les considéra avec surprise, comme s'il ne lui était pas venu à l'esprit qu'il ne se faisait pas entendre clairement.

— Que faites-vous debout, tous les deux ? Où est la bière que j'ai demandée pour vous ?

Il sortit dans la cour et cria à une servante d'apporter à boire.

Neboua adressa un clin d'œil à Bak, qui esquissa un sourire et chercha des yeux où s'asseoir. Contre le mur s'entassaient des armes. Des jouets encombraient le sol, les coffres et les tabourets. Près du fauteuil de Thouti, un panier débordait de rouleaux de papyrus. Bak balaya d'un geste les pièces d'un *senet*[1] dans le tiroir d'une table de jeu et posa sur le dessus les assiettes d'une dînette, libérant un tabouret. Neboua ramassa un siège pliant d'une main et, de l'autre, une poupée de chiffon, un jouet en bois à tirer par une ficelle et plusieurs balles qu'il jeta dans un panier, comme s'il s'entraînait en prévision du temps où son bébé serait en âge de semer le désordre.

Regagnant son fauteuil, Thouti ajusta l'épais coussin chamarré et s'assit. Pendant que ses subordonnés s'installaient devant lui, il passa sa main sur son front, ses yeux, son menton bleui par une barbe naissante. Il attendit pour parler que la servante soit partie et que chacun des deux hommes ait goûté l'âcre breuvage épais dans sa cruche. Il paraissait las, vidé par son explosion de colère.

— Amonked, gardien des greniers d'Amon, fait voile vers Ouaouat en ce moment même afin d'inspecter nos forteresses. Selon Inebni, qui s'appuie sur plusieurs sources dignes de foi à la maison royale, la reine est indifférente à nos actions militaires contre les pillards du

1. Jeu composé d'une tablette de trente cases, de pions noirs et blancs, et d'osselets. (*N.d.T.*)

désert, qui convoitent ce qui lui appartient de droit. Elle veut abandonner la plupart des places fortes du Ventre de Pierres et transformer le reste en entrepôts pour les marchandises qui transitent par le fleuve. Les effectifs de l'armée seraient réduits au strict minimum et la suprématie reviendrait aux fonctionnaires.

« Ainsi, la rumeur était fondée, songea Bak avec consternation. Pas étonnant que Thouti soit dans tous ses états ! »

En tant que commandant de Bouhen, la plus grande cité fortifiée de la frontière, Thouti administrait les dix forteresses qui formaient une chaîne plus au sud, sur la partie du fleuve nommée le Ventre de Pierres. Une région aride, désolée et rocailleuse, où quantité d'îlots et de rapides rendaient les eaux impraticables sauf au plus fort de la crue. Même alors, les navires n'accomplissaient ce périple qu'au prix d'extrêmes difficultés. Le plus clair de l'année, les marchandises étaient transportées à dos d'âne, par des caravanes qui empruntaient la piste du désert parallèle à la rive. Les garnisons protégeaient et contrôlaient le trafic à travers ce couloir naturel ; elles percevaient les tributs et les taxes, menaient des expéditions punitives. Aucune de ces tâches n'était assez noble pour valoir à un soldat l'or de la vaillance, néanmoins Bak ne doutait pas de leur nécessité.

— Notre succès l'aveugle, grogna Neboua. Si nous avions perdu un convoi d'or ou si l'un de ses précieux émissaires avait été enlevé afin d'être échangé contre des trésors, elle serait moins pressée de se débarrasser de nous.

— Menkheperrê Thoutmosis [1] est-il au fait de la situation ? demanda Bak.

Le beau-fils et neveu d'Hatchepsout, qui ne gouvernait avec elle qu'officiellement, était aux yeux de bien des gens l'unique héritier légitime. Alors que la reine résidait à Ouaset, entourée de fidèles conseillers, le jeune

1. Touthmosis III. (*N.d.T.*)

homme vivait dans la capitale du Nord, Mennoufer, où il avait entrepris de reconstruire l'armée négligée depuis des années par le pouvoir.

— Qu'est-ce que cela y changerait ? Tu sais comment elle est quand son cœur se fixe un but, remarqua Thouti, qui avala une longue gorgée de bière, puis s'essuya la bouche d'un revers de main. Amonked progresse rapidement. Il devrait arriver à Bouhen dans environ une semaine.

— Que pouvons-nous faire ? interrogea Bak d'un ton déterminé.

— Je projette d'accompagner le groupe d'inspection en amont, révéla Thouti avec un fin sourire. J'expliquerai à Amonked l'importance de l'armée pour cette terre et cette population, ainsi que les enjeux qu'elles représentent pour nous. Je lui montrerai que leur prospérité tient à notre présence, car nous les protégeons au même titre que l'or, l'ébène et les pierres précieuses tant convoités par la maison royale. Chacun de vous désignera un sergent pour m'escorter. Cet homme devra être digne de confiance, il devra savoir se défendre en cas de besoin et ne pas se laisser intimider par une bande de scribes vaniteux.

— Le sergent Pachenouro, proposa Bak. Excepté Imsiba, c'est mon meilleur Medjai.

Neboua se gratta pensivement le crâne.

— Le sergent Dedou entraîne les nouvelles recrues et aurait grand besoin d'un répit.

— Approuvé.

Thouti jeta un coup d'œil ennuyé vers l'autre côté de la résidence, par-delà la cour, où deux femmes s'efforçaient sans grand succès de chuchoter.

— J'ai envoyé un messager en amont afin d'avertir les commandants des différentes forteresses. Il me déplaît de leur annoncer cette mauvaise nouvelle, cependant ils doivent s'y préparer.

— Mieux vaut qu'ils l'apprennent par toi que par la rumeur, approuva Bak, qui s'expliqua davantage et évoqua aussi, pour faire bonne mesure, la possibilité d'un retour du pillard Hor-pen-Dechret.

Thouti fut soulagé que sa missive soit partie à temps, même si le messager devait laisser dans son sillage la colère et la rancœur. Quant à Hor-pen-Dechret, il ne lui accorda guère d'attention. Il partageait le sentiment de Bak : comparé à un désastre peut-être imminent, les visées d'un chef tribal semblaient de moindre importance.

— Il te faudra plus de deux sergents pour protéger Amonked, observa Neboua, étirant ses jambes devant lui en remuant ses orteils sales. Une compagnie de lanciers n'y suffirait pas !

Thouti se rembrunit à cette plaisanterie, trop proche de la vérité à son goût.

— Combien de temps résidera-t-il à Bouhen ? s'enquit Bak.

— Seulement quelques jours, j'espère.

— Et de quel genre de protection aura-t-il besoin ?

Songeur, Thouti tapota machinalement l'accoudoir de son fauteuil.

— Durant son séjour ici, nous le logerons, lui et sa suite, dans la maison qu'occupaient le lieutenant Neferperet et sa famille avant leur retour à Kemet. Elle se trouve assez près de la résidence pour qu'il ne puisse s'offusquer et assez loin pour que sa présence n'occasionne pas une gêne constante.

— Mais elle est en ruine, remarqua Neboua.

Le commandant balaya cette objection d'un geste de la main.

— Elle sera réparée, repeinte et remeublée. Cela devrait suffire. Ils ne peuvent s'attendre au luxe de la capitale.

— Et en ce qui concerne la protection ? insista Bak.

— Je veux que cette bâtisse soit parfaitement gardée, lieutenant. Par des Medjai, non par des soldats dont l'avenir repose peut-être entre les mains d'Amonked. Et, ajouta Thouti d'un ton tranchant, pas question que quiconque ici lui porte ombrage en raison de sa mission. Je ne tolérerai pas plus que ses subalternes créent le moindre problème.

— Compris, chef. Mais sait-il que le niveau du fleuve est trop bas pour remonter le cours, au sud de Kor ? Il faudra organiser une caravane afin de couvrir la distance jusqu'à Semneh.

L'ancien fortin de Kor était situé à une heure de marche de Bouhen, à l'embouchure du Ventre de Pierres. Il servait d'étape. Là, les marchandises des navires étaient chargées sur des ânes, en vue du long voyage qui permettrait de contourner les rapides ; au retour, les nouvelles denrées convoyées par les bêtes étaient transférées à bord.

— S'il ne l'a pas appris des marins habitués à nos eaux, le vice-roi comblera cette lacune.

Un éclat de rire, vite étouffé, attira l'attention de Thouti vers la porte.

— Il lui faudra un chef de caravane, capitaine. Un homme à qui tu confierais ta vie. Si détestable que soit la mission qui l'amène, le voyage d'Amonked doit se dérouler sans heurt afin qu'il n'ait aucun motif de plainte.

— Sechou ! proposa Neboua sans une hésitation. Il est de passage à Bouhen. Dois-je aller le chercher ?

— Au plus vite ! dit Thouti, d'un ton aussi sec qu'un champ délaissé par la crue. Avec de la chance, j'arriverai à le convaincre de diriger la caravane.

— Maintenant que j'ai nourri le petit Hori, je suppose que tu voudras aussi te remplir le ventre, maugréa Noferi.

— Une cruche de bière fera l'affaire.

Bak suivit la vieille obèse dans la cour, où un mince adolescent à la peau foncée allumait une torche pour refouler les ténèbres.

— J'ai mangé à la caserne avec mes hommes. Ragoût de poisson, comme d'habitude.

— Tu as entendu, Amonaya, dit-elle au jeune garçon. Apporte de la bière, puis va chercher ton nécessaire à écrire. Hori t'attend.

Il grimaça derrière son dos, faisant savoir à Bak qu'il n'appréciait pas les leçons que le scribe de la police acceptait de lui donner. Noferi tenait à ce qu'il puisse, à l'avenir, l'aider à diriger son affaire, la plus grande maison de plaisir de Bouhen.

Une malédiction vigoureuse résonna par une porte ouverte donnant sur la vaste pièce principale. A l'intérieur, quatre hommes assis par terre jouaient aux osselets ; une douzaine d'autres et deux jeunes femmes à peine vêtues, formant de petits groupes, discutaient à voix basse, une cruche de bière à la main. Des paris furent lancés, les osselets roulèrent bruyamment sur le sol, le gagnant leva les bras en clamant sa joie. Bak craignit pour sa sécurité. Les nerfs étaient à fleur de peau depuis que la nouvelle d'une mission d'inspection s'était propagée.

D'un pas traînant, Noferi traversa la cour vers une chaise de bois, placée de sorte qu'elle puisse voir et être vue de ses clients. Satisfaite, elle s'installa avec une dignité royale sur les épais coussins qui garnissaient le siège neuf, symbole de sa prospérité, qu'elle avait fait venir de Ouaset.

Se détournant pour dissimuler un sourire affectueux, Bak s'assit sur un banc de brique attenant au mur. La brise, si agréable lorsqu'il s'était baigné dans le fleuve, au crépuscule, avait fraîchi. Elle faisait bruire les feuilles de palmier de l'auvent qui abritait la moitié de la cour, et danser les branches d'un sycomore en pot. Six grosses jarres appuyées contre le mur du fond exhalaient de forts effluves de bière.

— Le commandant attend un visiteur de haut rang. Le sais-tu ?

— Qui l'ignore encore ? La nouvelle s'est répandue dans tout Bouhen comme la paille sous le vent. Un noble fonctionnaire vient conduire une inspection dans le

Ventre de Pierres. Il conclura que les forteresses sont inutiles, et nous avec.

« La rumeur n'est pas encore éloignée de la réalité, mais d'ici quelques jours, elle sera exagérée au point d'en être méconnaissable, songea Bak. Le temps que le groupe d'inspection arrive, Amonked sera l'homme le plus haï de la frontière. »

— Dis-moi, vieille femme, toi qui résidais autrefois dans la capitale, as-tu connu ce gardien des greniers d'Amon ?

Un jeune lion, presque adulte, sortit de l'ombre à pas feutrés pour s'allonger aux pieds de Noferi. Tandis qu'elle se penchait pour lui gratter le cou, Bak entrevit sur son visage l'expression de ruse familière.

— Si tu veux que je te fournisse des renseignements valables, commence donc par me dire son nom.

— Quoi, tu ne l'as pas entendu ? demanda Bak d'un air de stupeur. Que vais-je faire ? Chercher un nouvel informateur, que la prospérité n'empêche pas de marcher dans les rues de cette ville en ouvrant les yeux et les oreilles ?

Elle joignit les mains contre sa poitrine et, levant son regard vers les étoiles, répliqua avec emphase :

— Que de fois ai-je supplié les dieux de me libérer de toi !

Il tapota le genou gras, dissimulé sous la longue tunique blanche.

— Avoue que je te manquerais, tout comme mes questions.

— Autant qu'une épine dans la plante du pied, répliqua-t-elle d'un ton bourru, les yeux pétillant de malice.

Amusé, Bak étendit ses jambes et croisa les chevilles.

— L'inspecteur se nomme Amonked. Cousin de notre souveraine.

Elle le regardait fixement, remuant des pensées indéchiffrables, dont Bak soupçonna qu'elles lui coûteraient cher. Soudain, elle pouffa de rire.

— Intendant d'Amon. Pas un titre très brillant, si tu

veux mon avis. J'aurais cru qu'Hatchepsout récompenserait mieux son dévouement aveugle.

— Tu ne cesseras jamais de m'étonner ! s'esclaffa Bak. Connaissais-tu tous les hommes de la capitale ?

— J'ai entendu parler d'Amonked, voilà tout.

Amonaya franchit la porte, apportant un panier rempli de cruches de bière. Il approcha une petite table basse, y déposa son fardeau et se hâta de repartir.

— Il ne fréquentait pas l'endroit où je travaillais, reprit Noferi, et je ne l'ai jamais vu quand on m'appelait ailleurs, pour divertir les hommes de pouvoir ou de valeur.

Bak brisa le bouchon de terre séchée qui scellait une cruche et la lui tendit. Jadis courtisane et d'une foudroyante beauté, elle avait été adulée par des princes, comme le lui avait appris un homme qui l'avait connue bien longtemps auparavant. Les années avaient effacé ses attraits, mais ses souvenirs demeuraient et, même si elle n'aimait pas y replonger, ils étaient pour Bak une chance inespérée. Les lui arracher exigeait souvent plus de patience qu'Amon lui-même n'en possédait, mais ces informations le valaient bien.

Les osselets roulèrent, un homme se lamenta ; à cet instant précis, Neboua fit irruption dans la salle. Il sortit dans la cour, prit une cruche dans le panier et se tourna pour la tendre à Sechou, juste derrière lui. Les cheveux humides, les deux hommes venaient de plonger dans le fleuve. Comme Bak, ils portaient des pagnes courts d'une blancheur immaculée.

— Regarde-les ! dit Neboua en observant tour à tour Bak et Noferi. Aussi joyeux qu'un prêtre et une pleureuse.

Sechou s'approcha de Noferi en souriant et lui pinça la joue.

— Superbe chaise, ma chère. Et bien digne de la femme la plus charmante de la frontière sud.

Bak contint son hilarité et Neboua parut décontenancé. Pour traiter Noferi avec tant d'impudence, il fallait se prévaloir d'une amitié solide ou posséder un rare courage. Elle éclata de rire, si fort qu'elle en eut les larmes aux yeux, et Sechou avec elle. Les officiers ne résistèrent pas à cette gaieté communicative.

Quand ils eurent recouvré leur sérieux, Sechou alla chercher deux tabourets et en offrit un à Neboua. Bak lui demanda :

— As-tu accepté de diriger la caravane d'Amonked ?

— Oui. Je ne peux pas dire que le but de sa mission m'enchante. Sans les garnisons du Ventre de Pierres, le pays de Kemet peut aussi bien renoncer à Ouaouat. Mais comment refuser ? Je connais les tribus de maraudeurs qui sévissent dans la région, sans parler d'Hor-pen-Dechret.

— Des rumeurs aussi fausses qu'une perruque de cérémonie, affirma Neboua.

Ne partageant visiblement pas cette conviction, Sechou poursuivit :

— Je ne serais pas tranquille si je tournais le dos en laissant cette caravane foncer droit vers les ennuis. Non seulement Amonked, mais de nombreux âniers pourraient être blessés ou tués.

— Je n'ai pas entendu parler de raids, récemment, remarqua Noferi.

— Il n'y en a pas eu, répondit Sechou, qui s'accouda sur ses genoux, la cruche entre les mains. Les tribus ont été calmes cette année. Elles se sont tenues à l'écart du fleuve, car la nourriture ne manquait ni pour les bêtes ni pour les gens. D'après ce que j'ai entendu, aucun des points d'eau ne s'est tari et la plupart des oasis sont verdoyantes. Mais ça ne veut pas dire que les nomades résisteront à la tentation. J'imagine mal un homme de haut rang voyager avec aussi peu de confort que nous.

Ils s'entre-regardèrent sombrement, sachant, comme ceux qui vivaient sur la frontière, à quel point les nomades pouvaient être dangereux face à un riche butin. Les trois hommes avaient une expérience de première main, ayant personnellement affronté les pillards. Quant à Noferi, elle avait vu des caravanes en déroute arriver dans la forteresse, ayant perdu la plupart de leurs ânes, et les hommes plus morts que vifs.

Sans s'attarder sur ce point, Bak se servit une nouvelle bière et en passa aux autres.

— Noferi s'apprêtait à révéler ses plus noirs secrets.

— Ah ! Me cacherais-tu quelque chose, mon amour ? interrogea Sechou, la voix soudain brisée par une feinte émotion.

Un sourire joua sur les lèvres de Noferi.

— Nous parlions de la jeunesse d'Amonked. Comme je le disais à Bak, je ne l'ai pas connu. Il était plus jeune que moi, et pas du genre à fréquenter les maisons de plaisir. Néanmoins, c'est un petit monde que la noblesse et je savais certains détails à son sujet.

Elle se baissa pour caresser le fauve, qui se mit à ronronner.

— Amonked passait pour un garçon agréable, doté d'un bon caractère. Il était le favori d'Hatchepsout, alors princesse. La première fille du roi, sa préférée, gâtée par son père et par sa mère. Le gamin la suivait comme une ombre. Elle pouvait toujours compter sur lui pour exécuter ses quatre volontés.

Noferi conclut d'un ton grave :

— A moins qu'il n'ait beaucoup changé, il veillera à la satisfaire, même s'il est fermement convaincu que le Ventre de Pierres doit rester sous l'égide de l'armée.

2

— Il ne compte sûrement pas remonter le fleuve avec une telle suite !

Du haut mur fortifié sur lequel il se tenait avec Bak et Imsiba, Sechou observait, consterné, sept navires manœuvrant pour s'amarrer sur deux des jetées de pierre.

— Regardez-moi ces ponts ! Partout, des coffres et des paniers, des jarres de toutes tailles...

— Sans doute pleines d'huile et de vins fins, dit Imsiba, plissant le nez avec réprobation.

— Il a emmené au moins deux femmes, dit Bak, qui, de la main, s'abritait les yeux à cause de la réverbération aveuglante du soleil. Les voyez-vous ? Elles sont assises sous la tente dressée contre la cabine, sur le premier vaisseau. Celui où des bannières rouge et blanc flottent à la tête du mât.

— Le commandant Thouti doit empêcher cette folie, dit Sechou. Il n'y a pas assez d'ânes dans tout Ouaouat pour transporter ce que je vois sur ces ponts.

Le chef de caravane exagérait un peu. Les équipages resteraient derrière, et leurs rations de denrées non périssables constituaient sans doute une bonne part de la cargaison.

Plus d'une semaine avait passé depuis que le commandant avait annoncé la venue d'Amonked. A présent, Bak et ses compagnons attendaient de découvrir l'intendant d'Amon et son groupe d'inspection. Une brise fraîche venue du nord soufflait sur les remparts, tempérant l'ardeur du soleil de midi dans le ciel bleu intense.

Hormis trois gamins qui tourmentaient un petit serpent brun, les deux esplanades de pierre surplombant le port étaient désertes. Les résidents de Bouhen manquaient rarement l'occasion d'admirer l'arrivée d'un dignitaire, mais cette fois ils s'en étaient pourtant abstenus. Au lieu d'affluer en bavardant avec animation et de pousser des cris de bienvenue, ils refusaient d'accueillir l'homme qui risquait de briser leur vie et d'anéantir la fragile prospérité née le long du Ventre de Pierres.

— Attention ! murmura Bak tandis qu'une immense barge de transport virait au milieu du courant pour se diriger vers le quai sud.

Elle flottait bas sous le poids de la cargaison. Les rameurs maniaient les avirons avec zèle au rythme d'un tambour. Le nautonier lançait des ordres incompréhensibles d'aussi loin, mais sa voix stridente trahissait l'inquiétude de manœuvrer un bâtiment si imposant dans ces eaux inconnues. Sur le pont, un groupe de soldats armés de lances et de boucliers se tenaient prêts à sauter par-dessus bord s'il le fallait.

La barge approcha du quai. Le nautonier hurla de nouveaux ordres, le tambour modifia sa cadence et les rameurs changèrent de formation. La coque heurta le ponton et dérapa en grinçant. Les matelots jetèrent les aussières sur les pieux d'amarrage et le bateau s'immobilisa.

Le vaisseau de tête et un navire aux formes effilées, pourvus d'une cabine aux couleurs vives, virèrent l'un après l'autre entre le quai central et le quai sud, puis les rameurs les propulsèrent vers leur point d'amarrage. Deux autres les imitèrent. En haut des mâts, des bannières chamarrées claquaient sous la brise. Les deux derniers bateaux, dont le second, court et massif, servait de cuisine, s'arrimèrent le long du quai central.

Un juron bien senti attira l'attention de Bak vers le quai nord, contre lequel était rangé un bateau plus petit.

A la proue, un homme aux épaules carrées fixait avec fureur une longue file de portefaix, chacun avec un lourd sac de céréales sur l'épaule, qui serpentait de la cale avant à la grande porte de Bouhen. Oubliant leur tâche, les hommes s'étaient arrêtés pour observer en silence les navires et leurs passagers importuns. Le surveillant sauta du pont et remonta la file en frappant son court bâton de commandement contre sa cuisse. Avec réticence, les ouvriers reprirent leur marche vers les greniers, à l'intérieur de la citadelle.

Cette barge de belle taille, la plus importante à avoir fait de Bouhen son port d'attache, appartenait à Sitamon, qu'Imsiba avait épousée quelque temps plus tôt. Elle occupait sa place habituelle, toutefois d'autres qui faisaient la navette sur le fleuve n'avaient pas cette chance. Deux bateaux de commerce, dont le bois éraflé aurait eu besoin d'une bonne couche de peinture, étaient ancrés en face du quai. Trois autres s'étaient arrêtés au nord du port, près de la rive bourbeuse. Des dizaines d'embarcations avaient été tirées sur la berge. Tous avaient dû céder des places consacrées par l'usage à la flottille des visiteurs.

— Je parie mon pagne neuf que ces sept vaisseaux vont rester à Bouhen pendant toute la durée de l'expédition, dit Imsiba d'un ton aigre.

Bak savait à quoi pensait son ami : la barge de Sitamon et toutes celles qui croisaient dans les parages devraient attendre leur tour de décharger et de charger sur le seul quai disponible.

— Où pourraient-ils s'installer, si loin au sud ? Kor n'y suffirait pas.

Imsiba grommela quelques mots dans sa langue natale. Il n'avait nul désir de commander le navire de sa femme ni de gérer ses affaires, néanmoins tout ce qui s'opposait à son bien-être le contrariait.

Les trois petits garçons se relevèrent et coururent vers la porte massive du pylône qui se dressait devant le temple de l'Horus de Bouhen. Le serpent se faufila bien vite dans un trou. Le commandant Thouti, Neboua, un prêtre en blanc et plusieurs princes de la région, arborant la tenue colorée de leurs peuples respectifs, apparurent par la haute porte et descendirent le quai sud.

Un personnage de taille moyenne et bedonnant franchit la passerelle du premier vaisseau, puis s'avança à leur rencontre. Il portait le pagne à mi-mollet des scribes, un large collier de perles et des bracelets multicolores. Une parure peu imposante, pour un noble habitué à fouler les couloirs du pouvoir. Un homme plus jeune le suivait, muni d'une lance, d'un bouclier et d'un bâton de commandement. « Un officier de l'armée », devina Bak. Deux autres visiteurs, grands et élancés, marchaient à faible distance derrière eux ; l'un avait les cheveux si clairs que les rayons de soleil s'y reflétaient. Les femmes étaient restées à bord.

Les deux groupes se rencontrèrent et échangèrent des salutations. Thouti et ses compagnons firent demi-tour afin d'escorter les nouveaux venus jusqu'en haut du quai. Un corbeau dans le ciel lança un appel à deux de ses congénères, perchés sur les remparts. Leurs cris rauques brisèrent le silence, soulignant l'absence de la population.

Bak implora Amon afin qu'Amonked reparte sans encombre. Il imaginait fort bien la fureur de la reine si son cousin subissait une blessure, voire une humiliation, alors qu'il voyageait dans le Sud sur son ordre.

Bak leva son bâton pour saluer le garde posté devant la résidence et se hâta de parcourir le couloir. Le prêtre de l'Horus de Bouhen et les princes qui avaient accompagné Thouti au port arrivaient en sens inverse. Il s'écarta en souriant pour les laisser passer, puis continua jusqu'à la salle d'audience.

Par les fenêtres proches du plafond, des flèches de lumière tombaient sur une forêt de colonnes rouges octogonales. De l'autre côté montait l'écho de voix assourdies, dans les pièces où s'activaient scribes et fonctionnaires. La salle elle-même, la plus vaste du bâtiment, était déserte ; le scribe public avait quitté sa place habituelle, près de l'entrée. Aucun artisan, aucun soldat, aucun marchand n'était assis sur le long banc, contre le mur d'en face, attendant son tour de se plaindre d'un rapport inexact, d'une réprimande imméritée, de rations insuffisantes, de trop longues heures de travail ou de toute autre cause de grief parmi celles, innombrables, engendrées par la vie d'une garnison frontalière. Le vide, le quasi-silence et les voix inconnues parvenant du bureau de Thouti lui apprirent qu'Amonked et sa suite n'étaient pas encore partis.

Le commandant avait convoqué Bak sans en spécifier la raison. Ne sachant s'il devait signaler sa présence ou attendre le départ des hôtes de marque, il jeta un coup d'œil furtif à l'intérieur. Dans la pièce au plafond haut soutenu par quatre piliers rouges, Thouti occupait son fauteuil sur l'estrade, contre le mur du fond. Raide et droit, les pieds à plat sur le sol, les mains figées sur les accoudoirs et l'expression sévère. Bak réprima un sourire. Thouti donnait aux visiteurs de Ouaset un aperçu du cérémonial tel qu'on le concevait sur la frontière.

Neboua, debout à la droite du commandant, le remarqua et lui fit signe. Bak alla prendre place à la gauche de Thouti, d'où il examina les nouveaux venus avec intérêt. Amonked se tenait juste au pied de l'estrade. Il avait probablement trente-cinq ans, mais paraissait plus âgé. L'absence de perruque sur ses cheveux clairsemés et la simplicité de ses bijoux ne le rendaient pas plus impressionnant de près que de loin. A sa gauche se trouvait l'homme aux cheveux dorés, à sa droite, un noble — grand, raffiné, parfait dans toute son apparence — qui devait lui aussi avoir une trentaine d'années.

— Voici le lieutenant Bak, chargé de la police medjai de Bouhen, annonça Thouti. Ses hommes garderont vos quartiers pendant votre séjour dans notre cité.

— Je dispose d'une garde personnelle, répondit

Amonked. Je n'ai nul besoin de protection supplémentaire.

Bak regarda Neboua en levant un sourcil interrogateur. Le seul garde qu'il avait aperçu aux abords de la résidence était celui de l'entrée, affecté de longue date à la garnison.

— Notre hôte éminent a amené cinquante hommes, qui l'escorteront en amont, répondit Neboua. Des lanciers.

Il fallait bien connaître le capitaine pour déceler la nuance d'ironie voilée.

« Les soldats de la barge de transport, supposa Bak. Probablement une garde d'honneur. Mais sauront-ils se montrer vigilants et assurer la défense d'Amonked ? »

Adressant un sourire au noble fonctionnaire de Ouaset, il dit calmement :

— Tu es un homme influent, qui assume la lourde charge des greniers d'Amon. Mes Medjai ne te seront peut-être pas indispensables, toutefois leur présence rehaussera ton prestige aux yeux des habitants de cette cité.

Il n'osa regarder Neboua, de peur que son ami n'éclate de rire devant un subterfuge aussi éhonté.

— Fort bien.

Amonked demeura impassible, mais Bak eut l'impression désagréable que celui-ci n'était pas dupe. Il remarqua les lèvres frémissantes de l'homme aux cheveux clairs, qui contenait son envie de rire. Outre sa chevelure, ses yeux verts révélaient une ascendance située au nord de Kemet, l'île de Keftiou[1], peut-être, ou même plus loin. Son teint cuivré et son corps vigoureux, dont les muscles saillaient à chacun de ses gestes, indiquaient une vie active, au grand air. Plus âgé que ses compagnons, il pouvait avoir une quarantaine d'années.

Amonked concentra à nouveau son attention sur Thouti.

1. La Crète. (*N.d.T.*)

— Je suis intendant d'Amon depuis bien longtemps, commandant, et cette fonction m'inspire une grande fierté. Cependant, notre souveraine, Maakarê Hatchepsout, m'a jugé digne d'un nouveau titre qui sied mieux à ma présente mission. Je suis désormais inspecteur des forteresses de Ouaouat.

Bak tressaillit et retint son souffle. Neboua marmonna quelques paroles incompréhensibles, mais dont le sens se devinait aisément. Thouti demeura immobile, comme pétrifié. Ce titre ne présageait rien de bon, car il conférait un pouvoir illimité sur les forteresses dont le commandant et le vice-roi étaient responsables. Un pouvoir de décision terrifiant, entre les mains d'un civil.

Si Amonked ne semblait pas remarquer leur consternation, l'homme aux cheveux clairs parut embarrassé. Le noble observait attentivement les officiers sur l'estrade, intéressé mais non compatissant.

Thouti s'éclaircit la gorge et recouvra son sang-froid. Il se devait de louer la reine pour son discernement, néanmoins, il s'en abstint et, sans se compromettre, s'adressa à l'homme aux cheveux clairs.

— Capitaine Minkheper, tu sais, je suppose, qu'aucun navire ne peut traverser le Ventre de Pierres quand le niveau du fleuve est aussi bas qu'à présent.

Le sourire de Minkheper montra au commandant qu'il ne s'offusquait pas de cette réflexion.

— Je navigue sur les eaux de Kemet depuis des années et je possède une vaste expérience de la Grande Verte. Je n'oserais jamais défier Hapy ou n'importe quel dieu, grand ou petit, sans m'informer des périls que je risque de rencontrer.

— De toute évidence, dit Amonked, nous devrons emprunter une caravane et cheminer à travers le désert. Un voyage long et pénible, me suis-je laissé dire, et totalement dépourvu des agréments d'un trajet en bateau. Mais nous nous en accommoderons.

Thouti le fixa durement, comme s'il le jaugeait. A nouveau, il tourna les yeux vers Minkheper.

— Notre port est petit, ainsi que tu as pu t'en apercevoir. La forteresse de Kor dispose d'un seul quai, utilisé en permanence. Où comptes-tu laisser tes navires tandis que le groupe d'inspection se rendra en amont ?

Il ne laissait pas de place au doute : ces nombreux vaisseaux ne seraient pas les bienvenus pendant une durée prolongée.

— Leur présence pourrait occasionner certains inconvénients, convint Amonked avant que le capitaine ait pu répondre, néanmoins ils devront rester à Bouhen, où les équipages nous attendront en bénéficiant d'un confort raisonnable.

— Que cela soit bien clair, insista Thouti, délibérément obtus. Non seulement tes vaisseaux nous priveront de l'espace qui nous est nécessaire au port, mais il faudra fournir à tes marins des denrées périssables et du matériel dont l'essentiel est venu de loin à l'intention de cette garnison.

— Il faudra maintenir ces marins sous une étroite surveillance, ajouta Bak, prenant le parti de son supérieur. L'oisiveté engendrera l'ennui et les poussera à boire, à s'amuser et à se battre. Ils causeront des problèmes sans fin.

Neboua s'apprêtait à les soutenir quand Amonked répliqua, cinglant :

— Nous ne nous absentons que pour un mois et demi. Si vous ne pouvez vous arranger d'une poignée d'hommes pendant un si court laps de temps, que feriez-vous si toute l'armée de Kemet déferlait vers le sud pour combattre les rois de Kouch ?

Les joues de Thouti virèrent à l'écarlate, au point que Bak craignit pour sa santé, mais le noble intervint :

— J'ai remonté le fleuve dans mon navire personnel. Je ne verrais pas d'objection à l'amarrer contre la berge, en face de Bouhen. L'oasis qui se trouve là-bas paraît vaste et fertile. Mon équipage pourrait y recevoir des fruits, des légumes et de la viande en contrepartie de son travail.

— Cela ne sera pas nécessaire, Sennefer, dit Amonked, le visage fermé.

— J'insiste, dit son compagnon avec un sourire navré. Je viens à Ouaouat non en qualité de membre officiel du groupe d'inspection, mais en tant que beau-frère et ami. Pendant le plus clair de ma vie, j'ai partagé mon temps entre Ouaset et mon domaine de Sheresy [1]. On tolère ma présence afin que je puisse satisfaire ma soif de voyage, mon envie de découvrir d'autres contrées. Si mon navire doit céder la place, qu'il en soit ainsi.

— Excellent ! dit Thouti d'un ton âpre.

Décidé à reprendre le dessus, il tourna son regard vers Amonked.

— Inspecteur ? Une autre suggestion sur le moyen d'alléger notre fardeau ?

Amonked demeura imperturbable. Il répondit avec à peine une légère raideur :

— J'en discuterai avec le capitaine Minkheper. Tu auras ma réponse avant que nous ne quittions Kor pour le Sud.

Minkheper fut loin de paraître réjoui.

— Dois-je partir avec toi ? Je me rendrais plus utile en restant. Après avoir résolu ce problème de place au port, je pourrais emprunter un esquif et examiner de près les obstacles qui empêchent nos navires de commerce d'emprunter le Ventre de Pierres. Ainsi, je serais mieux à même de recommander à notre souveraine le moyen de faciliter leur passage.

— Faciliter leur passage ? répéta spontanément Bak.

Hatchepsout espérait-elle dompter le Ventre de Pierres ? Seul un dieu pouvait influer sur la crue et la décrue, le roulement des rochers dans le lit du fleuve, les courants changeants et périlleux.

— Tu viendras avec nous, conformément à ses ordres.

1. Ancien nom du Fayoum. (*N.d.T.*)

La voix d'Amonked et le regard qu'il posait sur Minkheper ne souffraient pas d'argument.

— Si tu tiens à devenir amiral, tu n'as d'autre choix que d'obéir. Maakarê Hatchepsout a demandé au capitaine d'évaluer la possibilité de percer un canal à travers les rapides, afin d'améliorer le flux de marchandises entre Bouhen et Semneh, indiqua-t-il aux officiers.

Thouti se rembrunit.

— Ce serait une entreprise colossale.

— Impossible, dit Bak en secouant la tête. Trop d'hommes y perdraient la vie.

Neboua laissa échapper un rire désabusé.

— Un canal dans ces eaux troublées ne resterait pas navigable. Le chenal au-dessus d'Abou est constamment obstrué par des rochers. Ici, le fleuve est beaucoup plus impétueux.

— Nous verrons.

Ces mots laissèrent la discussion en suspens, rejetant toute objection. Amonked reprit d'un ton sec :

— Je compte inspecter Bouhen demain. Après-demain, nous nous rendrons à Kor par le fleuve, et j'aimerais entreprendre notre expédition dans deux jours, dès le matin.

— J'accompagnerai le groupe en amont, déclara Thouti, péremptoire.

— Non !

Amonked se rappela le grade de celui à qui il s'adressait et esquissa un sourire crispé pour compenser sa brusquerie.

— Sois sûr que j'apprécierais infiniment ta compagnie, commandant, cependant tu ne peux voyager avec nous. Hatchepsout ordonne que nul ne pèse sur ma décision finale. Je suis déterminé à respecter sa volonté.

Le sang afflua au visage de Thouti qui, les lèvres pincées, contenait sa fureur. Il respira profondément et se pencha vers Amonked afin de bien souligner son propos :

— Notre souveraine ne connaît rien à la frontière,

inspecteur, et toi non plus. Je te souhaite bonne chance, car il t'en faudra pour que ton groupe et toi reveniez indemnes de cette expédition.

— Tu as vu la tête d'Amonked ? dit Neboua, pleurant de rire. Il ne savait pas si Thouti l'avertissait ou s'il lui jetait un sort.

— Je suppose qu'il voulait formuler une menace subtile, mais cela a tourné tout de travers, acquiesça Bak en souriant.

— C'était tellement comique que j'ai failli éclater. Si l'arrivée de Sechou ne nous avait donné une excuse pour partir, je me serais ridiculisé.

— Mon inquiétude pour Thouti m'ôtait toute envie de rire. Il a atteint ce haut grade au prix de longs efforts, et je redoutais qu'il ne perde tout en un instant, par une parole inconsidérée.

Bak appuya sa hanche contre le muret de l'enclos, entièrement occupé par les ânes. Un grand nombre d'entre eux s'étaient groupés autour de gerbes cassées de trèfle à moitié séché, qu'ils mangeaient en répandant le reste sur le sable. Quelques bêtes somnolaient debout, les autres piétinaient, trop nerveuses pour tenir en place. La poussière impalpable soulevée par leurs sabots, l'odeur aigre des déjections et du fourrage firent éternuer Bak.

— Et maintenant, que va-t-il arriver ? demanda-t-il, sans vraiment attendre de réponse. Comment Amonked prendra-t-il une décision sensée alors qu'il n'a personne pour le guider, pour lui présenter les forteresses sous leur vrai jour ?

— Il faut que Dedou et Pachenouro y aillent, avec ou sans Thouti.

— Amonked n'écoutera pas des sergents ni, d'ailleurs, qui que ce soit. Il a été clair sur ce point, fit valoir Bak en chassant une mouche qui bourdonnait autour de sa tête. Néanmoins, ils pourraient se faire passer pour des âniers — Sechou n'aurait certainement pas trop de leur aide ! — et ils nous adresseraient leur rapport par un messager depuis chaque forteresse.

— Bonne idée.

Neboua s'adossa au mur, ramassa un brin de paille jaune et le pinça au coin de ses lèvres.

— Amonked a amené un officier avec lui : un conseiller militaire, comme il dit. Un certain lieutenant Horhotep. Seul Amon sait ce qu'il vaut sur le champ de bataille.

— Je parie qu'il a mené toutes ses guerres dans les couloirs du pouvoir.

Bak se jucha sur le mur. Les jambes pendantes, il observa la douzaine d'enclos qui occupaient l'angle nord-ouest de l'enceinte extérieure. Beaucoup abritaient des ânes, d'une importance vitale pour l'acheminement des marchandises, le ravitaillement de l'armée, le transport du minerai et des pierres précieuses extraits des carrières et des mines du désert. Sans les robustes bêtes de somme, rien n'aurait pu franchir la frontière méridionale durant les longs mois où le Ventre de Pierres n'était pas navigable. Les âniers, accroupis à l'ombre de la tour d'angle, jouaient à un jeu de hasard en attendant que Sechou leur précise combien d'hommes et d'animaux il lui faudrait pour le long et lent voyage jusqu'à Semneh.

Des moutons et des chèvres étaient parqués dans quelques-uns des enclos restants, avant d'être abattus ou embarqués vers Kemet. Près de la muraille, un magnifique troupeau de bœufs à petites cornes, à la robe fauve, serait bientôt convoyé vers la maison royale de Ouaset, en tribut pour Hatchepsout.

Sechou accourut sur un sentier entre deux enclos. Il s'arrêta devant les deux officiers et essuya son front en sueur, barré par des plis soucieux. Bak sauta à terre, soulevant un petit nuage de poussière, et posa une main compatissante sur l'épaule du caravanier.

— Qu'y a-t-il, Sechou ? Encore Amonked ?

— Cet homme est un danger pour lui-même et pour son entourage. Il refuse de se séparer des objets luxueux apportés de Ouaset, car il souhaite préserver le confort de sa concubine, expliqua-t-il avec un rire cynique.

— Combien a-t-elle de domestiques ? interrogea Neboua.

— Seulement sa servante personnelle, Amon soit loué. En tout, ils forment un groupe de neuf. Plus leurs cinquante lanciers, leurs sergents et douze porteurs.

— Des porteurs ? s'étonna Neboua.

— Pour les chaises. Il y en a trois. Celle d'Amonked, celle de son noble beau-frère et celle de la concubine. Tu ne t'attendais tout de même pas à ce qu'ils marchent ?

Neboua marmonna un juron dans le dialecte local de son épouse.

— Soixante-dix personnes, auxquelles il faudra fournir le boire et le manger. Je ne t'envie pas.

— Sans compter les nombreux âniers nécessaires pour s'occuper des bêtes, ajouta Bak.

Sechou poussa un profond soupir de découragement.

— Non seulement la caravane sera longue et difficile à diriger, mais il apporte en outre un pavillon démontable, des meubles et toutes sortes d'objets qui seront la cible des bandits. J'ai conduit des caravanes plus importantes et plus riches depuis les mines, mais elles étaient escortées par des troupes qui connaissaient le désert et savaient se battre.

— Thouti pourrait vous adjoindre une compagnie de lanciers, suggéra Neboua.

— C'est ce qu'il a proposé, mais Amonked a refusé sous prétexte que sa garde était de taille à le protéger.

— Cinquante hommes... S'ils sont entraînés et si leur chef possède une certaine expérience, tout devrait bien se passer, estima Bak, formant des vœux pour que ce soit le cas.

— Je dois aller avertir les âniers de ce qui les attend, puis les convaincre de risquer leur vie et leurs bêtes dans cette aventure insensée.

Bak le regarda s'éloigner et dit avec inquiétude :

— Amonked m'importe peu en tant qu'homme. En

tant qu'inspecteur des forteresses, il m'est parfaitement insupportable. Cependant, je crains pour lui, car il est le cousin de notre souveraine. S'il ne survivait pas à sa mission, les habitants du Ventre de Pierres paieraient cher son manque de discernement.

3

— A part rester derrière à imaginer le pire, que pouvons-nous faire ? demanda Neboua en passant ses doigts dans ses boucles indisciplinées, ce qui eut pour effet de les ébouriffer encore plus.

Le regard de Bak se perdait vers le bout de la rue. Mais il voyait à peine les groupes de bâtiments qui la bordaient, leurs murs éclatant de blancheur sous le soleil en ce début d'après-midi, et la haute porte à tourelles qui l'enjambait. Pas plus qu'il ne remarquait les quatre jolies jeunes femmes qui bavardaient au coin d'une ruelle.

— Amonked me fait penser à mon père. Si seulement il pouvait être aussi franc et intègre ! répondit-il enfin, en ramassant une cruche de bière sur un monceau de sable, devant la porte scellée d'un entrepôt.

— Moi qui te prenais pour un homme de bon sens, et non pour un rêveur, grogna Neboua.

Ils s'écartèrent afin de laisser passer une oie brune suivie de sept oisons duveteux, puis continuèrent jusqu'au poste de garde, dont l'arrière, inoccupé, avait grand besoin de réparations. Neboua sur les talons, Bak entra et s'arrêta aussitôt, frappé par le silence. Pour la première fois depuis que la police medjai occupait l'édifice, le roulement des osselets s'était tu. Au lieu d'être assis par terre, absorbées dans un jeu qui se poursuivait jour et nuit, les deux sentinelles se tenaient au garde-à-vous de chaque côté de la porte du fond, donnant sur les dortoirs et la prison. Décidément, ce n'était pas normal.

L'un des gardes fit un pas rapide en avant.

— Lieutenant Bak...

Il regarda par-dessus l'épaule de son supérieur et se figea. Une voix sèche résonna derrière :

— J'ai surpris ces deux-là à fainéanter, lieutenant. Ils jouaient à un jeu de hasard.

Bak fit volte-face. Sur le seuil de la pièce dont il avait fait son bureau se tenait un homme d'une trentaine d'années, au teint hâlé. Massif, de taille moyenne, il arborait un superbe collier de perles multicolores, des bracelets aux poignets, aux bras et aux chevilles. Une dague dans sa gaine pendait à sa ceinture et il portait le bâton de commandement d'un officier. Un étranger à Bouhen. Le conseiller militaire, sans l'ombre d'un doute.

— Je les ai dûment semoncés, mais, puisqu'ils dépendent de ton autorité, le choix d'une punition t'appartient. A ta place, je ne les ménagerais pas. Ils sont une honte pour l'armée.

Ces paroles et ce ton impérieux étaient un affront envers Bak, qui, seul, avait le droit de réprimander ses Medjai.

— Qui es-tu, au juste ?

Il franchit le seuil en bousculant l'officier pour reprendre possession de son bureau. Un autre inconnu se trouvait à l'intérieur — un gradé lui aussi, d'après son apparence.

Le premier fixa Bak avec hauteur.

— Lieutenant Horhotep. Expert militaire d'Amonked, inspecteur des forteresses de Ouaouat.

Neboua appuya son épaule contre l'embrasure, barrant la sortie, et examina le conseiller comme il l'aurait fait d'une bestiole intéressante, mais assez répugnante, sur une rive bourbeuse. Selon son habitude, il ne portait pas son bâton de commandement. Sauf s'il se souvenait de l'avoir vu au côté de Thouti sur le quai, Horhotep ne pouvait savoir que Neboua était un officier supérieur.

— Et toi ? demanda Bak au second inconnu.

— Lieutenant Merymosé, répondit le grand jeune homme dégingandé, en rougissant. Je commande l'escorte de l'inspecteur en amont.

Il avait un visage allongé, un nez et des oreilles saillantes. Bak doutait qu'il eût plus de dix-huit ans.

Jetant la cruche vide dans une corbeille de détritus, il se frotta les mains pour se débarrasser du sable. Comme toujours, son bureau était encombré d'objets laissés là provisoirement, puis oubliés, par ses hommes et Hori. Des instruments d'écriture et un papyrus déroulé s'étalaient sur le banc de brique crue, tout au fond. Des armes, des boucliers et des protections en cuir étaient empilés le long d'un mur, sur le côté. Un sarcophage blanc, de forme humaine, se dressait dans un coin. Un panier presque rempli de rouleaux était abandonné par terre, entre deux trépieds. Le riche arôme du cumin provenait d'un petit sac confisqué à un prétendu médecin.

— Qu'est-ce qui me vaut cette visite ? voulut savoir Bak.

Merymosé s'apprêtait à répondre, mais Horhotep éleva la voix sans tenir compte de lui.

— Je sais parfaitement, lieutenant, qu'Amonked t'a permis de poster tes Medjai autour de la maison où nous serons logés. L'offre est bien intentionnée, cependant leur présence est superflue.

Son ton glacial et sa suffisance méritaient une correction, et la lueur menaçante dans les yeux de Neboua indiquait que, comme Bak, il brûlait d'envie de la lui infliger. Malheureusement, ce n'était ni l'heure ni le lieu.

Bak attira un tabouret et y posa le pied d'un air indifférent.

— Mes hommes ne sont pas là pour vous protéger, mais pour faire comprendre aux gens de cette cité que notre commandant tient à ce qu'on vous respecte.

— Au cas où cela t'aurait échappé, lieutenant, intervint Neboua d'un ton narquois, ton précieux groupe et toi n'êtes pas précisément les bienvenus à Bouhen.

— Les gardes que je commande n'ont jamais livré bataille, intervint le lieutenant Merymosé, mais ce sont des hommes courageux, entraînés spécialement pour servir sur les domaines royaux. Cet honneur exceptionnel devrait démontrer leur valeur aux plus exigeants.

Horhotep coupa son jeune compagnon avec irritation.

— Le commandant Thouti tient peut-être les rênes dans cette garnison oubliée des dieux, mais notre autorité nous vient d'Hatchepsout elle-même.

— Thouti est ici, souligna Bak. La reine réside au loin. Le temps qu'elle envoie une expédition punitive contre vos agresseurs, vos corps momifiés attendraient d'être inhumés dans la capitale.

Horhotep le foudroya du regard.

— Vous autres, du plus humble subalterne à l'officier le plus gradé, vous êtes ici depuis bien trop longtemps. Vous vous êtes installés, formant votre propre petit royaume coupé de toute autorité, sauf lorsque l'obéissance sert votre intérêt.

Il tourna les talons et se dirigea vers la porte. Neboua, furibond, s'écarta pour le laisser passer. Les joues cramoisies, le lieutenant Merymosé s'enfuit derrière lui. Bak poussa un sifflement.

— En voilà un qui a déjà formé son opinion. Cela ne présage rien de bon pour les habitants du Ventre de Pierres.

Neboua cracha avec mépris dans un bac de sable, près de la porte de la rue.

— Il serait prêt à n'importe quelle compromission pour obtenir un sourire de la reine. Et une importante promotion.

— Comme tu le vois, mon ami, un homme posté ici peut surveiller la rue entière, de la porte du port au mur occidental.

Imsiba se tourna un peu pour scruter l'allée perpendiculaire. Beaucoup plus étroite que la rue, elle passait entre l'édifice à un étage sur lequel il se trouvait avec

Bak et le bâtiment de plain-pied où le groupe d'Amonked avait élu domicile.

— Par ici, il peut également observer la citadelle sur toute sa largeur, du nord au sud.

— Et aussi les toits d'en face, dit Bak en contemplant les terrasses enduites de plâtre blanc qui couvraient le réseau d'habitations. Parfait !

— J'ai placé deux hommes au-dessus des appartements d'Amonked, et deux autres patrouilleront les alentours. Deux équipes de cinq, l'une de jour et l'autre de nuit, me semblent amplement suffisantes.

— Combien de gens dans les demeures voisines ?

— Quatre officiers, leur famille et leurs serviteurs. J'ai pensé à les faire partir, mais pour trois jours ? Non.

— Tu as pris de bonnes décisions, Imsiba.

Bak et le sergent traversèrent la terrasse blanche jusqu'à une courette par laquelle la lumière inondait l'édifice, puis descendirent l'escalier intérieur.

— Les gardes d'Amonked ont établi leurs quartiers ici ?

— Dans les anciennes réserves du premier étage, répondit le grand Medjai, amusé. C'était loin de plaire à Roï, leur sergent, mais quand je lui ai exposé les autres possibilités — des tentes dans la ville basse ou leur barge —, il a accepté.

— Aurait-il préféré les baraquements est, au risque de voir le plafond s'écrouler sur eux ?

Cette idée donnait de sérieuses causes d'inquiétude. Plusieurs générations s'étaient succédé depuis que le roi-guerrier Nebpehtirê Ahmosé[1] avait marché victorieusement sur les armées de Kouch pour reconquérir Ouaouat. Au fil des ans, la plupart des anciens bâtiments avaient été restaurés et les maisons réoccupées par les familles des officiers, des scribes en chef et des marchands ; les baraquements et les greniers répondaient à leur destination première, ou à de multiples autres usages. Les

1. Ahmosis Ier. (*N.d.T.*)

troupes étant réduites et la hâte ne s'imposant en rien, certains — tels ceux situés à l'est — étaient restés en l'état. Bak espérait qu'Amonked y verrait une perspective prometteuse, et non un signe de négligence.

Le lion de Noferi traversa la cour et s'étendit sur une natte en feuilles de palme devant la chambre de sa maîtresse. Un parfum entêtant se répandait par une porte, à l'arrière, et rivalisait avec les relents de bière de la salle principale. Les osselets roulèrent sur le sol. Un cri de triomphe fut noyé sous un torrent d'imprécations. Si grandes que soient l'inquiétude ou la peine des gens de Bouhen, seule une catastrophe pouvait refréner leur goût pour les paris. Une brise fraîche faisait crépiter la torche, et le froid s'insinuait sous la tunique de lin que Bak avait revêtue quand Rê avait emporté la chaleur du jour dans le monde souterrain. Assise sur sa chaise, un châle à franges jeté sur ses épaules, Noferi surveillait les joueurs. Bak tendit une nouvelle cruche de bière à l'homme bien bâti, à la peau foncée, qui occupait un tabouret en face de Noferi, puis lui-même prit place sur le banc contre le mur.

— Je ne t'ai pas vu parmi les princes qui ont accueilli Amonked. Tu es pourtant un ambassadeur de la maison royale.

Un large sourire aux lèvres, son interlocuteur, qui se nommait Baket-Amon, leva sa cruche. Son corps oint d'huile luisait sous la lumière de la torche, de même que le pendentif en or, représentant Amon à tête de bélier, accroché à une lourde chaîne autour de son cou.

— Que Dedoun t'accorde une longue vie heureuse et de nombreux fils, toi que je me réjouis d'appeler mon ami.

Dedoun, le principal dieu du pays de Kouch, était vénéré par beaucoup d'habitants du Ventre de Pierres. Bak soupçonnait qu'Amon avait la place d'honneur dans le cœur de Baket-Amon lorsque celui-ci côtoyait les gens de Kemet, mais que le dieu local reprenait ses droits lorsqu'il résidait parmi son peuple, à Ouaouat. Le policier leva sa cruche en réponse. Il ne pourrait jamais être l'intime du prince — leurs chemins étaient trop différents —, mais compter au nombre de ses amis lui semblait plus que satisfaisant.

— On m'a dit qu'une importante délégation l'a accueilli sur le quai, dit Noferi, fronçant des sourcils réprobateurs. C'est beaucoup d'honneur envers quelqu'un qui vient violer le Ventre de Pierres.

Comme Bak s'y attendait, la nouvelle volait sur les ailes de la rumeur ; noircissant des perspectives déjà sombres, on évoquait l'abandon total de la frontière par Kemet. Seul un prompt retour de l'inspecteur à Ouaset mettrait un terme à ces conjectures.

— Prince Baket-Amon...

Une jolie jeune femme, dont la longue tresse tombait jusqu'aux reins, s'agenouilla à ses pieds et lui présenta une coupe de dattes au goût de miel. Autour de ses hanches, une chaîne de bronze ornée de breloques tintait à chacun de ses mouvements.

Le visiteur prit une datte et la dégusta, les yeux clos.

— Mon navire s'est échoué sur un banc de sable au sud d'Abou, puis la proue a été éventrée par un arbre charrié par le courant. Le temps que mon équipage la répare, nous étions loin derrière la flottille.

— Dommage que tu ne l'aies pas rattrapé, remarqua Bak. Vous avez grandi l'un et l'autre au palais. Il t'écouterait peut-être.

— Imagines-tu que nous étions camarades de jeu ? s'esclaffa Baket-Amon. Je n'étais qu'un prince otage parmi tant d'autres. Le fils d'un petit roi sans armée redoutable, et aux tributs modestes. Le sang d'Amonked coulait dans des veines royales ; il jouait avec la fille chérie du souverain le plus puissant du monde. Je doute qu'il ait remarqué mon existence avant que je ne retourne à Ouaset, à l'âge d'homme, pour représenter mon peuple auprès de la maison royale.

Pendant qu'il caressait le dos soyeux de la fille assise

devant lui, une jeune femme aux boucles rousses pénétra dans la cour. Elle arborait une ceinture similaire à celle de sa compagne et portait un luth. Elle s'approcha du prince par-derrière, déposa un baiser sous son oreille et se laissa tomber près de sa jambe droite. Baket-Amon plaça une datte entre ses lèvres, se pencha et embrassa la musicienne, faisant passer le fruit sucré dans sa bouche.

— Tu sais ce qui amène Amonked, grommela Noferi.

— Bien entendu. Tout ce qui peut affecter les terres et les villages dont je suis responsable revêt de l'importance, à mes yeux. Crois-moi, j'en veux terriblement à celle qui l'envoie ici. Mon bien-être et celui de mon peuple dépendent du maintien de l'armée dans le Ventre de Pierres.

— Plaideras-tu notre cause devant lui ? s'enquit Bak, se frottant les bras pour tenter de se réchauffer. Le commandant Thouti ne peut plus rien. Il est trop ulcéré pour user de patience et d'astuce. Mais quelques mots de toi, qu'Amonked connaît et respecte, pourraient le convaincre d'une réalité qui risque de lui échapper.

L'expression de Baket-Amon s'altéra d'une manière indéfinissable. Ce n'était pas réellement perceptible, mais cela tenait plutôt à une certaine crispation, à son sourire un peu moins radieux.

— Je crains que non. Amonked et moi...

Il remarqua soudain la porte du fond, où deux jeunes femmes nues, enlacées en une pose aguichante, lui faisaient signe. Il se leva comme si on venait de le sauver d'un hippopotame chargeant sur lui.

— Sincèrement, j'aurais souhaité être en mesure de vous aider, dans mon intérêt autant que dans le vôtre. Mais je ne peux, je ne veux pas m'agenouiller devant lui, le front dans la poussière.

Il quitta précipitamment la cour. Les femmes assises par terre échangèrent un regard surpris, puis se hâtèrent de le suivre.

— Quel entêté ! Ne peut-il donc ravaler sa fierté ? s'irrita Bak. Ce serait pourtant plus raisonnable d'exposer les faits à un homme qu'il connaît, au lieu de tourner le dos à ses alliés et à son peuple !

— Il est imprévisible, Bak, tu le sais bien, dit Noferi en lui tendant une nouvelle cruche de bière. Peut-être parlera-t-il à Amonked. Il peut encore réfléchir et comprendre qu'il le faut.

— J'implorerai Amon et l'Horus de Bouhen à cet effet avant de me coucher.

Il allongea ses jambes, croisa les chevilles et contempla la porte par laquelle le prince s'était éclipsé.

— Je n'ai jamais vu tes filles apprécier autant un client. Sa séduction ne réside pas dans son noble rang, car les autres princes qui fréquentent ton établissement n'ont pas droit à tant d'égards.

Elle eut un sourire en coin.

— Je n'ai jamais vu mes filles te repousser, lorsque tu as jugé bon de coucher avec elles.

— Elles ne me sautent pas toutes au cou, comme avec lui, répondit Bak, qui sourit avant d'ajouter : Par bonheur !

Elle éclata de rire, mais recouvra son sérieux lorsque les accents mélodieux d'une harpe, d'un luth et d'un hautbois résonnèrent au fond de la maison.

— Elles disent que c'est un magnifique amant, jamais brutal, contrairement à certains.

Bak l'entendit à peine. Il ressassait le refus du prince d'intervenir auprès d'Amonked. Quelque chose s'était passé entre eux. Un incident déplaisant, sans doute aucun. Cependant, comment Baket-Amon pouvait-il, par fierté, compromettre l'avenir de tous ceux — hommes, femmes et enfants — qui peuplaient le Ventre de Pierres ?

4

— Amonked veut que tu l'accompagnes lorsqu'il inspectera Bouhen ? Loués soient les dieux ! s'exclama Neboua avec un rire ironique.

— Ne craint-il pas d'être influencé ? interrogea Bak.

— Je suis censé guider, non informer, précisa Thouti, dégoûté. Il m'a suggéré d'emmener deux officiers supérieurs. Vous viendrez, et j'en choisirai encore trois autres.

Bak échangea un coup d'œil avec Neboua. En prenant avec lui plus d'hommes que le nombre spécifié, Thouti voulait voir jusqu'où il pouvait pousser Amonked.

— Quels sont les effectifs de cette garnison quand elle est entièrement armée ? interrogea l'inspecteur.

— Le nombre optimal serait d'un millier d'hommes.

Thouti marqua une pause devant un immense bâtiment à un étage, qui abritait les troupes, les bureaux de l'armée et divers services. Les membres du groupe — le lieutenant Horhotep, Sennefer, Neboua, Bak et trois autres officiers de Bouhen — s'immobilisèrent autour de lui et d'Amonked. L'inspecteur avait accepté sans sourciller la présence des cinq militaires désignés par le commandant.

— On dit qu'elle en comptait quelques centaines de plus lorsqu'elle fut bâtie, mais ce temps est révolu. A présent, nous en avons environ quatre cents.

— Ce nombre suffirait-il en cas d'attaque ou de siège ?

« Bonne question, pensa Bak. Intéressante. Surtout de la part de l'intendant d'Amon, qui ne connaît rien aux nécessités de la guerre. »

— Nous devrions alors nous retrancher derrière l'enceinte intérieure, en abandonnant la ville basse et les enclos, mais je crois que nous tiendrions tant que nos réserves dureraient. Nous aimons à croire que nous avons si bien pacifié cette terre sauvage qu'aucune attaque n'est à craindre, ajouta-t-il à contrecœur, mais en toute honnêteté.

De peur qu'Amonked ne tourne cette dernière remarque à son profit, Bak s'empressa d'indiquer :

— Bien qu'il soit difficile de rassembler des troupes suffisantes pour attaquer une ville fortifiée, il en va tout autrement lorsqu'il s'agit d'une caravane interminable ou de villages sans défense.

Le regard de l'inspecteur se posa un instant sur lui, ses pensées dissimulées derrière un masque. Un masque moulé, soupçonna Bak, par une vie passée à marcher sur la pointe des pieds parmi ceux qui tenaient les rênes du pouvoir.

Thouti conduisit le groupe à l'intérieur.

Ils parcoururent couloir après couloir, traversèrent salle après salle. Amonked s'arrêtait de temps à autre afin de réclamer une précision, que Thouti fournissait, ou simplement pour observer un fonctionnaire à sa besogne. Maints d'entre les soldats s'entraînaient sur le terrain de manœuvre, hors de l'enceinte. Les autres vaquaient à leurs occupations en ignorant délibérément les intrus. Pour autant que Bak pouvait en juger, rien n'échappait à l'inspecteur, néanmoins son expression restait neutre. Il ne réagissait pas non plus au mutisme des hommes, à leur concentration excessive sur leur tâche.

De retour dans la rue, l'inspecteur demanda :

— Combien de soldats ont épousé des femmes de ce

pays et considèrent désormais Ouaouat comme leur foyer ?

Bak vit que Thouti était aussi surpris que lui. Qu'importait le nombre, si l'armée était arrachée au Ventre de Pierres ? Amonked se préoccupait-il vraiment de tous ceux qui éprouvaient envers cette terre un sentiment d'appartenance ?

— Cent cinquante, peut-être davantage, habitent l'oasis sur la rive d'en face. Plus de deux cents vivent le long du fleuve entre ici et Semneh.

— Je vois.

Amonked leva la tête et huma l'air. Une odeur de pain chaud émanait d'une porte inondée de soleil.

— Ah, les cuisines ! Si ce pain est aussi délicieux que son arôme le promet, nous devons y goûter.

Sans discuter, Thouti se dirigea vers les cuisines. Amonked se retourna pour observer encore une fois les baraquements derrière eux.

— Impressionnant, commandant. Les bâtiments sont en excellent état, et l'espace intérieur ne pourrait être aménagé avec plus d'efficacité. Oui, conclut-il, hochant la tête en souriant, on pourrait aisément les convertir en entrepôts.

— Le dernier jour de chaque semaine, les commandants du Ventre de Pierres sélectionnent les informations essentielles sur leur registre journalier et rédigent un rapport.

L'air compassé, Thouti prit au hasard un rouleau de papyrus sur une étagère de bois. Il rompit le sceau, dénoua le lien et déploya une petite partie du document, qu'il présenta à Amonked.

— Ils me font parvenir ce rapport par un messager, dit-il, toujours froid et distant.

Bak reconnut l'écriture large et fluide du chef de la forteresse de Semneh. Ce rapport datait d'au moins un mois et devait être trois fois plus long. Amonked et Horhotep s'approchèrent pour mieux voir.

Avant qu'ils aient pu lire les moindres hiéroglyphes, Thouti roula le document en un étroit cylindre et le tendit à un scribe afin qu'il le range.

— Après en avoir pris connaissance, j'en fais le compte rendu à mon état-major, puis je les remets à Kha, le scribe en chef.

Il parcourut la longue pièce exiguë, le groupe à sa suite. Vingt scribes alignés sur deux rangs étaient assis en tailleur devant Kha. La tête courbée au-dessus du papyrus sur lequel courait leur calame, ils feignaient de travailler — piètre excuse pour ignorer l'important visiteur.

Le commandant s'arrêta devant leur chef, un vieil homme au crâne chauve, installé sur un épais coussin de lin.

— Kha extrait les principaux événements mentionnés dans les différents rapports, et les retranscrit. Nous envoyons ce dernier document au vice-roi, qui l'adresse au vizir, à Ouaset.

Le vieux scribe lui remit un mince rouleau, que Thouti défit. Deux fines colonnes remplissaient la moitié de l'espace sur le papyrus, qui mesurait lui-même moins d'une coudée de long.

— Comme vous le voyez, il est bref et concis, ne comportant que les éléments majeurs.

— Puis-je ? dit Horhotep en saisissant le coin du rouleau.

Son ton tranchant exprimait une exigence bien plus qu'une requête. La colère assombrit les traits de Thouti. Craignant qu'il ne perde une maîtrise de soi déjà mise à rude épreuve, Bak s'appliqua une grande claque sur la nuque, heurtant du coude la tête d'Horhotep. Le conseiller lâcha le document et se tourna vivement vers lui.

— Comment oses-tu me frapper ?

Bak, se frottant le cou, sourit d'un air désolé.

— Quelque chose m'a piqué... Un insecte. Je ne te voulais pas de mal.

Neboua, qui comprenait vite, donna une chiquenaude à un point minuscule sur son pagne.

— Les puces. Elles sont mauvaises à cette période de l'année.

— J'ai remarqué bon nombre de ces parasites dans notre maison, intervint Amonked. Je supposais que les anciens occupants possédaient des animaux de compagnie, mais peut-être tout Bouhen est-il infesté, dit-il en faisant la grimace. Poursuivons notre tâche.

Il se mit à lire. Horhotep considéra Bak d'un air fielleux, puis reporta son attention sur le document. Voyant les deux émissaires distraits, Neboua feignit de s'essuyer le front. Thouti savait qu'il avait bien failli perdre son sang-froid, et jeta à Bak un rapide regard de gratitude. Un scribe au fond de la salle se gratta la cuisse, déclenchant des froissements d'étoffe et une agitation suspecte qui évoquaient des rires étouffés.

Amonked observa les hommes assis, puis revint au papyrus, impénétrable.

— Ce document contient à peine quelques détails, dit Horhotep sur un ton dédaigneux. Si les rouleaux des dix garnisons comportent autant d'informations que leur longueur le suggère, la plupart sont omises ici. Les fonctionnaires de Ouaset ne savent donc pratiquement rien de ce qui se passe dans le Ventre de Pierres.

— C'est peut-être qu'il ne s'y passe rien, ainsi que notre reine le croit, remarqua Amonked.

Bak étouffa un juron. Leur efficacité même se retournait contre eux.

— Ce bâtiment nous sert de trésorerie. Beaucoup d'objets conservés ici sont issus du pays de Kouch, mais la majorité provient de contrées exotiques, plus au sud, que peu d'hommes de Kemet ont visitées.

Dans l'antichambre, Thouti attendit que les deux gardes allument des torches afin que le groupe distingue les recoins les plus sombres. Ils se massèrent dans le petit espace, envahissant les deux scribes qui affectaient de ne pas les remarquer.

— La moitié de ce que vous allez voir résulte du commerce. Un quart fut offert à notre souveraine par des rois et des princes tribaux qui souhaitaient ainsi marquer leur amitié. Le quart restant...

— Commandant Thouti, interrompit Amonked, une pointe d'irritation dans la voix, je suis intendant d'Amon depuis près de dix ans. Je connais parfaitement l'origine de tous les biens précieux et exotiques qui traversent le pays de Ouaouat.

Thouti franchit le seuil et suivit un garde dans une grande salle. Si ce reproche le contrariait, il n'en donna aucun signe.

— Ces objets resteront ici jusqu'à ce qu'il soit possible de les acheminer en toute sécurité. Ils sont en sûreté à l'intérieur de nos murs, toutefois le long voyage vers le nord requiert nombre de précautions supplémentaires.

Le reste du groupe entra. Le second garde fermait la marche et surveillait les visiteurs avec vigilance. La lumière vacillante éclaira de hautes piles de paniers, de jarres, de sacs et de coffres, parfois en équilibre précaire. Le contenu de chaque jarre était inscrit sur l'anse ou sur le bouchon en terre séchée, tandis que des étiquettes d'argile cuite identifiaient les produits des récipients plus fragiles. L'air lourd était saturé d'effluves — épices et aromates, essences rares, huiles parfumées — mêlés à une odeur de poussière et à des relents qui pouvaient être ceux d'une souris morte depuis longtemps.

— Outre les marchandises et les tributs, poursuivit Thouti d'un ton monotone, nous conservons ici des articles précieux pris en remplacement du droit de passage, ou confisqués à des contrebandiers et autres malfaiteurs.

Amonked parcourut les allées étroites, scrutant les étiquettes, palpant les sacs renflés, humant les paquets enveloppés de lin, de papyrus ou de feuilles. Horhotep s'efforçait d'imiter son supérieur, mais s'exaspérait du discours ennuyeux. Il lançait de fréquents coups d'œil à Thouti, qu'il soupçonnait visiblement de se moquer d'eux. Sennefer, resté près de l'entrée, observait la scène sans rien dire avec un sourire de bonne humeur, qui pouvait être sincère ou de pure forme.

Quand l'inspecteur indiqua qu'il était prêt à continuer, Thouti fit signe à l'un des gardes de les précéder dans la salle suivante, plus spacieuse que la première. Deux colonnes soutenaient le plafond. La lumière filtrait par de hautes et minces fenêtres protégées par des barreaux de pierre. C'était le lieu le plus sûr du trésor, qui renfermait les produits les plus rares. Jarres d'huiles précieuses, de myrrhe et d'encens. Paniers de pierres brutes qui, une fois taillées, orneraient les bijoux royaux. Peaux de lion, de léopard, de singe à longs poils. Plumes et œufs d'autruche...

Amonked, les mains derrière le dos, explorait les allées avec ravissement. Tout au bout de la pièce, il s'arrêta devant six défenses d'éléphant appuyées, pointe en haut, contre le mur.

— Magnifique ! s'exclama-t-il. N'est-ce pas à toi, lieutenant, que l'on doit la capture des criminels qui avaient organisé un trafic d'ivoire sur le fleuve [1] ?

— Si, inspecteur, confirma Bak, étonné par la question et par le fait qu'Amonked ait eu vent de cet exploit.

IIorhotcp lui lança un rcgard mauvais.

— Le lieutenant Bak est un remarquable officier, dit Thouti, oubliant un instant son ton monocorde. Nous avons de la chance de l'avoir à Bouhen.

— Certes.

Amonked s'approcha d'un coffre-fort en bois aménagé dans l'angle de la salle. La porte massive était scellée.

— Qu'avons-nous ici ?

Irrité par le peu d'intérêt accordé à ses louanges, Thouti fit un signe au garde, qui brisa le sceau, libéra

1. Voir *Le Visage de Maât*, 10/18, n° 3387. (*N.d.T.*)

le loquet et ouvrit grand la porte. L'or brilla sous l'éclat de la torche. L'or, en petites barres rectangulaires empilées sur plusieurs rangées. En anneaux épais, gros comme des bracelets, enfilés sur des tiges de bois. En pépites — des monceaux de pépites, formées en versant lentement dans l'eau le précieux métal en fusion. Et même en poussière, emplissant à ras bord des vases en terre cuite.

Un sourire s'épanouit sur les traits d'Amonked.

— Très impressionnant. Dommage que Maakarê Hatchepsout ne puisse être ici pour admirer ces splendeurs dans leur cadre d'origine. Sans doute un jour, quand je pourrai m'assurer qu'elle ne courra aucun danger...

— Un jour prochain, j'en suis convaincu, dit Horhotep.

Il lança aux officiers de Bouhen un regard satisfait qui évoqua à Bak celui d'un chacal, observant une famille démunie placer un parent défunt dans une tombe peu profonde, dans le sable meuble du désert.

— Comment s'est déroulée l'inspection ? s'enquit Baket-Amon.

Bak répondit d'un air morne :

— Disons que, tout au long de cette journée, j'ai imaginé Amonked se frottant les mains devant un lieu si agréable, sur une terre où les fruits du commerce abondent avec munificence.

Le prince, qui examinait les réparations apportées au gouvernail de son navire, tourna le dos à la poupe pour scruter Bak.

— A ce point-là ? Je vois.

Bak remarqua sur le pont des paniers et des paquets solidement arrimés, puis cinq stalles où l'on avait répandu des roseaux frais.

— Tu te prépares à quitter Bouhen ?

— Demain à l'aurore, nous ferons voile vers Ma'am. Mon premier-né, mon héritier, fêtera sa huitième année dans quatre jours. Je ne voudrais pas manquer cela.

Il sourit distraitement aux deux marins qui avaient effectué les réparations.

— Du bon travail. Vous êtes libres d'aller en ville, mais attention à ne pas abuser de la bière. Il faudra amener les vaches des enclos dès le lever du jour.

Les matelots se hâtèrent de partir en comparant les mérites des différentes maisons de plaisir de Bouhen. Celle de Noferi tenait apparemment une haute place dans leur estime.

— Je transporte dix vaches jusqu'à Ma'am, en tribut pour Maakarê Hatchepsout, expliqua Baket-Amon. De là, un autre navire poursuivra le voyage vers le nord.

Bak s'approcha de la rampe et contempla les flots mouchetés d'orange, de rouge et d'or, reflets brisés d'un ciel teinté par le soleil couchant.

— Je suis venu te demander une fois encore de parler à Amonked.

— Je le voudrais bien, Bak, mais cela m'est impossible, répondit le prince, sincèrement peiné et pourtant inflexible. Maintenant plus que jamais, depuis que j'ai revu... Maintenant que mon passé est revenu me narguer. Non, je n'irai pas parler à Amonked.

— Mais... insista Bak, prêt à supplier si nécessaire.

— Je quitterais Bouhen aujourd'hui même, si je le pouvais, coupa le prince. Mais il est tard, et ni mes hommes ni moi ne sommes téméraires au point de naviguer en pleine nuit.

En l'observant plus attentivement, Bak remarqua ses traits tirés, sa nervosité. Il serrait le pendentif d'Amon à tête de bélier comme s'il espérait y puiser de la force. Ce qui s'était passé entre l'inspecteur et lui devait être d'une extrême gravité. Bak répugnait à renoncer, mais il savait que persister dans sa requête aurait été vain.

Baket-Amon se redressa de toute sa taille, releva le menton et se força à sourire.

— J'ai grand besoin de distraction. Te verrai-je chez Noferi, ce soir ?

Bak secoua la tête.

— Comme toi, Amonked s'en va demain, quoique dans la direction opposée. Jusqu'à présent, les gens de la garnison se sont conduits avec dignité. Ils ont feint d'ignorer le groupe d'inspection, quand en réalité ils bouillent de rage. Mes hommes et moi ne connaîtrons pas de repos tant que nos visiteurs seront là.

— Les voilà partis, mon ami. Bon débarras !
— Exactement mon sentiment, Imsiba.
Appuyé contre le parapet de l'esplanade, Bak observait la flottille qui remontait le fleuve vers le fortin de Kor. Au loin, les voiles rectangulaires, gonflées par la brise du nord, semblaient des oiseaux rasant la surface de l'eau dans la brume bleutée du matin.
— Toutefois, poursuivit le lieutenant, je me réjouirais davantage s'ils avaient largué les amarres pour regagner Kemet.
Imsiba rompit un morceau de pain dur dans la miche qu'ils partageaient et le trempa dans le bol de lait de chèvre.
— Si seulement Amonked avait emmené le commandant ! soupira-t-il. Au moins, nous conserverions l'espoir que tout se passera bien.
— Après l'inspection, il n'a pas tari d'éloges sur ce qu'il avait vu ici. Un moment, j'ai osé croire qu'il estimerait la présence de Thouti nécessaire. Comme je me trompais ! conclut Bak d'une voix amère.
— Pourtant, je n'ai jamais vu de forteresse mieux dirigée.
— Ce fourbe d'Horhotep lui a rappelé d'un ton mielleux que les rois guerriers, dont Amonked et la reine sont issus, l'avaient rebâtie après des siècles de négligence, y établissant les règles qui la gouvernent. A l'entendre, peu importe tout ce qui a été accompli depuis ces temps reculés.
Il trempa son pain pour l'attendrir, l'enfourna dans sa bouche et se lécha les doigts.

— Amonked se laisse influencer par ce beau parleur ? s'inquiéta Imsiba.

Bak haussa les épaules.

— J'ai passé la journée à tenter de le cerner, et j'ai échoué sur toute la ligne.

Tout en prenant un nouveau morceau de pain, il parcourut le port des yeux. Le quai sud et le quai central étaient déserts, en l'absence de la flottille. Rien de surprenant à cela. En revanche, il s'étonna de voir le navire de Baket-Amon encore amarré sur le quai nord. Un petit troupeau de vaches fauves occupait les stalles. Sur le pont, près de la passerelle, le maître d'équipage gardait les yeux rivés sur la porte de la forteresse. Le pilote était assis sur le château avant. Les hommes traînaient à bord, cherchant à s'occuper. Le vaisseau était sur le point de partir ; à l'évidence, il ne manquait plus que le prince. « Peut-être a-t-il été retardé par un essaim de jeunes femmes, chez Noferi », pensa Bak.

— Ce lieutenant Horhotep m'a l'air d'un parfait idiot, dit Imsiba. Ignore-t-il qu'une profonde amitié unit le commandant et le vice-roi Inebni ?

— Je doute qu'il accorde de la considération à un fonctionnaire en poste loin de la capitale. Même au vice-roi.

Le Medjai contempla tristement les vaisseaux qui s'éloignaient.

— Où crois-tu que nous irons, mon ami, s'il faut partir ?

Cette question-là, Bak se l'était posée mille fois. Il se sentait aussi malheureux que le sergent.

— A Ouaset ? Mennoufer ? Dans un lointain avant-poste sur la frontière nord-est ? J'aimerais bien le savoir, mais je ne suis pas plus fixé que toi.

— Je suppose que nous irons chacun notre chemin, dit Imsiba, avec la réticence de celui qui redoute la réponse.

— Qui songerait à nous laisser ensemble ? Ce n'est pas l'usage, dans l'armée.

Tristes, ils mangèrent en silence, regardant les voiles de la flottille se fondre dans la brume. L'esplanade ensoleillée se réchauffait, après une nuit fraîche. Le fleuve était paisible ; de temps à autre, un poisson bondissant troublait les eaux brunâtres. Des oies et des canards barbotaient autour des quais déserts, cherchant la nourriture jetée par les marins. La barge de Sitamon faisait route vers Abou, et un navire d'agrément avait pris sa place. Les marins à bord lançaient des plaisanteries vulgaires aux hommes de Baket-Amon, à travers le quai, et leurs rires bruyants résonnaient.

— Te souviens-tu des projets que le commandant Nakht nourrissait pour Bouhen et Ouaouat ? demanda Bak, se rappelant son premier jour au sein de la forteresse, et sa conversation avec le prédécesseur de Thouti.

Imsiba considéra son compagnon avec surprise. Bak faisait rarement allusion à leurs débuts sur la frontière, quand l'amitié était née, l'amour venu puis envolé, et que ces lieux étaient devenus leur foyer.

— Il souhaitait faire de Bouhen une cité florissante, où soldats, artisans et marchands pourraient vivre heureux auprès de leur famille. Il voulait que la paix et la prospérité règnent à travers le pays.

— Si Amonked juge l'armée inutile, tous les espoirs de Nakht seront anéantis.

Un silence plana, lourd de regret. Bak laissa vagabonder son regard jusqu'au quai nord, et la nervosité du prince lui revint en mémoire. Son absence était anormale.

— Baket-Amon était déterminé à partir dès l'aube. Allons voir ce qui le retarde.

Il jeta le reste du pain à un corbeau, qui approcha en sautillant sur le mur, la tête penchée, méfiant devant tant de largesse.

Tandis qu'ils longeaient l'esplanade, Bak avoua avec tristesse :

— La pensée de perdre tout ce dont Nakht avait rêvé me désole. Quant à l'idée de quitter cet endroit et les êtres pour qui j'éprouve de l'affection, elle m'est presque insupportable.

— Je sais, mon ami. Nulle part ailleurs je ne me sens plus chez moi, et nul ne m'est aussi proche que tous ceux que la vie m'y a fait rencontrer.

Hori fit irruption par la porte nord, les aperçut et courut à leur rencontre. Ses joues rondes étaient rouges, ses yeux brillaient d'animation.

— Lieutenant Bak ! Viens vite ! Un homme a été retrouvé mort. Poignardé. Dans la demeure où Amonked et son groupe étaient logés.

5

— Baket-Amon...

Atterré, Bak fixait le corps enfoncé dans un réduit sous l'escalier du toit. Il n'avait pas encore vu ses traits, mais on ne pouvait se méprendre sur cette vigoureuse silhouette.

A côté de lui, Psouro, un solide Medjai au visage grêlé par une maladie infantile, paraissait accablé. C'était lui qui avait supervisé la garde pendant la nuit.

Bak n'aurait pas été surpris que l'on ait assassiné l'inspecteur des forteresses de Ouaouat, mais Baket-Amon ? Il lui avait demandé d'intervenir auprès d'Amonked et s'était heurté à un refus. Or, voilà que le prince gisait, mort, dans cette demeure. Pour avoir accédé à sa requête ?

Imsiba jura dans sa propre langue.

— Les dieux se sont détournés de nous. Le prince n'exerçait qu'un semblant de pouvoir, l'autorité revenant au commandant, toutefois il était très aimé de son peuple. Je me demande quels ennuis cela va entraîner.

— Pars aviser Thouti, ordonna Bak, luttant contre le sentiment de culpabilité qui l'empêchait de raisonner clairement. Puis fais venir deux soldats avec une litière afin de l'emporter à la Maison des Morts.

Pendant que le grand Medjai obtempérait, Bak s'agenouilla pour examiner le défunt. La soupente où on l'avait dissimulé était carrée, d'environ deux coudées sur deux, et à peine assez large pour ses épaules. Psouro avait remonté et attaché la natte qui masquait l'ouverture avant qu'il ne découvre le corps. Baket-Amon était assis les bras ballants, la joue posée sur ses genoux repliés. On l'aurait cru endormi, si ce n'était le sang qui teintait de brun la natte de joncs au-dessous de lui. En se penchant, Bak vit le manche d'un poignard en bronze pris dans la chaîne d'or, sous l'effigie d'Amon à tête de bélier.

Il se releva et observa la pièce où se trouvait le réduit. Elle ne contenait que les nattes déployées sur le sol avant l'arrivée d'Amonked. Elle était contiguë à la chambre de la concubine ; un vague parfum flottait encore, sans couvrir tout à fait l'odeur métallique du sang. Elle donnait sur l'entrée principale, près de la porte de la rue. Dépourvue d'accès direct avec le reste de la demeure, elle n'avait pas plu à Amonked, qui l'avait laissée intacte ; c'est pourquoi les marins qui avaient emporté ses effets n'avaient pas découvert le prince. N'importe qui avait pu y pénétrer du dehors sans avoir à passer par la maison. N'importe qui, dans la maison, avait pu s'y glisser sans se faire voir.

Bak examina le sang qui imprégnait la natte. Certain que le prince, trop lourd à déplacer, avait été tué à proximité, il souleva la natte voisine. De minuscules éclaboussures de couleur rouille le guidèrent vers la natte suivante, sur la droite. Psouro, avec un profond soupir, en souleva une autre, puis une autre encore, révélant une grande trace ovale où la trame des nattes qui l'avaient recouverte avait laissé son empreinte.

Bak se remémora Baket-Amon la dernière fois qu'il l'avait vu chez Noferi, deux jolies filles à ses pieds, deux autres attendant de le réjouir par leur musique et par leurs charmes. Lui qui avait ce formidable appétit de vivre. Fauché à la fleur de l'âge...

— Sortons-le de là, Psouro, dit Bak, surmontant son affliction et ses regrets.

La natte glissa assez facilement sur l'enduit de plâtre, dégageant bientôt le corps de l'espace confiné. Étrangement, il conserva sa position assise. Bak plaça la main sous le menton et tourna la tête pour révéler le visage. Baket-Amon, comme il s'y attendait. Les membres n'étaient pas encore devenus froids et rigides. La mort s'était sans doute produite vers le lever du jour.

Avec douceur, il étendit par terre le prince. Psouro allongea les jambes de sa propre initiative, ce qui donnait la mesure de son désarroi. La dague, enfoncée en bas de la poitrine, avait été dirigée vers le cœur, qu'elle avait percé d'un seul coup. La présence du collier large, des bracelets et surtout du pendentif, des bijoux magnifiques et d'une grande valeur, éliminait l'hypothèse du vol.

Confronté à une obligation qu'il abhorrait, Bak rassembla tout son courage, puis empoigna la dague et la dégagea. La lame de bronze, fine et pointue, mesurait environ une paume. Le manche légèrement ciselé facilitait la prise. C'était une arme simple, dépourvue d'ornement, pas de fabrication militaire mais tout aussi courante. Bak en avait vu beaucoup de ce genre sur les marchés de Mennoufer, de Ouaset et d'Abou.

Il la posa à côté de la dépouille, se redressa et se concentra sur Psouro. Le Medjai, l'un de ses meilleurs hommes, de ceux en qui il plaçait toute sa confiance, se tenait raide comme un piquet dans l'attente de questions qu'il redoutait.

Bak le fixa avec sévérité.

— Quand Baket-Amon est-il entré dans cette maison ?

— Je ne peux rien affirmer, avoua Psouro avec embarras. Aucun d'entre nous ne l'a vu.

— Si chacun des gardes était au poste qu'on lui avait assigné, comment le prince a-t-il pu passer inaperçu ?

— Nous avons été forcés de nous éloigner, chef, répondit le Medjai, regardant droit devant lui.

— Tous ? interrogea Bak, incrédule.

— Oui, chef.

— Je suppose que tu as une explication. Et une bonne.

L'expression dure du lieutenant promettait de terribles conséquences en l'absence de raison valable.

— Je pense que oui, chef.

— J'écoute.

Psouro s'humecta les lèvres et se balança d'un pied sur l'autre.

— Au point du jour, les marins d'Amonked ont commencé à emporter les meubles installés ici pour les monter à bord. Huit ou dix jeunes apprentis, en chemin vers l'atelier, les ont croisés un peu plus bas dans la rue. Ils leur ont lancé des pierres. Les marins étaient chargés d'objets de valeur qu'ils devaient préserver. Plutôt que de laisser éclater une bagarre, qui aurait encore dressé Amonked contre les gens de la garnison, nous sommes allés à leur aide.

Le Medjai marqua une pause, s'éclaircit la gorge, puis conclut :

— C'est à ce moment-là, je crois, que le prince est entré dans la maison.

« Pour être assassiné peu après », pensa Bak.

— Pendant combien de temps avez-vous abandonné vos postes ?

— Quelques instants tout au plus.

Psouro vit l'expression de doute du lieutenant et se hâta d'être plus précis :

— J'ai dévalé l'escalier et j'ai couru dans la rue, où les autres arrivaient déjà. Dès que les jeunes nous ont vus, ils ont filé. J'ai envoyé Kasaya après eux pour m'assurer qu'ils ne reviendraient pas, et tout le monde a repris son poste.

Psouro n'était pas du genre à mentir ou à exagérer ; Bak savait que sa version des faits était exacte. La maison n'était donc restée sans surveillance qu'un très court laps de temps. Trop court pour que Baket-Amon soit entré à l'insu de tous, qu'on l'ait suivi à l'intérieur et qu'on ait pu le poignarder, cacher son corps dans le réduit, puis quitter la maison sans être inquiété. Et cette théorie ne tenait pas compte de la dispute qui avait probablement précédé le meurtre. A coup sûr, le crime avait été commis par un membre du groupe d'inspection.

Mais pourquoi ? Le prince était-il venu dans un autre dessein que pour convaincre Amonked de maintenir l'armée sur la frontière ? Un dessein en rapport avec le passé qui le narguait ?

Les pensées de Bak revinrent à Psouro. La brièveté de leur absence n'excusait pas les Medjai. Ils n'auraient jamais dû relâcher leur surveillance.

— Tu n'avais aucune idée que Baket-Amon se trouvait à l'intérieur ?

— Aucune, chef.

— Et les gens d'Amonked ? Étaient-ils tous ici quand la provocation s'est produite ?

— Oui, chef. Il était tôt. Les rues étaient encore sombres, peu accueillantes pour des étrangers à cette ville.

— Et ensuite ?

— Ç'a été le chaos, le chaos complet, expliqua Psouro, encore stupéfait rien que d'y penser. Ça bougeait dans tous les sens. Ils entraient, ils sortaient, ils suivaient les marins dans la rue pour vérifier si un bibelot précieux avait été abîmé pendant l'incident, pour reprendre un objet déjà emballé dont ils ne pouvaient se passer le temps d'embarquer, ou pour ajouter une babiole dans un coffre, un panier.

Bak fixa le Medjai avec sévérité.

— Tu as cru agir au mieux, Psouro, et je ne te blâme pas pour cela. Il est évident que tu n'avais pas le choix, il fallait secourir les marins. Toutefois, tu aurais dû laisser au moins un garde à son poste pour surveiller la maison.

Psouro, dont les sentiments étaient aussi limpides qu'un bassin d'eau clair, ne pouvait dissimuler sa honte.

— Je sais que j'ai failli à mon devoir, chef. Cela ne se reproduira plus jamais.

— Quand on aura emporté Baket-Amon, toi et tous ceux qui étaient de faction cette nuit, vous regagnerez la caserne afin de dormir un peu. D'abord, informe-les de ce qui s'est passé, puis fais-leur jurer le silence. Ce n'est pas à nous d'alimenter les rumeurs qui ne manqueront pas de se répandre bien au-delà de Bouhen.

— Oui, chef.

Psouro tourna les talons, soulagé que son épreuve soit terminée, et sortit rapidement.

Bak contempla la dépouille mortelle de l'homme qui, deux jours plus tôt, l'appelait son ami. Il adressa une prière à la déesse Maât pour que le commandant lui permette de traquer le tueur et de l'emprisonner — quels que soient son rang et son identité.

— Je me fiche de l'opinion d'Amonked, lieutenant !

Thouti allait et venait dans la cour de sa salle d'audience privée, tantôt à l'ombre, tantôt sous les rais obliques du soleil matinal qui soulignaient le jeu de ses muscles puissants.

— Soit il rentre à Bouhen avec son groupe, soit tu les accompagnes en amont. Le prince a été tué dans la demeure qu'ils occupaient, et par l'un d'entre eux.

Assis par terre près d'un métier à tisser où était tendue une longueur de lin blanc, Bak se réjouissait de la décision de Thouti — mais, en toute bonne conscience, le commandant aurait-il pu agir autrement ? Neboua, qui s'était installé sur un tabouret au soleil, entre deux acacias en pot, cessa de mâchonner sa brindille pour remarquer :

— Il ne rentrera pas à Bouhen. Cela reviendrait à admettre qu'un de ses proches est le coupable.

Comme le reste des appartements de Thouti, la cour était jonchée de jouets et encombrée d'objets évoquant les tâches domestiques : le métier à tisser, deux fuseaux, un plat de petits pois à écosser, une tunique en partie raccommodée, des lamelles de bœuf séchant sur une ficelle au-dessus de leur tête. Quatre chiots noirs jouaient autour d'un bassin où flottaient des lotus bleus. Leur senteur suave ne pouvait toutefois rivaliser avec le fumet qui provenait de la cuisine : l'arôme du pain au four et de l'agneau rôti provoqua des tiraillements au creux de l'estomac de Bak.

— De plus, il ne voudra pas retarder la mission ordonnée par notre souveraine, maugréa Thouti. Ce n'est pas une petite affaire de meurtre qui arrêtera cette maudite expédition !

— Il soutiendra, à juste titre, que mes hommes se sont laissé distraire, répondit Bak. Et il prétendra qu'un individu opposé à cette inspection, que ce soit un habitant ou un voyageur de passage, a pénétré chez eux et s'en est pris au premier venu.

— Baket-Amon, connu et aimé dans tout Ouaouat ? objecta Neboua.

Thouti balaya trois balles en cuir d'un tabouret, s'y installa, puis déplaça légèrement son siège pour échapper au feu du soleil.

— Il peut prétendre ce qu'il veut, ça m'est égal. Je te confère toute autorité pour mener ton enquête, et j'envoie sur-le-champ un message à Ma'am. Le vice-roi, j'en suis sûr, m'accordera son appui.

— Si Amonked tient autant que nous le supposons à exécuter la volonté d'Hatchepsout, il lui écrira de son côté, fit observer Neboua.

— Un bateau rapide, naviguant sans relâche, atteint habituellement Ma'am en deux jours. Le voyage jusqu'à la capitale est quatre fois plus long et abonde en périls. Le temps que Maakarê Hatchepsout envoie de nouveaux ordres, Bak aura mis la main sur le meurtrier.

Il jubilait, maintenant qu'il avait un prétexte pour reprendre l'offensive. Bak gratta le cou soyeux d'un chiot qui s'était éloigné de la portée, et dit avec prudence :

— Seize jours au moins s'écouleront. Cela peut suffire si, toutefois, Amonked et son entourage répondent à mes questions avec franchise. Dans le cas contraire... Chaque jour qui passe diminue les chances de succès.

— Tu n'as jamais échoué. Là encore, tu réussiras.

Neboua adressa un clin d'œil à Bak. Ces phrases sonnaient telle la proclamation d'un exploit, alors que le plus difficile restait à accomplir. Ce n'était pas la première fois que le commandant semblait énoncer un décret immuable et, comme toujours, une si grande confiance inquiétait Bak. Un jour, il décevrait peut-être ces hautes espérances. Comment Thouti réagirait-il, alors ?

— Je prends Imsiba avec moi, décida-t-il. Il sera triste de se séparer de son épouse et du petit, mais il a le don de poser les bonnes questions, sans se laisser abuser par des réponses fallacieuses.

— Non, je ne crois pas, dit lentement Thouti, les sourcils froncés. Non, lieutenant, tu n'emmèneras pas Imsiba avec toi.

— Mais, chef !... protesta Bak.

— C'est lui qui convient le mieux pour cette mission, intervint Neboua.

Thouti considéra l'officier au physique athlétique et une lueur malicieuse brilla dans son regard.

— Non. C'est toi, capitaine, qui conviens le mieux pour cette mission. De par ton rang, tu es investi d'une autorité supérieure à celle de tous les membres du groupe, excepté Amonked.

Bak retint un gémissement. Il aimait Neboua comme un frère, mais redoutait son caractère emporté et ses paroles irréfléchies. De son côté, le capitaine était consterné à l'idée de quitter sa femme et son fils.

— Chef, j'ai de jeunes recrues à former, des patrouilles à inspecter, les réparations de l'enceinte extérieure à superviser, de nouvelles constructions à...

— L'affaire est entendue, trancha Thouti. Vous partez pour Kor immédiatement. Vous rejoindrez le groupe d'inspection avant la nuit et vous intégrerez la caravane demain, à l'aube, quand elle entamera sa longue marche vers le sud. Pendant que vous vous préparez, je vais dicter une lettre à l'intention d'Amonked. J'y louerai en termes fleuris tes talents d'enquêteur, Bak, et quant à toi,

Neboua, ta grande expérience des pillards du désert. Il emporte trop de biens précieux pour ne pas attirer leur convoitise, ce que je ne manquerai pas de souligner.

Thouti se leva prestement et se dirigea vers l'escalier pour descendre au rez-de-chaussée.

« Il faudra plus que de bonnes intentions et quelques belles paroles sur un papyrus », songea Bak. Il se précipita derrière le commandant.

— J'aimerais disposer d'une unité d'archers ou de lanciers. Ils accroîtraient notre autorité et si, pour quelque raison, nous avions besoin de protection, nous pourrions compter sur eux.

— Excellente idée.

Au pied des marches, Thouti se retourna et interrogea Neboua du regard. Ce dernier connaissait mieux le fonctionnement de la garnison que le commandant lui-même, et savait qui pouvait leur être affecté sans perturber la routine quotidienne.

Neboua s'arrêta net pour éviter de heurter les deux hommes.

— J'ai vingt archers qui attendent une mutation. Ils peuvent être prêts en moins d'une heure.

Le trio franchit rapidement le vestibule, Thouti pour appeler un scribe et lui dicter des lettres, ses subordonnés pour se préparer à rejoindre un groupe de voyageurs à qui leur présence inspirerait du ressentiment, au meilleur des cas. Bak espérait que Thouti ne commettait pas d'erreur en envoyant Neboua, et se consolait à l'idée qu'Imsiba mènerait une enquête parallèle à Bouhen ; cela donnerait à Amonked l'assurance que tout était fait comme il convenait — et cela apaiserait sa propre peur lancinante de se fourvoyer sur une fausse piste.

— Ainsi, vous remonterez le fleuve avec Amonked, Neboua et toi ? dit Noferi en riant. Si j'étais moins avisée, je croirais que le commandant a tué Baket-Amon à seule fin de vous envoyer avec le groupe d'inspection.

Bak posa un doigt sur ses lèvres.

— Silence, vieille femme ! Si pareille rumeur parvenait aux oreilles des sujets et des alliés de Baket-Amon, Thouti n'aurait plus qu'à quitter Bouhen.

— Et Amonked ? La population osera-t-elle menacer un personnage de sang royal, envoyé par la reine elle-même ?

— Quoi qu'il en soit, notre escorte de vingt archers est un présent des dieux.

Il huma le vin rouge foncé et porta son bol à ses lèvres.

— Un délice ! J'aimerais pouvoir m'attarder, mais je dois retrouver Neboua sur le quai dans moins d'une heure.

La maison de plaisir était silencieuse ; la plupart des occupantes se reposaient après une nuit animée. Un vieux serviteur maniait son balai de jonc dans une pièce à l'arrière, et la poussière volait dans les minces traits de lumière filtrés par l'auvent. Bak avait trouvé son amie en train d'examiner les nombreux objets reçus les derniers soirs en échange des plaisirs qu'elle offrait. Sur le banc devant elle s'étalaient des bijoux de peu de valeur, des vêtements, des sandales, des paniers et des nattes en roseau, des fruits et des légumes frais ou séchés, de la vaisselle et des bibelots en terre cuite, plusieurs mesures de céréales et quelques petites armes : deux dagues, une masse et un cimeterre. De l'autre côté de la cour, le lion couché au soleil rongeait un os en grognant de satisfaction.

Bak ôta les armes du banc et les posa par terre, près de son tabouret. Il était interdit aux soldats de troquer le matériel de l'armée. Noferi lui lança un regard noir, mais elle connaissait le règlement et ne pouvait se plaindre. Elle avait eu tort de céder à l'appât du gain.

— Quand je l'ai vu hier, sur le quai, le prince a dit que son passé était revenu le narguer. As-tu une idée de ce que cela signifie ?

— Son passé ?

D'un haussement d'épaules, elle lui fit savoir combien

elle se moquait de ses questions, combien elle lui en voulait d'avoir confisqué les armes.

— Quand j'ai quitté la capitale, il n'était qu'un enfant, un otage parmi tant d'autres qui vivaient et étudiaient dans la maison royale, côtoyant les fils de la noblesse. Comment l'aurais-je connu ?

— Tu comptais des princes au nombre de tes admirateurs. Ne le nie pas, je le sais.

Elle consentit à sourire.

— En dépit de leur jeune âge, ils étaient déjà virils. Lui n'avait que six ou sept ans. Un petit poussin, qui ne s'éloignait jamais de la basse-cour. Ce n'est qu'à Bouhen que je l'ai rencontré.

— Dommage. C'était un homme, un vrai.

— Ça oui...

Bak buvait à petites gorgées en l'observant au-dessus de son bol. Noferi avait toujours été à l'opposé de l'image qu'il se faisait de la sensualité, mais en entendant l'inflexion de sa voix, il se demanda si, comme les jeunes femmes qui travaillaient pour elle, elle avait partagé la passion de Baket-Amon. Son expression ne livrait rien de ses secrets.

— Quand l'as-tu vu pour la dernière fois ?

— Il y a deux nuits, lorsque tu étais ici.

Avec un soupir excédé, elle lança aux armes un regard de regret, puis s'intéressa à un bracelet de cuivre, sur le banc.

— Il est parti à l'aube, ses désirs parfaitement assouvis.

— Il n'est pas revenu cette nuit ? Il en avait l'intention.

Elle posa le bijou et examina un anneau de bronze serti d'une pierre jaune.

— Je l'attendais. Il laissait rarement passer une nuit sans nous rendre visite, quand il était à Bouhen. Mais, non, il n'est jamais revenu.

— Je n'arrive pas à y croire. Un homme si vigoureux et si viril, que tous appréciaient !

Le capitaine du navire de Baket-Amon frappa la cloison de la cabine, comme pour la punir de la mort du prince.

Bak regarda de l'autre côté du quai, où Neboua et les archers embarquaient sur le vaisseau qui les transporterait jusqu'à Kor. Tous étaient chargés de paniers et de paquets contenant les rations, des vêtements de rechange et des armes — tout le nécessaire pour le long périple à travers le Ventre de Pierres.

— Lui connaissais-tu des ennemis ?

— Aucun.

Le capitaine passa devant les stalles vides et s'assit au bord du gaillard d'avant, la tête basse, les mains entre les genoux. Le bétail avait été ramené dans les enclos, où il resterait jusqu'à ce que le navire soit autorisé à partir.

— Celui qui lui a ôté la vie aurait-il pu se tromper de cible ?

— On pouvait difficilement le prendre pour un autre, lui rappela Bak, avec une douceur qui dissimulait son impatience de s'en aller.

— Oui, bien sûr. Il était très grand et fort comme un bœuf. On l'a frappé par-derrière ?

— Non, en pleine poitrine. Je parie que son meurtrier était quelqu'un qu'il connaissait et en qui il avait confiance.

Il s'adossa contre la stalle la plus proche. L'odeur du fourrage frais lui chatouilla les narines.

— Est-il resté à bord, la nuit dernière ?

— Oui, lieutenant.

Le capitaine avait la voix rauque. Il se racla la gorge avant de préciser :

— Il a passé la nuit ici, mais il ne pouvait trouver le repos. Peut-être a-t-il dormi une heure ou deux. Sinon, il n'a pas cessé de faire les cent pas sur le pont ou sur le quai.

— T'a-t-il parlé de ce qui le préoccupait ?

Cette question était cruciale, tous deux le savaient.

— Si seulement il l'avait fait ! répondit le capitaine du fond du cœur. Il n'était pas du genre à se confier, en tout cas, pas à nous qui le connaissions bien. On m'a dit qu'il se livrait plus facilement à celles avec qui il se distrayait. As-tu posé la question aux filles de Noferi ?

— Il ne leur avait rien dit. La dernière fois que je l'ai vu, il a fait allusion à un lourd secret de son passé. Que sais-tu de sa jeunesse ?

— Je n'étais avec lui que depuis trois ans.

— C'est plus qu'il n'en faut pour entendre bien des histoires.

Le capitaine sourit malgré lui.

— Il paraît qu'il avait le sang chaud, alors. Et même à présent...

Toute trace de gaieté s'effaça de son visage.

— Il a des épouses splendides et ses enfants sont la beauté même, surtout son premier-né. Grâce aux dieux, ils ont rarement séjourné à Ouaset avec lui — ni où que ce soit, d'ailleurs. Ils n'ont jamais su qu'il passait ses nuits à goûter les plaisirs de la chair.

— Tu le désapprouvais ?

Le capitaine haussa les épaules.

— Un homme est un homme, on ne peut le lui reprocher. Il était aimé de son peuple et ses prouesses sexuelles accroissaient encore son prestige. Mais trop, c'est trop, si tu vois ce que je veux dire

— Ma'am était devenu son foyer ?

— Il avait installé sa famille là-bas, près du siège du pouvoir, où ses fils pouvaient nouer des liens fraternels avec les enfants du vice-roi et, en même temps, apprendre les usages de Kemet.

— L'aîné étant son héritier, je suppose qu'il va lui succéder.

— Oui, mais la Première Épouse de Baket-Amon exercera le pouvoir. L'enfant n'a pas encore huit ans. S'il venait à mourir avant sa majorité, elle a d'autres fils pour le remplacer, expliqua-t-il avec un froid sourire.

C'est une femme énergique et déterminée. Elle ne tolérera pas que la succession lui échappe.

« En d'autres termes, pensa Bak, Baket-Amon n'a pas été tué par quelqu'un qui voulait usurper son titre de prince de Ouaouat. »

— J'espère ardemment qu'elle partage l'amour de son époux envers Kemet.

Le capitaine répondit avec hésitation :

— Elle est épouse et mère avant tout. Maintenant que son mari est mort, elle protégera ses fils avec la férocité d'une tigresse.

— Aurait-elle pu assassiner Baket-Amon, de peur qu'il n'amène dans sa maison une femme à qui il aurait accordé la préférence ?

— Cela n'aurait pas servi ses intérêts, ni ceux de ses enfants.

6

— Est-ce vrai qu'on a tué Baket-Amon ? cria le sergent Pachenouro, courant vers eux sur la berge contre laquelle le bateau était amarré.

— Par la barbe d'Amon !

Interloqué, Bak, qui descendait la passerelle, s'arrêta à mi-chemin. La nouvelle s'était déjà répandue !

— C'est donc vrai...

Pachenouro, un Medjai petit et râblé, qui égalait presque Imsiba en intelligence et en bravoure, secoua la tête avec consternation.

— Les gens de ce pays ne prendront pas cette affaire à la légère.

Se rendant compte qu'il barrait le passage, Bak finit de descendre la planche étroite, bondit sur la terre bourbeuse et entraîna le sergent sur le côté.

— Amonked le sait-il ?

— Rien ne l'indique.

Bak détestait annoncer de mauvaises nouvelles, mais, en l'occurrence, prendre l'inspecteur de court serait peut-être un avantage.

— Et toi, comment l'as-tu appris ?

— Par un marchand arrivé de Bouhen il y a une heure ; la rumeur s'est répandue parmi nos hommes. Il ne savait rien de substantiel, mais, en te voyant, ils comprendront qu'il disait vrai.

Bak se résigna à l'inévitable. Il n'avait pas le choix.

— Amonked croit-il que Dedou et toi êtes des âniers ?

— Oui, si tant est qu'il nous ait remarqués, répondit le sergent, levant la main pour saluer Neboua qui descendait à son tour. La caravane est si grande que l'on se perd dans la masse.

Les archers suivirent leur capitaine, chacun portant un arc à long bois, un lourd carquois de cuir et des provisions. Déséquilibrés par leur charge, ils dévalèrent un à un la planche en vacillant, riant avec la bonne humeur d'hommes libérés de leur routine.

— As-tu pu te lier avec des membres du groupe ? interrogea Bak.

— Oui, dit Pachenouro en souriant. Avec Paouah, le héraut. Un gamin d'une douzaine d'années. Il aime les animaux et vient souvent voir les ânes. Comme je suis un Medjai du désert oriental et lui un nomade du désert occidental, il sent entre nous une sorte de parenté.

Ils adressèrent un salut au maître d'équipage, puis, avec Neboua, gravirent un sentier parallèle au fleuve. Les archers avançaient par petits groupes derrière eux. Ils dépassèrent deux navires de commerce écartés du quai en faveur de la flottille. Peu d'hommes restaient à bord ; les équipages s'étaient certainement rendus au port pour admirer les nobles visiteurs. Au loin sur le fleuve, des pêcheurs remontaient une senne.

Bak contemplait les murailles de Kor, au-devant d'eux. Annexe de Bouhen, le fortin servait d'étape aux caravanes, et de bivouac aux unités militaires traversant la région. Le lieutenant était souvent appelé à Kor par les scribes-collecteurs ou par les soldats chargés de maintenir l'ordre. Les murs à tourelles avaient repris la couleur naturelle de la brique crue, un brun profond, moucheté de plâtre blanc dans les coins épargnés par le vent et les tourbillons de sable. Les remparts étaient rongés, les angles des créneaux arrondis par le temps. Plusieurs tours en saillie avaient été rebâties, mais nombre d'entre elles se fissuraient ou penchaient.

Kor était idéal pour ce qu'on en faisait, mais qu'en penserait Amonked ? Quelle serait l'impression d'un visiteur fraîchement arrivé de la capitale, où les édifices aux couleurs vives étaient entretenus avec soin, devant ce vieux fort délabré ?

— Amon lui-même doit être sidéré par les exigences outrancières de son intendant ! déclara Neboua du haut des remparts.

Venue du port, une longue file de marins passait sous la porte de l'enceinte, croulant sous le poids de meubles portatifs, de nattes et d'innombrables coffres en roseau tressé.

Les mains sur le parapet, Bak était partagé entre l'étonnement et le dégoût. Les ambassadeurs de la reine voyageaient souvent avec des présents ostentatoires pour les rois kouchites et leurs familles, mais rien de comparable à tout cela.

— Amonked ne pouvait-il en laisser un petit peu derrière ?

Neboua traversa le chemin de ronde pour se camper à côté de lui, sans mot dire. La scène se passait de commentaire. Habituellement calme et presque désert, le vaste espace rectangulaire au cœur des murailles fourmillait de vie. Dans un enclos tout au bout, les ânes se pressaient en brayant au milieu d'un nuage de poussière. On avait entassé le fourrage. De grands sacs, des paniers et des jarres s'amoncelaient parmi les ruines d'anciens bâtiments. Des fournitures supplémentaires s'empilaient à mesure qu'on déchargeait le dernier train d'ânes arrivé de Bouhen.

Un pavillon en lin blanc occupait le centre d'une place sablonneuse, utilisée en temps normal pour la formation ou la dispersion des caravanes. Plusieurs gardes d'Amonked dressaient des tentes à l'intention des membres de l'expédition. Les autres montaient leur modeste campement à proximité, courant telles des fourmis désorganisées. Les archers de Neboua, autrement plus efficaces, s'étaient installés près d'un groupe d'édifices intacts et avaient terminé leurs préparatifs pour la nuit. Les baraquements et quatre maisons, réparés au cours des dernières années afin d'abriter les troupes et les scribes cantonnés à Kor, semblaient une oasis de sérénité au milieu de cette agitation.

La simple vue du pavillon accroissait l'exaspération de Bak.

— N'a-t-il consulté aucun des ambassadeurs avant de quitter la capitale ? Ils lui auraient sûrement recommandé de se charger le moins possible pour traverser cette contrée aride.

— Il n'a pas amené son épouse ni autant de serviteurs qu'on aurait pu le craindre, répondit Neboua, sarcastique. Il croit peut-être avoir suffisamment sacrifié au nom du bon sens.

Bak aperçut Amonked et le lieutenant Horhotep au pied de la muraille opposée, escortés par le jeune lieutenant qui commandait le poste.

— L'inspection devrait bientôt prendre fin.

— Amonked est sans doute informé de notre présence. Mieux vaut aller le rejoindre.

Ils se dirigèrent vers la haute porte à tourelles, d'où ils pourraient descendre par une succession d'échelles. Ils s'arrêtèrent pour contempler une dernière fois la garnison d'en haut.

— Sechou doit s'arracher les cheveux, remarqua Neboua.

— Comment l'en blâmer ?

— Tu as grandi près de Ouaset. J'aurais cru que tu serais accoutumé à l'étalage de la richesse et du pouvoir.

Bak était surtout accoutumé aux taquineries de Neboua, qu'en la circonstance il choisit d'ignorer.

— Entre la capitale et la frontière, il existe une différence fondamentale qu'Amonked n'a pas su discerner : sur la terre de Kemet, il n'y a aucun risque. Aucun danger. Aucun pillard susceptible d'être tenté par ce qui, à ses yeux, représente un trésor phénoménal.

Bak et Neboua se frayèrent un chemin à travers les tentes à demi dressées. Amonked et Horhotep se tenaient devant le pavillon, tandis que l'officier responsable de Kor s'éloignait à la hâte vers les baraquements comme pour échapper à un sort effrayant. Des bannières rouge et blanc flottaient dans la brise, au sommet du poste central. Un grand lévrier blanc aux longues pattes fines, comme ceux que les nobles utilisaient pour la course et la chasse, était étendu au soleil près de l'entrée. Ni l'inspecteur ni son conseiller ne remarquèrent l'approche des officiers.

— Cette forteresse est une abomination, une insulte à notre souveraine, fulminait Horhotep. Les cultivateurs en feraient meilleur usage en écrasant les briques pour les répandre sur leurs champs en guise de fertilisant.

Bak murmura à son compagnon :

— Les dieux ont fait un bien mauvais choix en ôtant la vie à Baket-Amon et en épargnant celui-ci.

— Bon nombre de caravanes trouvent ici un abri sûr, chaque année, répondit Amonked, regardant autour de lui comme s'il tentait d'imaginer les lieux en temps normal. Je dois inspecter les forteresses en amont avant de prendre une décision définitive, cependant Kor pourrait avoir une certaine valeur. Par exemple, si l'on ajoutait un second quai...

— Non.

Amonked dévisagea son expert, mécontent, soupçonna Bak, de ce rejet péremptoire. Sans se douter de rien, Horhotep considérait avec dédain la porte orientée vers le désert.

— Pour qu'il ait une réelle valeur, il faudrait reconstruire les murailles depuis les fondations, sans parler des bâtiments. Kor est un simple abri, non un point de défense stratégique. Ces dépenses sont inutiles.

Il se retourna et fronça les sourcils en découvrant Bak et Neboua.

— Que faites-vous ici, tous les deux ? Amonked n'a-t-il pas dit clairement qu'il n'admettra aucune ingérence de Bouhen ?

L'expression de Neboua s'assombrit et il parut sur le point de lancer une repartie pour le moins acerbe. Bak, non moins blessé par cet affront, lui pressa l'épaule afin qu'il se refrène et s'avança vers Amonked sans prêter attention au conseiller.

— Une affaire d'une extrême importance nous amène, inspecteur, dit-il en montrant le rouleau de papyrus préparé par Thouti. Nous souhaitons nous entretenir avec toi.

Sa gravité ne pouvait échapper à Amonked, qui souleva le pan d'étoffe masquant l'ouverture de sa tente.

— Fort bien. Vous pouvez entrer.

Bak lança à Horhotep un regard appuyé.

— Je ne vois aucune raison de retenir le lieutenant pour l'instant.

Si Amonked remarqua le flot de sang qui empourpra le visage de son conseiller, il s'abstint de le montrer.

— Regagne notre vaisseau, Horhotep. Assure-toi qu'on a déchargé tous nos effets, puis renvoie-le à Bouhen.

Horhotep considéra Bak avec une rage impuissante, tourna les talons et s'éloigna à grands pas. Bak comprenait sa colère : lui aussi, il aurait été contrarié si Thouti l'avait chargé d'une besogne aussi ingrate. Toutefois, cette décision de l'éloigner fit naître en lui un espoir inattendu. Apparemment, le conseiller était tenu à distance et n'exerçait qu'une influence modérée. Ou l'inspecteur lui avait-il simplement rendu la pareille, offensé par le manque de considération d'Horhotep envers son opinion ?

Le pavillon était un havre de confort au milieu de l'austérité de la frontière. Une douce brise froissait l'étoffe de l'entrée et une lumière tamisée filtrait par le toit et les parois de lin. Des tentures brodées cloisonnaient l'espace et permettaient une certaine intimité. Sur le sol couvert de nattes épaisses, des coussins moelleux et des tabourets invitaient au repos. Le dessus des coffres et des petites tables accueillait des plateaux de jeu, des coupes, des papyrus. Contre une paroi, un autel drapé d'étoffe préservait le secret du dieu à l'intérieur — Amon, supposa Bak. Par le nombre et par l'élégance, les meubles surpassaient tout ce dont disposaient les officiers à Bouhen. La contrariété de Sechou n'avait rien d'étonnant. Combien d'ânes faudrait-il pour transporter le pavillon et sa luxueuse décoration ?

Amonked s'assit sur un tabouret, l'air atterré.

— Le prince Baket-Amon, assassiné ! Et dans la maison où nous avons dormi !

— Oui, inspecteur, confirma Neboua, que l'humiliation d'Horhotep avait considérablement réjoui. Nous pensons qu'il est entré au lever du jour et qu'il a été poignardé peu après.

— Vous m'en voyez, naturellement, bouleversé, cependant je me demande pourquoi vous venez me trouver.

Bak, resté debout près de l'entrée, crut entendre une femme sangloter tout bas, derrière une tenture. « La concubine », devina-t-il.

— Comme tu le sais, inspecteur, mes Medjai gardaient la maison. Ils n'ont vu personne entrer ni sortir.

— Si je ne me trompe pas, jeune homme, tes Medjai ont abandonné leur poste pour repousser une attaque contre mes marins.

Bak espéra que la chaleur de ses joues ne se doublait pas d'un rougissement révélateur.

— Ils n'ont relâché leur surveillance que quelques instants.

— J'apprécie l'aide qu'ils ont apportée à mes hommes – une rixe aurait été des plus inconvenantes —, ainsi que la remarquable célérité avec laquelle ils ont réglé l'incident. Mais, continua Amonked en durcissant le ton, il n'en demeure pas moins que plus un seul d'entre eux ne gardait la maison.

— Et c'est alors que Baket-Amon est entré, dit Bak,

orientant à nouveau la conversation sur le meurtre en éludant le fait indéniable que ses hommes étaient fautifs.

— Et le meurtrier avec lui.

— Nul hormis un dieu n'aurait pu entrer avec lui ou le suivre, puis trouver le temps de l'assassiner, de dissimuler son corps et de partir sans être vu.

Bak s'exprimait avec une assurance qui ne souffrait aucune contradiction. Amonked laissa échapper un rire froid et désabusé, qui fit taire les sanglots derrière la tapisserie.

— Je vois. Tu es résolu à rejeter le blâme sur un membre de ma suite. Que c'est donc commode, lieutenant, pour toi et pour le commandant Thouti !

— J'arrêterai le coupable et personne d'autre, rétorqua Bak, indigné. Même si c'est un de ceux qui sont venus avec toi de la capitale.

— Les faits sont les faits, inspecteur, intervint Neboua. Baket-Amon a été assassiné dans la maison où vous séjourniez. Le tueur se trouvait probablement à l'intérieur.

— Cette inspection sera déjà bien assez difficile, alors que chacun s'ingénie à me mettre des bâtons dans les roues parce que j'accomplis mon devoir. Je ne permettrai pas qu'une accusation de meurtre soit un prétexte supplémentaire pour refuser de coopérer.

« Il ne fait allusion qu'aux militaires, songca Bak. Il n'imagine même pas que la population de Ouaouat pourrait contrecarrer ses plans. »

Contenant son irritation, il fit un pas en avant et remit à l'inspecteur le rouleau préparé par Thouti.

— Comme la lecture de cette missive te le confirmera, le commandant n'a pas l'intention d'entraver ta mission. Vous pouvez retourner à Bouhen, si tu le souhaites. Dans le cas contraire, le capitaine Neboua et moi-même nous joindrons au voyage en amont, sans prendre part à l'inspection, afin de découvrir le meurtrier.

— Je ne retournerai pas à Bouhen, répliqua Amonked. Toi, en revanche, tu as beaucoup plus de chances de découvrir le tueur là-bas, parmi les amis et les relations de Baket-Amon, ou parmi ceux qui rôdaient dans les parages au moment du crime.

— Mon sergent, Imsiba, ne négligera aucune piste. Si l'assassin est à Bouhen, il le trouvera. Pendant ce temps, j'explorerai un terrain que je crois plus fertile.

Amonked ravala tout autre commentaire. De l'ongle du pouce, il brisa le sceau, puis dénoua le rouleau et se mit à lire. Son mécontentement s'accrut à mesure qu'il parcourait les colonnes.

— Je n'apprécie aucunement cette intrusion.

Il jeta le papyrus sur une table basse ; le message roula jusqu'au bord et tomba par terre.

— J'incarne l'autorité de notre souveraine, Maakarê Hatchepsout, et je jouis de sa totale confiance. Rien ne m'empêche de vous renvoyer tous les deux à Bouhen.

Bak imaginait la fureur de Thouti s'ils retournaient à la forteresse. Tous ceux qui l'approcheraient auraient à la subir, en particulier les deux officiers incapables de tenir tête à Amonked. Ses pensées allaient à toute allure. Comment éviter d'être rejetés de l'expédition ?

— Quand un homme est assassiné en dehors de Bouhen et qu'on m'appelle pour retrouver son meurtrier, je voyage habituellement avec deux Medjai. Pourtant, cette fois, le capitaine Neboua m'accompagne avec toute une unité d'archers. Ne t'es-tu pas demandé pourquoi ?

— Pour faire montre de votre puissance, je suppose.

— Aux yeux de qui ?

L'inspecteur, trop fin pour se laisser prendre, fixa durement les deux officiers sans répondre.

Bak ramassa la lettre de Thouti et la posa sur la table.

— Le prince Baket-Amon était très aimé de la population du Ventre de Pierres. Qu'il ait été tué par un membre de ton groupe ou non, on en rejettera la responsabilité sur toi. Sans une forte présence militaire de Bouhen, sans une enquête active sur son assassinat, la caravane risque d'être attaquée et de disparaître à jamais.

Il exagérait. Du moins, il le pensait. Neboua aussi, sans doute, car il évitait soigneusement son regard.

Pensif, Amonked reprit la lettre et la lut une seconde fois. A contrecœur, il céda :

— Très bien : vous pouvez rester, tous les deux. Mais je vous préviens : à la moindre interférence dans ma mission, vous retournez à Bouhen.

Bak poussa un imperceptible soupir de soulagement.

— Tu ne regretteras pas cette décision, inspecteur. Si la population locale croit que tu nous aides dans notre enquête, tu gagneras plus facilement sa confiance.

— Maintenant que tout est réglé, dit Neboua en se levant, je dois informer Sechou que Baket-Amon est mort et que la caravane comptera vingt-deux hommes de plus.

— Je me montrerai franc avec toi, inspecteur, annonça Bak, devant l'entrée du pavillon.

Amonked s'accroupit pour gratter le crâne de son chien et répliqua sèchement :

— Plus encore qu'auparavant ? J'ai peine à y croire.

« Plaisante-t-il ? s'interrogea Bak. Serait-il possible qu'il fasse de l'esprit ? »

— Il y a deux jours, j'ai prié Baket-Amon d'aller te trouver, afin de t'expliquer l'importance de l'armée pour le pays de Ouaouat. Il a refusé. Je l'ai revu hier et j'ai réitéré ma demande. A nouveau, il a refusé. J'ai cru que sa décision était irrévocable, mais quand j'ai découvert son corps sans vie dans la résidence qui t'était attribuée, je n'ai pu m'empêcher de penser qu'il avait changé d'avis.

— Et tu te sens responsable de sa mort, dit Amonked en se redressant, un sourire indéfinissable aux lèvres. Je t'assure que tu n'en as pas lieu. Il n'est pas venu me parler.

— Comment peux-tu en être certain ?

— Je n'ai pas quitté la maison avant de me rendre au port, et je suis resté le plus souvent dans la pièce contiguë à celle où il a été assassiné. Nefret, ma concubine, était malheureuse et me suppliait de la laisser regagner Ouaset. Il n'aurait pu manquer de l'entendre — elle, et moi aussi probablement, admit Amonked avec une grimace de mécontentement. Entre ses larmes et les allées et venues des marins, à qui il fallait indiquer la répartition des meubles dans les différents navires, je n'ai pu conserver mon calme.

Malgré le sang-froid qu'Amonked affichait en permanence, l'explication semblait plausible. Le groupe d'inspection n'était pas servi aussi bien qu'on aurait pu s'y attendre, vu le nombre restreint de domestiques et l'inefficacité des marins et des gardes. En fait, ces derniers n'avaient pas encore terminé l'installation de leur campement, alors que Rê déclinait rapidement à l'horizon. Ils étaient bien trop occupés à se disputer au sujet de la meilleure méthode pour repousser les serpents : des incantations ou la pose d'une corde autour de chaque natte, telle une barrière infranchissable.

— Connaissais-tu bien Baket-Amon ? interrogea Bak.

Une meute de chiens sauvages fila à travers le camp en aboyant derrière un chat. Le lévrier d'Amonked se redressa d'un bond. L'inspecteur le retint par son collier avant qu'il ne se mêle à la poursuite. Le chien gémit et se débattit, mais il était maintenu d'une poigne solide.

— C'était un ambassadeur de la maison royale. Je le voyais lorsqu'il venait rendre hommage à notre souveraine ou présenter un rapport au vizir. Nous n'étions amis en aucune manière.

Bak crut déceler une légère dureté dans la voix de l'inspecteur, mais le visage de celui-ci était indéchiffrable.

— Il m'a dit que son passé revenait le narguer. As-tu la moindre idée de ce dont il parlait ?

— Je n'ai jamais été très doué pour sonder les cœurs, lieutenant. A présent, je dois dicter les conclusions de mon inspection pendant que mes impressions sont encore fraîches, éluda Amonked, écartant le pan de l'entrée pour regagner son pavillon.

Bak tint bon.

— Afin de mettre la main sur le meurtrier, j'aurai besoin de la coopération de tous les membres de ton expédition. Veilleras-tu à ce qu'ils m'apportent leur aide, inspecteur ?

— Je leur exposerai bien sûr ta mission et les inciterai à coopérer. Quant à savoir s'ils y seront disposés, je ne peux en répondre. Cela dépendra de toi.

Amonked laissa retomber l'étoffe derrière lui et Bak resta seul sous le soleil.

Réprimant une envie folle de secouer l'inspecteur de toutes ses forces, Bak se rendit dans les quartiers du commandant. Il devait adresser un message à Thouti, pour l'aviser qu'ils avaient obtenu non sans mal la permission de partir avec la caravane et de mener l'enquête. Concernant l'inspecteur, que pouvait-il dire ? Cet homme évoquait un roc, solide, inébranlable. Bak était certain que son chemin et celui de Baket-Amon s'étaient croisés, jadis, et qu'ils en avaient gardé de la rancœur. Leur différend avait-il été sérieux au point qu'Amonked, cousin d'Hatchepsout, ait supprimé le prince ? Bak frissonna rien que d'y penser.

— Je hais cet endroit, cette terre de Ouaouat sauvage et inculte !

Nefret, la concubine, ravala ses larmes de colère et se maîtrisa suffisamment pour reprendre ses confidences :

— Amonked est bon et doux. Il ne ferait de mal à personne volontairement. Je n'arrive pas à comprendre pourquoi il tient tant à ce que je vienne.

Bak eut grand-peine à contenir un sourire. Il avait, pour sa part, une bonne idée des raisons de l'inspecteur. La jeune concubine, âgée d'une vingtaine d'années, était une des femmes les plus sensuelles qu'il ait rencontrées depuis son arrivée à Ouaouat, près de deux ans plus tôt. Ses seins fermes, sa taille fine et ses hanches rondes, épousés par la robe en lin blanc, rivalisaient avec les appas de la déesse Hathor. De grands yeux noirs frangés de longs cils épais, des lèvres pleines et séduisantes paraient son visage ovale, encadré par une masse de cheveux noirs qui cascadaient autour de ses épaules. Bak espérait qu'elle resterait à l'intérieur du pavillon. Si les troupes cantonnées à Kor l'apercevaient, on risquait l'émeute. Sachant qu'Amonked partageait le repas du soir avec le commandant du fortin, il avait décidé d'interroger les membres de sa maisonnée, en particulier la jeune femme. Les sanglots entendus un peu plus tôt trahissaient de l'amertume, or ce genre de sentiment contribuait souvent à délier la langue.

— Son navire est une prison. Une prison confortable, bien sûr, mais, oh ! si étouffante !

Elle ramena ses jambes sous elle, tapota la montagne de coussins placée derrière elle et s'y adossa.

— Quelle abomination de remonter le fleuve jour après jour, sans autres distractions que de voir défiler d'affreuses forteresses et des villages trop petits, pauvres et crasseux pour qu'on les visite ! Je croyais qu'à Ma'am, chez le vice-roi, je pourrais enfin bavarder avec quelques femmes et, peut-être, me promener dans un marché digne de ce nom. Comme je me trompais ! se plaignit-elle avec tristesse.

— Maîtresse, je t'en prie...

La petite servante de douze ans, dont les formes juvéniles commençaient à peine à s'épanouir, attendait à côté d'elle, un miroir dans une main, un peigne d'ivoire dans l'autre. Un coffret de bois contenant des fards et des ornements pour les cheveux était ouvert sur le tapis, à ses pieds.

— Va, Mesoutou, ordonna Nefret, les sourcils froncés. Apporte-nous du vin. Et des gâteaux au miel.

La jeune fille jeta un regard impuissant au scribe assis par terre à l'autre bout du pavillon, reposa peigne et miroir près du coffret et disparut derrière la paroi d'étoffe qui délimitait la partie privée.

— L'épouse du vice-roi n'est pas là. Elle est partie pour la forteresse de Koubban, au nord, afin d'aider sa fille à accoucher.

Nefret prit le miroir et plissa le nez de dégoût en s'y contemplant.

— Les autres femmes ne parlent que de leur vie monotone dans cet endroit assommant. A Bouhen, ce n'était guère mieux. J'étais confinée dans cette horrible maison. Et maintenant, on ne me laisse pas quitter cette tente. On me répète que c'est plus sûr.

Elle lança un regard plein de rancœur au scribe, qui, désolé, fixa le papyrus déployé sur ses genoux.

— Après sa première entrevue avec le commandant Thouti, poursuivit-elle d'une voix déçue, Amonked nous a interdit de fréquenter les officiers du Ventre de Pierres et leurs familles. Je ne peux imaginer ce qui l'y a incité. Se sont-ils querellés ?

— Dame Nefret...

Le scribe, qui pouvait avoir trente ans, posa son rouleau, se leva et s'approcha d'eux en claudiquant. Contrairement aux membres de sa profession, il portait un pagne court, à mi-cuisse, probablement pour atténuer l'effort de la marche. Une terrible cicatrice montait de sa cheville droite et passait sur son genou déformé pour disparaître sous son vêtement.

Ne te mets pas en colère. Tu ne fais de mal qu'à toi-même.

— Ne peux-tu donc jamais me laisser tranquille, Thaneni ? Dois-tu constamment répéter tout ce que dit Amonked comme l'ombre pâle que tu es ?

Elle éclata en sanglots et s'enfuit en courant. Le scribe avait l'expression d'un homme qui vient de recevoir une gifle.

— Nefret est bouleversée, lieutenant. Elle se sent seule, elle a peur. Elle ne pense pas ce qu'elle dit.

Il aurait fallu être aveugle pour ne pas voir qu'il l'aimait. D'un amour sans espoir, si le mépris qu'elle lui marquait était sincère.

— La plupart des femmes viennent à Ouaouat avec leur mari et leurs enfants, répondit Bak. Elles supportent cette vie-là pendant un an, deux, parfois trois, parce qu'elles n'ont pas le choix. Nefret a de la chance, elle ne devra rester que quelques semaines.

Il ne doutait pas que la concubine pouvait l'entendre à travers la fragile tenture. A défaut de la réconforter, ses paroles l'amèneraient peut-être à porter plus d'attention aux autres.

— Elle ne devrait pas s'irriter ainsi contre Amonked. Du jour où il l'a prise dans sa maison, il l'a choyée, l'a comblée de présents. Elle vit entourée de beauté et de confort. J'aimerais pouvoir un jour offrir autant à une femme, confia tristement Thaneni en baissant la tête.

— Amon ne t'a-t-il pas accordé un cadeau plus précieux que les biens matériels ? demanda Bak sans regarder la jambe infirme.

— Oui, j'ai eu la vie sauve. Chaque jour, je lui rends grâce pour m'avoir épargné, répondit Thaneni comme s'il récitait une litanie, profondément sincère mais trop souvent répétée. Et je remercie sans cesse le plus bienveillant des dieux de m'avoir permis de servir un homme bon et généreux, qui ne détourne pas les yeux à mon entrée.

La démarche laborieuse de Thaneni éveillait une pitié embarrassante, d'autant plus que le scribe était séduisant. Encore dans la fleur de l'âge, il avait des traits harmonieux, des épaules larges, des hanches étroites et des bras musclés. Si Amonked parvenait à ne voir que l'homme en lui, et non la difformité, il avait au moins une qualité pour racheter ses défauts.

— Thaneni... Oh, nous avons un invité ! Je reviendrai plus tard, dit un garçon mince d'une douzaine d'années, qui, à peine apparu, s'apprêtait à s'en aller.

— Entre donc, lui dit Bak.

A son teint vif et à ses cheveux noirs frisés, il avait deviné que c'était le petit héraut, l'enfant du désert dont Pachenouro était devenu l'ami. De même que la concubine et sa servante, il était contraint à ce voyage non par nécessité, mais pour satisfaire le caprice d'Amonked. Et comment Thaneni résisterait-il à cette longue marche, lui pour qui chaque pas représentait une lutte ?

Le jeune garçon le regardait avec curiosité. Il tenait quatre plumes d'autruche qui s'élevaient bien au-dessus de son épaule fluette.

— Tu as trouvé une surprise pour elle, constata Thaneni avec gratitude. Loué soit Thot !

— J'ai rencontré un marchand qui revenait de la lointaine Kouch...

Un sentiment de culpabilité assombrit son visage radieux et il se retourna comme s'il craignait qu'on l'entende.

— Je sais qu'Amonked ne veut pas qu'on s'éloigne, mais j'ai demandé à l'ânier Pachenouro où je pourrais trouver un cadeau pour dame Nefret... Alors, j'ai dû monter sur un bateau, hors de l'enceinte. Ça en valait la peine, tu ne crois pas ? Elles lui plairont ? demanda-t-il au scribe avec un sourire anxieux.

— Comment pourraient-elles ne pas lui plaire ? répondit Thaneni, qui avait pris les plumes et les tenait à bout de bras pour mieux les admirer. On ne peut rien imaginer de plus joli. Maintenant, ajouta-t-il d'un ton résigné, j'ai bien peur qu'elle ne souhaite visiter ce bateau.

— Il est parti. Le capitaine voulait arriver à Bouhen avant la nuit.

Thaneni sourit avec soulagement, puis ses yeux se posèrent sur Bak.

— Ce jeune garçon est le héraut d'Amonked. Paouah, voici le lieutenant Bak, chef de la police medjai.

— Un officier de police ? Un vrai ? s'émerveilla l'enfant.

Esquissant un sourire, Bak l'interrogea :

— As-tu toujours vécu à Kemet, ou Ouaouat est-elle la terre de ta naissance ?

— Je suis né ici, dans une tribu nomade. Il y a cinq

ans, quand la sécheresse a fait disparaître les points d'eau, mon père m'a vendu à un marchand pour que mes frères et sœurs ne meurent pas de faim.

Thaneni posa son bras autour de l'épaule du garçon comme pour le protéger.

— Le marchand l'a emmené à Ouaset et l'a vendu au propriétaire d'une maison de plaisir. Plus tard, Sennefer l'a racheté, le sauvant d'innommables cruautés, et l'a installé chez nous. Depuis, il fait partie de la famille.

Bak ébouriffa les cheveux de Paouah pour détourner ses pensées de souvenirs pénibles.

— Es-tu heureux de revenir à Ouaouat ?

— Ça me convient, répondit-il en haussant les épaules. Du moment que je peux servir mon maître, je suis heureux n'importe où.

Bak les observa, tous les deux, et se demanda quels seraient leurs sentiments envers Amonked une semaine plus tard, après des jours de marche dans le désert brûlant et des nuits sans sommeil sous des tentes glacées.

— Et moi, chef ? s'enquit Pachenouro. Dois-je regagner Bouhen ou voyager avec vous ?

— Tu restes dans la caravane.

Bak avait d'abord hésité sur la tâche qu'il allait attribuer au sergent, mais une rapide visite aux enclos et la simple vue des monceaux de provisions à transporter lui avaient fourni la réponse.

— Sechou est accablé par un trop lourd fardeau et sera heureux que tu l'épaules. Ne révèle ta vraie mission à personne. Tant qu'ils te prendront pour un ânier, les membres du groupe parleront sans méfiance devant toi.

Ils étaient assis avec les archers de Bouhen autour d'un foyer rudimentaire en briques crues, avides du peu de chaleur que dispensait le feu mourant. Les hommes se passaient de grands plats de canard et de légumes braisés — dernier festin avant le départ. Les flammes s'élevaient souvent et nimbaient les baraquements d'une lueur rougeâtre, mais leur lumière était passagère, leur chaleur illusoire.

— Cultive cette amitié avec le jeune Paouah. Je doute qu'il ait gardé des liens avec sa famille depuis qu'il a quitté Ouaouat, néanmoins, méfie-toi. Que l'enfant ne tente pas ses parents du désert en leur décrivant les richesses d'Amonked.

— Compris, chef.

Bak haussa la voix pour attirer l'attention des soldats autour d'eux.

— Vous savez tous que Pachenouro est policier, mais pour Amonked et sa suite, c'est un ânier. La vérité ne doit pas s'ébruiter.

— Je châtrerai moi-même le premier qui trahit le secret. Suis-je assez clair ? menaça Neboua.

Son regard où se reflétaient les flammes promettait un châtiment sans pitié. Les archers acquiescèrent d'un murmure.

— Quelle sera ma mission, chef ? voulut savoir le sergent Dedou.

Neboua arracha une aile à la carcasse d'un canard, la sépara en deux et en mangea un morceau.

— Je n'ai pas parcouru le Ventre de Pierres depuis plusieurs années. Cette expédition me donnera l'occasion de mener ma propre inspection, de vérifier l'état des forteresses, les besoins des officiers, le moral des troupes. Je sais que Sechou aurait aussi besoin de toi, mais comme je serai occupé la plupart du temps, tu seras plus utile à la tête des archers. Hormis le fait que tu es habile au maniement de l'arc, tu sais, pour avoir passé de longues semaines en patrouille dans le désert, combien ce pays et ces gens peuvent être dangereux. Surtout si Hor-pen-Dechret est de retour. Franchement, je doute que ce soit vrai, mais on ne sait jamais.

Pachenouro lança soudain un sifflement d'avertissement et recula pour se fondre dans l'obscurité. Au-delà du foyer, deux hommes sortirent de la pénombre : Horhotep et Merymosé.

« Ont-ils surpris notre conversation ? » s'inquiéta Bak.

— Qu'avons-nous ici ? interrogea Horhotep en parcourant le cercle des yeux, un sourire sarcastique aux lèvres. De la bonne chère. Une agréable compagnie. De belles histoires destinées à fortifier le courage et l'estime de soi. Nous avons été guidés par une bonne étoile ! Permettez-vous qu'on se joigne à vous ?

« Pachenouro a l'ouïe aussi fine qu'un chacal. Avec de la chance, ce maudit conseiller était tellement occupé à préparer sa petite entrée qu'il n'a rien entendu, hormis l'écho de ses propres pas. »

Horhotep avait certainement vu Bak, mais son regard s'arrêta sur Neboua. Il le considéra avec une condescendance délibérée, pour le toucher au vif.

— D'abord, tu essaies d'effrayer Amonked en évoquant un soulèvement des sujets de Baket-Amon, qui, en vérité, ne sont que de pauvres cultivateurs. Et voilà que tu parles d'une tribu sauvage comme s'il s'agissait d'une armée. Pour qui nous prends-tu, capitaine ? Pour des enfants prêts à frémir à n'importe quel conte ?

Le lieutenant Merymosé recula d'un pas, comme pour se dissocier de ces réflexions acerbes. Neboua se leva, souriant de toutes ses dents.

— Si nous rencontrons l'ennemi au cours du voyage, ne serait-ce qu'un seul homme muni d'un pieu taillé en guise de lance, je prie l'Horus de Bouhen pour que tu sois le premier à l'affronter. Toi qui te conduis avec tant de morgue sans jamais démontrer ton courage, comment t'en tireras-tu, face à l'épreuve ?

Il cracha par terre, renforçant le mépris qui vibrait dans sa voix.

— Espèce de porc !

Hors de lui, le conseiller oublia son indifférence hautaine et tira sa dague. Aussitôt, un archer s'éloigna discrètement de la lumière tremblante jetée par le feu. Il prit un arc et un carquois parmi ceux appuyés contre le mur et prépara sa flèche. Deux de ses compagnons suivirent son exemple. De peur que la situation ne dégénère, Bak se leva.

Neboua, claquant la langue avec réprobation devant cette réaction hargneuse, sortit sa dague et cracha à nouveau, manquant de peu les pieds d'Horhotep. Celui-ci, l'arme au poing, resta cloué sur place.

— Qu'est-ce qui ne va pas, lieutenant ? railla Neboua. On n'a pas envie de se battre ?

— Non, Neboua ! cria Bak en s'interposant entre les deux hommes.

Merymosé avait bondi en même temps. Il saisit l'arme d'Horhotep et, d'un mouvement de torsion, l'obligea à lâcher prise.

— Chien ! hurla Horhotep au jeune officier. J'aurais pu le vaincre facilement ! Tu n'avais pas à porter la main sur moi !

Merymosé recula comme sous l'effet d'un coup et regarda fixement la dague dans sa paume. Il semblait surpris de la trouver là, effondré par son propre geste.

— Lieutenant Horhotep ! ordonna Bak d'un ton cinglant. Retourne te calmer dans ta tente.

— Comment oses-tu me parler ainsi ?

Bak désigna les archers debout dans l'ombre, prêts à tirer.

— Sais-tu, lieutenant, combien tu te tiens près de la mort ?

Même dans la lumière incertaine, ils virent le sang refluer de son visage. Il reprit violemment sa dague à Merymosé et tourna les talons pour disparaître dans la nuit. Le jeune lieutenant regarda Bak d'un air d'excuse avant de s'éloigner à son tour.

Neboua marmonna des imprécations, les hommes grommelèrent de vaines menaces. Bak courba la tête et pria en silence afin que ni lui, ni Neboua, ni leurs hommes n'aient à regretter cette petite victoire.

7

Les deux battants de la porte occidentale étaient largement ouverts sur le désert. La douce clarté du matin pénétrait dans le passage semblable à un tunnel, sous les deux tourelles. Un long train d'ânes lourdement chargés avançait vers l'air pur et frais hors de l'enceinte. L'une derrière l'autre, les bêtes empruntèrent la piste, guidées par l'ânier choisi par Sechou pour prendre la tête de la caravane. Une bande de chiens sauvages surgit de nulle part pour courir à leur côté.

Les âniers faisaient claquer la lanière courte de leur fouet afin que les bêtes les plus fringantes marchent en ligne. Les ânons gambadaient autour de leur mère. Chaque fois qu'un sabot frappait le sol, un peu de poussière s'élevait derrière lui. Bientôt une fine nuée se forma au-dessus d'eux et teinta le ciel d'or mat.

Bak, qui était monté sur les remparts afin de voir la caravane s'ébranler, observa ce nuage doré pareil à une oriflamme. Un spectacle superbe, mais un signal mortel qui, dans moins d'une heure, serait visible de très loin. L'invite à une attaque.

Un cri perçant fit tourner toutes les têtes. Une sentinelle se précipitait vers la tour d'angle, le long du parapet couronnant le mur sud. Bak courut à sa rencontre sur le chemin de ronde. Il ne voyait rien d'anormal, toutefois la sentinelle réagissait clairement à un problème urgent.

Soudain, Bak distingua un homme qui se hissait entre deux créneaux près de la tour. Au même instant, un grand oiseau gris prit son essor. Il vola au-dessus des remparts, puis s'immobilisa brusquement, comme porté par un dieu. A grands battements d'ailes, poussant des cris frénétiques, il tenta de se libérer d'une longue corde fixée au parapet.

Le garde avait moins de distance à parcourir et parvint aux créneaux avant Bak. Il regarda en bas et se mit à hurler. L'oiseau se débattit de plus belle. Bak dépassa enfin la tour et rejoignit le soldat. Passant la tête entre les créneaux, il vit que l'homme descendait la muraille avec agilité en prenant prise sur les briques érodées.

Avec un juron furieux, la sentinelle jeta sa lance en direction du fugitif. Celui-ci fut touché à l'épaule et le sang coula, mais la douleur ne le ralentit pas. Il se laissa tomber sur le sable et s'apprêtait à fuir vers le désert, quand il repéra des gens de la caravane qui accouraient dans sa direction. Alors, il fonça droit vers le fleuve et disparut dans un bosquet, au bord de l'eau.

Bak leva les yeux vers le rapace, qui se démenait et réclamait à grands cris sa liberté. Un faucon, l'oiseau sacré d'Horus. Une longue corde reliée à sa patte était fixée à une lance, elle-même profondément enfoncée dans le parapet. Bak ne connaissait rien à la fauconnerie, toutefois il savait une chose : nul n'aurait pu approcher l'oiseau de proie sans posséder une certaine expérience. Il se pencha et appela afin qu'on vienne l'aider.

Un ânier de Bouhen, muni d'épais gants de cuir, montra la patience et la douceur d'un homme habitué à ce genre d'oiseaux. Il fit descendre le faucon et lui couvrit la tête pour l'apaiser. C'était un magnifique volatile, long de plus d'une coudée de la tête à la queue, dont les plumes gris foncé s'éclaircissaient sur le ventre. Un prédateur à l'œil perçant quand il chassait, un compagnon doux et affectueux dès qu'il était rassasié. Du moins, au dire de l'ânier.

— Pourquoi, au nom d'Amon, a-t-on accroché cet oiseau là-haut ? interrogea Neboua.

— C'était un geste lourd de sous-entendus, expliqua Bak. L'homme l'a installé bien en évidence avant de prendre la fuite. Nous étions censés le voir au moment du départ.

— Mais pourquoi ? répéta Neboua.

Bak avait eu tout le loisir de réfléchir en attendant qu'on vienne délivrer le rapace.

— Le faucon est une créature du désert, Neboua. L'emblème d'Horus.

— Tu ne supposes quand même pas que...

— Hor-pen-Dechret. Le Faucon du désert. Par cet oiseau, il a voulu annoncer son retour.

— Non, je n'y crois pas. Il aime montrer sa puissance, prouver qu'il est plus hardi et rusé que les autres. Mais ça... Non, ça ne peut être vrai.

Cependant, Neboua n'était plus aussi sûr de lui.

Bak songea aux nombreux objets précieux qu'il avait vus dans le pavillon ; beaucoup d'autres devaient se trouver derrière les tentures. Si Hor-pen-Dechret n'en avait pas encore entendu parler, cela ne tarderait guère. Et vu que les histoires se multipliaient plus vite le long du fleuve que les pucerons sur une fleur... La simple idée du risque qu'ils couraient lui était odieuse.

— Je te conseille de te rendre dans la nouvelle forteresse par le fleuve, inspecteur.

Neboua se comportait avec une courtoisie exemplaire, voire excessive. Il ne voulait plus penser à l'incident du faucon et se concentrait sur les questions pratiques.

— Elle n'est pas loin de Kor, mais cela irait beaucoup plus vite que par la piste, avec la caravane. De toute façon, il te faudra un bateau pour aller sur l'île où elle se trouve. Autant accomplir tout le trajet de manière confortable.

Jusqu'alors, Amonked paraissait ignorer la confrontation de la veille avec Horhotep, mais Neboua et Bak ne doutaient pas que le conseiller la lui avait relatée en se mettant en valeur à leurs dépens.

— Ce serait certainement d'un grand intérêt pour le capitaine Minkheper, approuva Bak. S'il veut avoir une idée réelle du Ventre de Pierres, il doit non seulement s'entretenir avec les marins qui connaissent ces eaux, mais passer quelque temps sur le fleuve.

— J'avais prévu de rester avec la caravane jusqu'à Semneh, et de laisser les hommes et les bêtes se reposer chaque fois que j'irais inspecter une forteresse.

Amonked jeta un coup d'œil en direction d'Horhotep et fronça les sourcils avec contrariété. S'il voulait de l'aide pour prendre une décision, il manquait de chance. Son conseiller longeait la muraille, une lance à la main, et donnait de petits coups dans les briques pour en éprouver la solidité.

— Je ferais peut-être mieux de voyager en bateau. Cette fois-ci, en tout cas, nuança-t-il avec prudence.

Le pavillon avait été démonté, ses divers éléments répartis dans des paquets sur un petit groupe d'ânes. Nefret et sa servante Mesoutou, Paouah, Thaneni et Sennefer attendaient Amonked près de l'enceinte, au milieu des chaises à porteurs. Le scribe tenait le chien en laisse afin qu'il ne s'échappe pas pour rejoindre la meute. L'une des chaises était surmontée d'un dais afin de protéger le teint délicat de Nefret.

Bak ne cessait de penser au faucon et à la grande colonne de poussière.

— Il serait bon que la caravane ne s'arrête que pour la halte de la nuit.

— Jeune homme, je ne viens pas à Ouaouat pour remporter une course de vitesse entre Bouhen et Semneh.

— Une course de vitesse ? s'esclaffa Neboua, oubliant toute retenue. Avec une caravane de cette taille ?

Amonked parut ennuyé. Bak remarqua qu'Horhotep se hâtait de revenir vers eux. Il fallait régler cette affaire avant qu'il ne puisse s'en mêler.

— Le capitaine Neboua a raison, inspecteur. Ce n'est pas une question de vitesse. Une caravane, quelle qu'elle soit, a intérêt à avancer. Chaque fois que tu devras visiter une forteresse, qu'elle continue sa route sans toi. Sa longueur lui imposera une allure modeste et tu n'auras aucun mal à la rejoindre.

Neboua avait sûrement remarqué l'approche du conseiller, néanmoins il conserva un ton calme, une attitude posée et sereine.

— Le fleuve dans cette région comporte relativement peu de rapides, aussi tu pourras poursuivre vers l'amont lorsque tu auras fini. Il se pourrait même que la caravane ait à te rattraper, et non l'inverse.

— Voudrais-tu nous procurer un esquif, capitaine, pendant que je rassemble les hommes qui viendront avec moi ?

Amonked ne semblait pas avoir vu Horhotep, qui s'arrêta près de lui, l'air soupçonneux, se demandant ce qui s'était tramé pendant qu'il avait le dos tourné. Neboua laissa glisser son regard sur lui comme s'il n'était pas là et adressa à Amonked un sourire chaleureux.

— J'en serai ravi, inspecteur.

— Poursuis tranquillement tes occupations, recommanda Neboua à Bak. Je te préviendrai lorsque nous serons prêts à hisser les voiles.

— Amonked n'a pas l'intention de nous emmener.

— Il l'aura.

L'inspecteur parlait avec Nefret, au milieu des chaises à porteurs. Mesoutou et les trois hommes qui se trouvaient auprès d'elle un peu plus tôt s'étaient éloignés, par discrétion. La concubine agrippa le bras d'Amonked, l'air grave, implorant. Il repoussa sa main, fit signe à Thaneni et Paouah de s'occuper de leur maîtresse et s'en alla.

— Ne traîne pas, quand je t'enverrai chercher, ajouta Neboua.

Bak était sidéré par la confiance dont son ami se montrait capable alors que tout était contre eux.

— Nous avons promis, de même que Thouti, de ne pas nous immiscer dans ses affaires. Allons-nous manquer à notre parole ?

— Nous ne manquerons à rien du tout s'il décide de nous inviter.

Neboua éclata de rire et se dirigea vers la porte de l'enceinte qui donnait sur le quai. Bak ne savait ce qu'il préparait, mais à en juger d'après son air malicieux, on pouvait s'attendre à un renversement de situation.

Bak trouva le lieutenant Merymosé en compagnie de son sergent, de Sechou et d'un ânier dont les douze bêtes attendaient de recevoir leur faix. Ils observaient les gardes de la capitale, qui couraient en tous sens pour empaqueter leurs affaires. Sechou pinçait ses lèvres avec irritation. Merymosé rougissait de honte. Le sergent Roï, les mains sur les hanches, semblait excédé par les hommes dont il était responsable. Bak comprit en s'approchant qu'ils ne rangeaient pas, mais remballaient. La contrariété de Sechou n'était pas surprenante.

— Si les gardes de notre souveraine sont du même acabit, je tremble pour sa sécurité, remarqua-t-il sans prendre la peine de baisser la voix. Regarde-moi ça : des balourds, tous autant qu'ils sont.

— Tu aurais dû voir ce qu'ils croyaient faire porter à mes bêtes, dit l'ânier, révolté. Des charges déséquilibrées, si mal fixées qu'ils auraient semé les vivres et l'équipement tout le long de la piste. La moitié de mes ânes se seraient écroulés d'épuisement.

— Ils apprendront, affirma Sechou, méprisant. Même si je dois les emmener un par un dans le désert et tout leur enseigner à coups de pied dans le cul.

Les gardes le regardèrent à la dérobée pour voir s'il fallait prendre la menace au sérieux. A l'évidence, ils jugèrent que oui, car leurs mouvements devinrent frénétiques tandis que Merymosé s'empourprait de plus belle.

Bak concevait que des gardes royaux puissent ignorer les contraintes de la vie en plein air, mais on aurait dû les former quelques jours avant de quitter Ouaset. Merymosé et Roï avaient fait preuve de négligence.

— Je suis venu t'emprunter le lieutenant Merymosé, dit le policier en essayant de ne pas sourire de l'effroi des gardes.

— Prends-le ! Il ne me sert à rien, répondit Sechou, qui lança un regard noir au jeune officier.

Celui-ci parut immensément soulagé et emboîta le pas à Bak. Ils marchèrent côte à côte vers la porte occidentale. Lorsqu'ils s'arrêtèrent, hors de portée d'oreille de la sentinelle et des membres de la caravane, Merymosé semblait sur le point d'éclater.

— Je suis désolé, bredouilla-t-il au grand étonnement de Bak. On dirait que je ne vaux rien. Je croyais être un bon officier, et maintenant... Le sergent Roï me traite comme un gamin et s'interpose entre mes hommes et moi. Mais même s'il me laissait les coudées franches, je ne saurais pas quoi faire.

Il était anéanti par un sentiment d'échec. Bak apprécia sa franchise. Peu de jeunes officiers auraient montré une telle honnêteté, si désespéré que fût leur besoin de s'épancher.

— Est-ce le premier poste de commandement que tu occupes avec Roï ?

— Oui, lieutenant. Il était chargé de l'instruction des gardes. L'unité devait être dispersée dans plusieurs domaines de la Couronne. Au lieu de cela, quand j'ai reçu cette mission, on l'a placée tout entière sous mes ordres. Et Roï avec elle, ajouta-t-il d'une voix cassée.

— Tu n'as jamais été affecté en dehors de la maison royale ?

— Non, répondit Merymosé, qui respirait profondément pour se calmer. Je ne connais pas le désert, et j'ai appris à mes dépens que je ne sais ni diriger ni former des hommes, sans parler de m'en faire respecter. Que vais-je faire, lieutenant ?

Bak se rappela comme il avait souffert à cause d'un sergent hargneux. Celui-ci avait bien failli le briser. Il avait sapé en lui toute confiance, toute estime de soi avant qu'il ne se ressaisisse à force de colère et de rancœur. Ils s'étaient battus et la victoire de Bak avait mis un terme à ce jeu cruel.

— J'en parlerai au capitaine Neboua. Je suis sûr qu'il permettra à Dedou de te conseiller afin que tu mènes tes hommes comme il se doit. C'est un simple sergent, mais il possède l'expérience dont tu as besoin.

Le visage de Merymosé s'éclaira.

— Ce serait magnifique, lieutenant ! A force de passer pour un incapable, j'en viens à me mépriser.

— Toutefois, il ne peut t'aider à t'imposer face à Roï. Toi seul devras y parvenir. Tu seras alors en mesure de prendre ta place légitime à la tête de ta compagnie.

— Roï n'est pas un bon sergent. Il est aussi indolent qu'incompétent. Quand j'aurai appris comment me comporter, je lui réglerai son compte.

Ces paroles étaient une promesse que Bak accepta comme telle. Une autre épreuve attendait Merymosé, en la personne d'Horhotep, mais il se garda de le lui faire remarquer. La nuit passée, le jeune homme l'avait désarmé, ce qui exigeait beaucoup de courage et de résolution. Avec l'aide des dieux, il acquerrait la force de caractère qui lui manquait pour en finir non seulement avec le sergent, mais avec le conseiller.

Un braiment attira l'attention de Bak. Un âne gris foncé s'arc-boutait devant le passage ; les oreilles couchées en arrière, les jambes raidies, il montrait les dents. Jurant vertement, l'ânier le frappa sur le flanc du plat de la main. L'animal ne bougea pas. La sentinelle tendit le doigt vers un endroit au-dessus du passage, où plusieurs guêpes bourdonnaient autour de leur nid. L'ânier saisit la bride et tira sa bête jusqu'à ce qu'ils aient dépassé les insectes.

Neboua ne s'était toujours pas manifesté. S'il avait

raison de penser qu'ils accompagneraient Amonked, le temps pressait.

— A Bouhen, as-tu passé la nuit à la caserne, ou avec les membres de l'expédition ?

— Dans la maison où ils étaient logés. Crois-tu que Roï aurait toléré que je reste près de mes hommes ? répondit Merymosé avec un sourire de dérision.

Bak fut heureux qu'il puisse rire de lui-même, une qualité précieuse vu les obstacles qu'il avait à surmonter.

— Tu sais que le prince Baket-Amon a été assassiné dans cette maison, et, je suppose, dans quelles circonstances.

— Oui. Amonked nous l'a appris la nuit dernière, pendant le repas du soir.

— L'as-tu vu, le matin où il est mort ?

— Non, lieutenant.

Bak sentit qu'il était allé trop vite.

— L'aurais-tu reconnu, si tu l'avais vu ?

— Oh, ça oui ! Je le croisais souvent dans les couloirs de la maison royale, pendant que je vérifiais si les gardes étaient bien à leur poste. Je l'ai également remarqué dans la salle d'audience et certaines antichambres, alors qu'il attendait d'être reçu par un haut fonctionnaire.

Bak se rappela son unique visite dans la maison royale. Une multitude de bâtiments, un dédale de couloirs, des dizaines de chambres, d'innombrables courtisans et, parmi eux, pas un visage familier.

— Comment pouvais-tu être certain que l'homme que tu voyais était Baket-Amon ?

— Ne t'en ai-je donc pas parlé ? dit Merymosé, étonné de cet oubli. J'avais été désigné pour l'accompagner lors d'une partie de chasse, il y a près de deux ans. Je lui servais de bras droit. Nous sommes allés loin au nord de Mennoufer pour chercher du gibier dans les marais. Ces moments-là, je ne les oublierai jamais.

— Je vois que tu appréciais le prince.

— Beaucoup. Il exprimait toujours ses désirs clairement et n'exigeait pas l'impossible. Il était facile à contenter et montrait sa satisfaction sans réserve. J'ai regretté de voir notre expédition se terminer.

Une partie de chasse. Bak n'avait jamais participé à une chasse organisée pour la noblesse, mais des histoires couraient à ce sujet. Des accidents survenaient souvent, quand les bêtes sauvages fuyaient, prises de panique, et que les chasseurs cédaient à l'excitation de la poursuite.

— S'est-il produit un événement inhabituel pendant la chasse ?

— Non, lieutenant. Nous n'avons pas trouvé de gros gibier, mais un homme a percé d'une lance un sanglier et un autre a blessé gravement une vache, qu'il a fallu achever. Nous avons aussi tué du petit gibier. Des lièvres, pour l'essentiel.

La mort d'une vache dans les marais du Nord ne pouvait en aucune manière avoir causé le meurtre d'un prince sur la frontière sud, à près d'un mois de voyage.

— Baket-Amon chassait-il souvent ?

— Oui, d'après ce que j'ai cru comprendre.

— Ses compagnons paraissaient-ils l'apprécier ?

— Ça, oui !

Merymosé dut se rendre compte que son enthousiasme était par trop débordant, car il rougit.

— Il était d'une adresse exceptionnelle à l'arc et à la lance, mais il se refrénait pour permettre aux autres de rapporter autant de prises que lui.

L'envie était parfois une maîtresse cruelle.

— Quelqu'un a-t-il été blessé, durant ce voyage ?

— Un homme s'est foulé la cheville et tout le monde est tombé dans la boue à un moment ou un autre. Personne n'a échappé aux bleus ni aux contusions.

« Rien de ce côté-là », estima Bak.

— Avait-on emmené des jeunes femmes ?

— Oui. En nombre suffisant pour chacun des nobles.

Comme pour devancer la question suivante, Merymosé précisa :

— Personne n'eut de motif de jalousie. Elles veillèrent à ce qu'aucun homme n'aille se coucher seul.

Bak scruta le jeune lieutenant, qui brossait de l'expédition un tableau idyllique. Ces jours et ces nuits avaient-ils été aussi exempts de tension que Merymosé le croyait ou voulait le prétendre ?

— L'un des membres de l'expédition avait-il pris part à cette chasse ?

— Non, lieutenant.

Bak allait chercher bien loin, il le savait. Une partie de chassc pouvait être à l'origine d'un meurtre, mais pas nécessairement. Et même si c'était le cas, la première dont il entendait parler n'était sans doute pas d'une importance déterminante.

Sur la berge, Neboua et Bak regardèrent le groupe embarquer afin de se rendre à la forteresse de l'île. L'inspecteur franchit la planche étroite avec une agilité surprenante de la part d'un homme qui ressemblait tant à un scribe. Le capitaine Minkheper montra qu'il avait le pied marin, de même que Sennefer. Horhotep hésita, mais le sourire goguenard de Neboua l'incita à monter bien vite.

Le bateau était large et plat, un peu comme une barge de taille réduite. Il servait à transporter les gens et les animaux d'une rive à l'autre ou d'une île à l'autre. Simple et pratique, il était dépourvu de peinture et d'ornements. Une lourde toile tendue entre des poteaux fragiles procurait de l'ombre. Il empestait les déjections animales, le poisson et la sueur. La coque grinçait, le gréement craquait, la voile rapiécée battait contre le mât et les vergues.

— Comment as-tu convaincu Amonked de nous emmener ? chuchota Bak à Neboua.

— Je comptais mentir, prétendre que personne ici ne les accepterait à bord à moins que nous ne venions. Je n'en ai pas eu besoin.

— La réalité était encore pire ?

— Les pêcheurs ne voulaient rien avoir à faire avec eux. Deux fermiers se disaient prêts à les prendre, mais ils éprouvent tant de rancœur à cause de la mort de

Baket-Amon et du risque que l'armée s'en aille, que je craignais un accident malheureux.

— Malgré notre présence ? s'étonna Bak.

— L'un d'eux a demandé si nous savions nager.

En temps normal, Bak aurait éclaté de rire, mais il n'en eut aucune envie.

— Et lui ? interrogea-t-il, en désignant le passeur du menton.

— Nous payons le triple du prix. Et j'ai juré qu'il serait le premier à se noyer si le bateau coulait.

— Je me sens hors de mon élément sur cette terre stérile et désolée, confia le capitaine Minkheper.

Du rocher où il se tenait avec Bak, il contemplait la passe étroite entre l'île et la rive occidentale, couverte de sable doré apporté par le vent du désert.

— A Kemet, j'ai passé l'essentiel de ma vie à naviguer sur un fleuve large et profond. Les champs qui le bordent, verdoyants et fertiles, prodiguent de généreuses moissons. Le désert s'étend de part et d'autre, au-delà de la vallée, mais si loin qu'on se sent en sécurité.

— Si l'on songe à t'élever au grade d'amiral, c'est que tu as aussi navigué sur la Grande Verte.

— Oui, bien longtemps. Mais, au plus profond de moi, je suis un habitant de Kemet.

— La couleur de tes cheveux donne une autre impression.

Minkheper passa sa main dans ses boucles dorées avec un sourire embarrassé.

— Mes ancêtres vivaient dans le royaume insulaire de Keftiou et sur des terres situées plus loin au nord. Comme moi, c'étaient des hommes de la mer.

Il scruta l'eau qui coulait à leurs pieds ; des vaguelettes révélaient la présence d'écueils.

— Le niveau du fleuve est bas. Jusqu'où s'élève-t-il au plus fort de la crue ?

— Ceux qui pêchent ici, comme l'ont fait leurs ancêtres pendant des générations, disent qu'il atteint quatre fois la taille d'un homme, voire davantage. Ils parlent du fleuve près de Bouhen, mais je suppose qu'il en va à peu près de même dans le Ventre de Pierres.

Bak et Minkheper descendirent du rocher et se dirigèrent vers le mur en briques crues, partiellement construit, de la nouvelle forteresse.

— Je n'ai jamais eu envie de le voir par moi-même. Ces eaux sont tumultueuses et peuvent tuer en un instant.

— Elles ont l'air assez inoffensives, à présent.

— Les apparences sont souvent trompeuses, répliqua Bak d'un ton dur.

Il savait de quoi il parlait. Naguère, il avait été emporté par les rapides les plus dangereux du fleuve. Le capitaine posa sur lui un regard interrogateur, mais Bak, qui commençait à peine à se remettre de cette expérience, n'avait pas envie de raviver ses souvenirs.

— Passes-tu beaucoup de temps dans la capitale ?

— Autrefois, ce n'était pas le cas, mais j'y suis contraint désormais, répondit le capitaine d'un ton désenchanté. Comment espérerais-je atteindre le noble rang d'amiral sans être connu de ceux qui peuvent parler en ma faveur à notre reine ?

Bak contourna un buisson, mettant deux cailles en fuite.

— Tu fais preuve d'une grande lucidité.

— Crois-moi, lieutenant, je commence à me lasser de ces compromissions. C'est avant tout pour cela que j'ai accepté d'accompagner Amonked dans le Sud.

« Sans doute, pensa Bak. Mais aussi dans l'espoir que ton étude sur le percement d'un canal te vaudrait la faveur d'Hatchepsout. »

— Qui t'a proposé ce voyage ?

— Le contrôleur de la flotte royale, que je connais depuis des années. Il m'a conduit chez Amonked, où j'ai rencontré Sennefer et Horhotep. Les autres membres du groupe m'étaient inconnus avant l'appareillage.

— Et le prince Baket-Amon ?

— Je ne l'avais vu qu'une seule fois. On ne peut pas dire que je le connaissais.

Ils dépassèrent un pan de mur et montèrent sur une épaisse pierre plate qui servirait un jour de fondation. Plus loin, une longue file irrégulière d'enfants apportait des briques à une vingtaine de maçons occupés à égaliser les assises d'un mur.

— Par le moindre hasard, l'aurais-tu aperçu le matin de sa mort ?

— Je crains de ne pouvoir t'aider, lieutenant.

Bak se lassait de poser des questions auxquelles personne ne semblait capable de répondre.

— Ce jour-là, as-tu entendu quoi que ce soit d'inhabituel qui pouvait laisser présager un malheur ?

Minkheper répondit avec un petit rire cynique :

— J'ai surpris une dispute entre Nefret et Amonked. A leurs voix, cela ne m'aurait guère étonné d'apprendre qu'elle avait été assassinée. En dehors de cela, je ne vois que l'agression contre nos marins, qui a été réprimée avant même de commencer.

Découragé, Bak regarda l'autre bout du site de construction, où le commandant de la forteresse montrait un mur de défense à Amonked, Horhotep et Sennefer. Neboua était allé parler aux lanciers qui gardaient le matériel et l'équipement pour décourager toute tentation de chapardage. Étant lui-même sorti du rang, il était aimé des troupes, qui se fiaient à lui.

Bak, allant devant, franchit une porte encore dépourvue de linteau. Ils passèrent près d'un terrain où des briques séchaient au soleil, puis traversèrent une étendue rude et rocailleuse, où de rares tamaris dépérissaient. Bak tentait de cerner Minkheper. Par bien des aspects, celui-ci était un être à part. Ses cheveux clairs le distinguaient des habitants de Kemet, son grade lui imposait la solitude d'un meneur d'hommes. Et voilà qu'il se trouvait en terre étrangère, avec des inconnus. Sa présence était providentielle, car il était pour Bak un observateur impartial.

— Voudrais-tu me livrer tes impressions sur tes compagnons de voyage ?

Minkheper répondit d'un air pensif :

— Amonked me blâmerait si je m'exprimais sans réserve.

— Il n'a pas besoin de le savoir.

Bak descendit au bord de l'eau par un petit sentier caillouteux. Il n'insista pas et laissa le capitaine libre de décider par lui-même.

Minkheper escalada un gros rocher qui surplombait le fleuve. Il examina les îles escarpées, les goulets d'eau turbulente, puis la rive orientale comme s'il voulait en sonder les secrets.

— Le commandement de la flotte est une tâche prenante, qui m'a laissé peu d'occasions de frayer avec les autres jusqu'à Bouhen. Mes impressions reposent donc sur des contacts limités.

— J'en tiendrai compte, capitaine.

Minkheper sauta du rocher pour marcher avec Bak le long du rivage. Le pépiement des passereaux s'élevait au-dessus du murmure des eaux.

— Je crois qu'Amonked est un homme bon et doux, qui hésiterait même à tuer un scorpion. Nefret a mis sa patience à rude épreuve. Il lui a répondu sèchement, voire avec brutalité, toutefois il n'a pas levé la main sur elle comme d'autres l'auraient fait. Au début, je l'ai pris pour un faible, mais je n'en suis plus si sûr.

— Pour moi, il exerce une constante maîtrise sur lui-même.

« Ou est-il simplement obtus et entêté ? » s'interrogea Bak.

Le capitaine sourit ironiquement.

— Je doute que tu dirais cela si tu l'avais entendu se quereller avec Nefret le matin où nous avons quitté Bouhen !

— Cette dispute pouvait-elle avoir trait à Baket-Amon ?

— Pas du tout. Nefret voulait retourner à Kemet, il tenait à ce qu'elle vienne à Semneh.

Minkheper s'arrêta pour observer une trace sur un rocher, indiquant le niveau de la crue, puis des broussailles déracinées par l'inondation de l'année précédente.

— A mon avis, elle l'aime et le respecte comme un bon oncle, bien plus que comme l'amant qu'il devrait être à ses yeux. Et elle a peur de cette contrée sauvage que nous traversons. Elle n'a pas l'intelligence de comprendre qu'elle se rend odieuse. Franchement, à la place d'Amonked, je la renverrais à son père et je romprais une fois pour toutes avec elle.

Bak se remémora l'adorable jeune femme qu'il avait vue dans le pavillon, bouleversée mais les yeux secs. Rompre ne devait pas être facile.

— Le scribe Thaneni, consciencieux à l'excès, est son esclave dévoué, continua Minkheper. Et le héraut Paouah, qui n'est qu'un enfant, s'empresse lui aussi à la satisfaire. Même Sennefer est sous le charme.

Surpris, Bak objecta :

— J'avais l'impression que rien ne l'atteignait.

— Il paraît distant, certes, néanmoins il se trouble sitôt qu'elle est dans les parages ; il éprouve de l'attirance pour elle. J'ai également remarqué qu'il ne semble pas à l'aise dans cette expédition. Mais ne compte pas sur lui pour plaider la cause de l'armée. Étant l'ami d'Amonked, il ne dira ni ne fera rien pour influencer sa décision.

— C'est le lieutenant Horhotep qui m'inquiète, dit Bak, espérant glaner une information qu'il pourrait utiliser contre l'officier. Je doute qu'il soit compétent, pourtant il tient dans sa paume le destin de milliers de gens qui vivent dans ce pays. Il vendrait son âme pour obtenir de l'avancement et se faire remarquer de notre souveraine.

— J'ignore ses talents de militaire, mais il arbore son ambition comme des hommes intrépides portent l'or de la vaillance : bien haut, avec fierté. Le lieutenant Merymosé m'inspire une meilleure opinion, malheureusement il est sous la coupe du conseiller.

Ils atteignirent la pointe sud de l'île et Minkheper en revint à la tâche qui justifiait sa présence. Bak répondit de son mieux à ses questions et lui montra ce qu'il souhaitait. C'était le moins qu'il pouvait faire. Il n'avait pratiquement rien appris de nouveau, cependant il appréciait le parler franc et sans détour du capitaine.

A moins que ce ne fût qu'un leurre.

La voile gonflée par une forte brise, le bac filait vers le sud. Le soleil semblait délavé et faible ; la fraîcheur de l'après-midi finissant faisait frissonner Bak et ses compagnons. A l'ouest, un léger nuage jaune marquait la progression de la caravane, qui avait dépassé la haute colline conique où se trouvait le premier poste de garde au sud de Kor. Sechou maintenait une vive allure, mettant à profit jusqu'au bout cette première journée où hommes et bêtes n'étaient pas encore las.

— Trois forteresses si proches qu'on peut se héler de l'une à l'autre, railla le lieutenant Horhotep, installé avec Amonked sous le petit abri de toile. Quel en est l'intérêt ? Cela dépasse l'entendement.

— Le trajet par le fleuve est rapide, répondit l'inspecteur. J'imagine qu'à pied il faudrait plus d'une heure.

— Pour Bouhen, je comprends. C'est une grande citadelle, raisonnablement fortifiée et en état presque acceptable. En ce qui concerne Kor, ceux qui s'y arrêtent ont de la chance de rester en vie. Si les murailles étaient moins épaisses, elles risqueraient de s'effondrer. Quant à la forteresse que nous avons vue aujourd'hui...

— Le porc !

Neboua, à quelques pas de lui, cracha par-dessus la rambarde. Au moins avait-il le bon sens de parler tout bas.

— J'aimerais le jeter en pâture aux crocodiles.

— Tu n'es pas le seul, répondit Bak en désignant l'homme qui tenait la barre, à la poupe.

Le passeur, comme chacun à bord, avait tout entendu et fixait le conseiller d'un air menaçant. Bak remarqua que Sennefer observait lui aussi le passeur ; son attitude était grave, dénuée de l'ironie habituelle. Le capitaine Minkheper dissimulait mal son aversion à l'égard d'Horhotep qui continuait à vitupérer :

— Pourquoi ? Qu'on m'explique pourquoi ils ont besoin d'une nouvelle forteresse ! Pourquoi tant d'efforts et pareille dépense ? Abattre des ruines et reconstruire sur une île, de sorte qu'on ne peut s'y rendre qu'en bateau ! La forteresse sera difficile à armer, à équiper, et presque impossible à ravitailler.

— Pas plus d'intelligence qu'un tas de fumier ! grommela Neboua. Ignore-t-il donc que la moitié des forteresses du Ventre de Pierres sont bâties sur des îles ?

Bak, comme son ami, en avait assez. Il pénétra sous l'abri et, même si ce devait être en pure perte, interpella le conseiller :

— Ne t'est-il jamais venu à l'esprit, lieutenant, que ce nouveau fort occupe une position stratégique sur le fleuve ? Entouré d'eau et juste en aval des rapides, il sera pratiquement imprenable.

— La citadelle de Bouhen est plus grande. Ne sert-elle pas aussi bien cette fin ?

— Elle constitue une deuxième ligne de défense. Tu sais ce qu'est une position de repli, non ?

— Dans les régions en guerre, certainement. Mais ici ?

Avec un rire narquois, le conseiller lui tourna grossièrement le dos.

Bak fut submergé par la colère. Être pris de haut par ce médiocre ! Ravalant des paroles qu'il risquait de regretter, les poings serrés à en avoir mal, il passa devant Neboua et les autres sans un mot et se tint à la proue dans l'espoir que la brise l'aiderait à se calmer. Si le faucon attaché à la muraille de Kor était un message d'Hor-pen-Dechret, Bak serait armé pour contrer le conseiller arrogant. Hélas, il n'avait aucune preuve, seulement une intuition que même Neboua trouvait ridicule.

Le passeur mit le cap vers une petite oasis, au bout d'un oued desséché. Des carrés de légumes et des palmiers dattiers évoquaient un sol fertile et une habitation, probablement plus haut, sur une terre moins précieuse que cette minuscule plaine alluviale. Un bouquet d'acacias s'accrochait à une haute berge, plus au sud ; deux petits esquifs reposaient sous l'ombrage. L'endroit idéal pour débarquer les passagers, une voie facile pour rejoindre la piste du désert et la caravane.

Un mouvement sous les palmiers retint l'attention de Bak. Dans l'ombre, un groupe d'hommes observait leur approche. Il en dénombra quatorze, qui avaient quitté leur lopin de terre ou leur hameau pour montrer leur hostilité à l'inspecteur et à sa mission.

Alors que le bateau approchait de la rive, les hommes commencèrent à longer les champs ensoleillés en direction de l'eau. Chacun portait une houe, une faucille, un bâton ou un maillet. Autant d'outils qui pouvaient servir d'armes.

8

— Et voilà, ça commence ! dit Neboua, la mine résolue, en venant à côté de Bak.

Les hommes sur la berge descendirent un chemin de traverse et formèrent une haie irrégulière près du bord, les yeux rivés sur le bateau. Bak en reconnaissait une bonne moitié, qui cultivaient de petits lopins de terre le long du fleuve ou sur les îles au sud de Kor. Ils venaient quelquefois à Bouhen pour troquer leurs produits sur le marché ou pour exprimer un grief.

Sennefer vint lui aussi à la proue.

— Dans la province de Sheresy, où j'ai mes terres, les cultivateurs ne perdent jamais leur temps à se rassembler sans de bonnes raisons. Dois-je penser qu'il en est de même ici ?

— Faut-il craindre une révolte ? interrogea Minkheper en les rejoignant.

Neboua consulta Bak du regard. Malgré une enfance passée à Ouaouat et un mariage avec une femme du pays, il restait la plupart du temps à la garnison et s'estimait coupé de la réalité. C'était inexact, toutefois il le croyait.

— Je ne peux rien garantir, mais je doute qu'ils nous fassent du mal. Ils sont plutôt venus pour créer un malaise dans nos cœurs.

— Pour menacer, dit Amonked, qui arrivait derrière eux.

Le passeur rabattit la voile, ralentissant le bateau, puis

il mit le cap sur la berge où les hommes attendaient, graves, immobiles, silencieux. Inquiétants.

Amonked s'appuya sur la rambarde et les observa avec contrariété.

— Ces gens vont-ils persister dans cette... cette confrontation silencieuse pendant tout le voyage jusqu'à Semneh ?

— Je ne pense pas qu'elle restera silencieuse, remarqua Neboua.

— C'est abominable, et offensant pour notre souveraine ! dit Horhotep, derrière Amonked, en jouant avec son bâton de commandement. Une bonne rossée mettrait un terme définitif à cet outrage.

Neboua fit volte-face et le foudroya des yeux.

— Tu ne rosseras aucun homme ni aucune femme de Ouaouat, lieutenant. Tu m'entends ?

— De quel droit... ?

Le bac tourna soudain vers la rive et pénétra dans les hauts-fonds, projetant de part et d'autre une eau limoneuse qui rejaillit sur les passagers. Brusquement, la proue toucha le fond et le bateau s'immobilisa comme s'il avait heurté un mur. Bak se cogna contre la rambarde tout en agrippant le bras de Neboua pour l'empêcher de passer par-dessus bord. Amonked conserva l'équilibre. Horhotep, n'osant s'accrocher à l'inspecteur, glissa sur le pont. Minkheper fut projeté en arrière et faillit renverser l'abri en se retenant à l'un des poteaux. Sennefer se retrouva à genoux. Les hommes sur le rivage, bien que surpris et, sans doute, ravis, restèrent aussi muets que des statues.

Bak s'aperçut que le passeur jubilait. Le choc était une réponse délibérée à la menace cruelle d'Horhotep.

— Vous allez tous devoir barboter jusqu'à la rive, capitaine. On est trop loin pour sortir la passerelle.

Neboua lui lança un regard farouche, puis remarqua Horhotep qui se relevait et examinait ses genoux pleins d'échardes. Secoué par un rire silencieux, il remit au passeur le jeton à présenter à l'intendant de la garnison afin d'être payé.

— Je compte sur toi pour être plus prudent la prochaine fois, dit-il avec une feinte sévérité.

— Promis, capitaine, répondit le passeur, qui dissimulait mal son sourire.

Bak fut le premier à sauter. Il s'enfonça dans la vase jusqu'aux chevilles et une eau noire, épaisse, tourbillonna autour de ses mollets. Il gagna la terre ferme et s'arrêta près de la rangée d'hommes. Se sentant un peu ridicule, de la boue jusqu'aux genoux et suintant de ses sandales, il leur souhaita calmement un bon après-midi. Il salua ceux qu'il connaissait par leur nom, afin qu'ils sachent bien qu'il pourrait les retrouver en cas de problème.

La ligne tint bon ; les hommes s'obstinèrent dans leur silence, leur immobilité menaçante. Il resta où il était, aussi résolu qu'eux, son regard passant de l'un à l'autre en s'arrêtant brièvement à chaque fois. Derrière lui, il entendit Neboua, puis Amonked, se mettre à l'eau dans un grand bruit d'éclaboussures. Bientôt le reste du groupe eut quitté le bateau.

Il avança, montrant une confiance qu'il ne ressentait pas tout à fait. Les hommes s'écartèrent, lentement, à contrecœur, et le laissèrent passer. Résistant à l'envie de regarder en arrière pour s'assurer que Neboua et les autres étaient indemnes, il rejoignit le chemin de traverse et grimpa jusqu'à mi-hauteur. Seulement alors, il se retourna.

Neboua était dans l'eau, entouré par le petit groupe. Il parlait bas, avec véhémence. Amonked ébaucha un sourire, puis s'écarta de ses compagnons pour suivre les traces de Bak. L'air débonnaire, il franchit la haie d'hommes. Minkheper passa juste après, parlant de la fraîcheur du soir. Sennefer montra l'aplomb d'un riche propriétaire terrien sachant se comporter avec les pauvres. Horhotep, furieux, sortit de l'eau, Neboua sur les talons comme s'il le gardait. C'était peut-être le cas.

Sans s'arrêter, Neboua tapa le premier cultivateur sur l'épaule, demanda à un autre des nouvelles de son aîné, salua un troisième en l'appelant par son prénom. Quelques instants plus tard, il gravissait le chemin à la suite de ceux dont il avait la charge.

Bak se frayait un passage à travers les piles de matériel et de provisions, écoutant hommes et animaux s'installer pour la nuit. Un léger relent de friture persistait, l'odeur des oignons et du poisson s'attachait aux bols vides et à l'haleine des soldats qu'il croisait. Les chiens sauvages furetaient, éternellement en quête d'une pitance. La paix et le contentement régnaient. Bak pria pour qu'il en soit toujours ainsi.

Il songeait à l'incident du faucon, à Kor. Avec quelle facilité l'homme s'était introduit dans la citadelle, pour grimper jusqu'aux remparts à l'insu de tous ! Dans la journée, nul ne pouvait s'infiltrer dans la caravane, mais la lune décroissait et chaque nuit était plus sombre que la précédente.

Il passa devant le campement des gardes d'Amonked. Divisés en deux unités, ils étaient assis autour de foyers de fortune, savourant la chaleur après avoir pris leur repas du soir. Leur camp était installé depuis longtemps, grâce au sergent Dedou. Ils bavardaient tranquillement, avec la satisfaction du travail bien fait.

Plus tôt, Neboua avait entraîné le sergent Roï à l'écart et lui avait fait savoir, sans mâcher ses mots, qu'il attendait de lui une coopération totale. Dedou se chargerait de la formation que Roï n'avait pas su ou voulu donner, et Merymosé prendrait la place qui lui revenait de droit à la tête de la garde. Roï s'était d'abord montré rétif, mais la menace d'une affectation au service d'Horhotep avait eu tôt fait de le convaincre.

Bak contourna le pavillon, qui sentait légèrement l'huile de lampe et le parfum de Nefret. La lumière à l'intérieur donnait aux parois de toile un éclat rougeâtre. Au-delà, il trouva la rangée de tentes occupées par les autres membres du groupe. Celle qu'il cherchait était la seule à n'être pas montée. Thaneni avait dû aider Amonked à préparer son rapport sur la forteresse de l'île. Paouah, qui partageait sa tente, était le serviteur attitré de l'inspecteur et avait eu, lui aussi, de multiples tâches à accomplir. C'est pourquoi ils commençaient seulement à s'installer.

— Faut-il vraiment coucher là-dessous ? se lamentait Paouah. J'aimerais mieux dormir à la belle étoile, comme les âniers.

— Plus un mot ! lança Thaneni en se courbant pour tendre la lourde toile. As-tu déjà oublié combien tu as eu froid la nuit dernière ?

— Je laisserai ma tête dehors, déclara le jeune garçon sur un ton de défi.

— Attrape un pieu, ordonna le scribe.

Paouah adressa une grimace complice à Bak tout en obéissant. Thaneni se révélait étonnamment agile, et bientôt le centre de la toile se dressa sur des pieux hauts jusqu'à la taille, les côtés maintenus par des pierres. Un abri simple, mais idéal pour deux hommes — sauf par grand vent.

Par une faveur des dieux, la brise était tombée et de petits points de lumière scintillaient au firmament. Néanmoins, la nuit serait glaciale. Bak frissonna rien que d'y penser. Comme tous ceux qui ne faisaient pas partie de la suite d'Amonked, il devrait dormir en plein air.

Thaneni enfila une tunique pour ne pas prendre froid et s'assit devant la tente. Bak se laissa tomber à côté de lui. Paouah ramassa une poignée de sable qu'il fit couler sur la pente de leur abri.

— Comment as-tu supporté le voyage, aujourd'hui ? demanda Bak au scribe.

— Il s'est déplacé dans le plus grand confort. Comme un haut personnage, répondit Paouah.

Le scribe lui tira l'oreille. L'enfant recula d'un air taquin pour se mettre hors de sa portée.

— Le petit a raison, convint Thaneni avec un sourire.

Amonked m'a permis d'utiliser sa chaise à porteurs. Il souhaitait que je veille sur dame Nefret pendant qu'il inspecterait la forteresse. Toute la matinée, je me suis senti gêné, mais vers la fin de la journée je savourais ce luxe sans vergogne.

— Tu seras vite blasé ! Ton maître a une autre inspection demain, dit Bak en riant.

La bonne humeur du scribe disparut.

— La population tentera-t-elle encore de l'intimider, comme aujourd'hui ?

— Les gens d'ici ne renoncent pas facilement.

Paouah se laissa choir sur le sable en face de Bak.

— Sennefer dit que tu t'es conduit avec bravoure, lieutenant.

— N'exagérons rien.

— Tout de même...

Le gamin se pencha vers lui, les yeux écarquillés, souhaitant de toutes ses forces lui voir admettre son courage. Le pavillon aux minces parois de lin ne se trouvait qu'à quelques pas, aussi répondit-il avec circonspection :

— Les hommes qui sont venus défier le groupe, aujourd'hui, nous ont vus Neboua et moi aux côtés d'Amonked. Ils en ont certainement conclu que je venais enquêter sur le meurtre de leur prince. Or ils connaissent mon sens de l'équité. Neboua étant très respecté à Ouaouat pour sa droiture et son intégrité, ils savaient aussi qu'il veillerait à protéger la caravane ainsi que tous ceux qui vivent près du fleuve. Ils avaient beaucoup plus à gagner en nous laissant passer qu'en nous attaquant.

— Le capitaine et toi exercez donc tant de pouvoir ? s'enquit le scribe.

— Ce n'est pas une affaire de pouvoir, mais de confiance, rectifia Bak, qui se frictionna les bras en regrettant de ne pas avoir enfilé une tunique. Pour que nous conservions cette confiance, je dois arrêter l'assassin de Baket-Amon, et Neboua doit faire en sorte que nul ne soit blessé ni volé.

— Et en cas d'échec ?

Bak haussa les épaules, incapable de répondre.

— On a peut-être voulu supplanter le prince à la tête de son peuple. Y as-tu songé ? demanda Thaneni.

La suggestion était naturelle, mais Bak soupçonna qu'elle exprimait avant tout l'espoir que le coupable ne se trouve pas dans le groupe.

— La succession n'a jamais été en cause. Il avait un jeune fils dont la mère assurera la régence, et d'autres, plus jeunes, du même lit.

— Il montrait une extrême loyauté envers Kemet. Aurait-on pu souhaiter sa mort afin de libérer cette partie de Ouaouat de l'emprise d'Hatchepsout ?

— Certainement pas les rois de Kouch. Depuis que le puissant royaume centré à Kerma fut écrasé par Aakheperkarê Touthmosis [1], voici bien des années, il est fragmenté en divers petits États sans pouvoir réel. Tous prospèrent grâce au commerce entre Kemet et le Sud profond. Pourquoi compromettre cette stabilité ? Quant aux habitants de Ouaouat, ils ont besoin de nous autant que nous d'eux.

Thaneni se tut, à court d'arguments. Son expression était sombre, comme celle de Paouah. Ni l'un ni l'autre ne voulait croire que le prince ait été assassiné par l'un des leurs.

— Es-tu chez Amonked depuis longtemps ? s'enquit Bak.

— Quatre ans.

Soulagé de passer à un autre sujet, Thaneni changea de position. Il avait du mal à plier son genou infirme.

— Depuis mon accident au nouveau temple commémoratif de la reine, sur la rive occidentale, en face de la capitale. Une des cordes était usée, une pierre a basculé...

Sa voix se brisa, laissant le reste à l'imagination.

Bak hocha la tête avec compréhension. Il avait grandi près de Ouaset, la capitale du Sud, où les ouvriers édifiaient les sanctuaires et les hypogées. Élevé par un père

1. Touthmosis Ier. (*N.d.T.*)

médecin, il s'était accoutumé à voir des infirmes et des estropiés, à entendre parler de morts dues à la chute de pierres monumentales ou d'échafaudages.

— Mais le dieu Amon a décidé de te sourire.

— Le dieu, oui, et aussi Amonked. Il était venu au temple, ce jour-là, pour juger de l'avancement des travaux. Quand on a soulevé la pierre pour me dégager, il a vu ma jambe écrasée. Il m'a fait transporter chez un médecin royal. Ensuite, alors que j'avais perdu conscience sous l'effet des drogues, il m'a installé chez lui afin que ses serviteurs prennent soin de moi. On m'a dit que j'avais frôlé la mort, et j'ai passé de longs jours sans quitter ma natte.

« Son dévouement à l'égard d'Amonked s'explique parfaitement, pensa Bak. Il est rare de survivre à une blessure aussi grave. Seuls des soins attentifs ont pu l'aider à guérir — et une maison propre et claire, au lieu d'une masure. »

— Ma dette envers lui grandissait chaque jour, poursuivit le scribe, le regard tourné vers le pavillon éclairé où se dessinaient des ombres mouvantes. Je ne pouvais marcher, toutefois je savais lire et écrire. Dès que j'ai appris à me déplacer sur des béquilles, il m'a engagé à son service en tant que scribe.

— Et tu y es resté depuis lors ?

— Je ne pourrai jamais le dédommager. Jamais. Je lui dois la vie.

— A quoi bon remâcher le passé, Thaneni ? lança Amonked d'un ton de reproche, sur le seuil du pavillon. Tu m'as dédommagé depuis longtemps par ta compétence, ton honnêteté et ta loyauté. Tu m'offenses en pensant autrement.

— Oui, maître, dit le scribe, inclinant la tête.

Un soupir résigné échappa à Amonked. Il salua Bak d'un hochement du menton et fit signe à Paouah.

— Viens. J'ai à parler avec le caravanier.

Les yeux du gamin brillèrent et il se leva d'un bond.

Quand ils ne purent plus les entendre, Bak en revint à la raison pour laquelle il était venu.

— As-tu vu Baket-Amon, le matin de sa mort ?

— Non, lieutenant, répondit le scribe d'un ton ferme et sans une hésitation.

— Je vois que tu le connaissais, dit Bak en le scrutant.

Remarquant son intérêt accru, Thaneni précisa d'un air désabusé :

— Nous étions loin d'être intimes, lieutenant. Je ne suis qu'un serviteur.

Le scribe ne passait sans doute guère de temps à la maison royale. Amonked n'avait aucun besoin de l'y envoyer. Il était plus utile dans la demeure de Ouaset ou dans les domaines de son maître.

— Dans quelles circonstances l'as-tu rencontré ?

La réticence du scribe était évidente.

— J'apprendrai la vérité, Thaneni. Que tu m'aides ou pas.

Son compagnon mit longtemps à répondre.

— Il y a deux ans — ou était-ce trois —, il ressentait de l'attirance pour dame Nefret. Il... Eh bien, je ne sais si toi, qui résides ici, dans son pays natal, tu as entendu parler de ses exploits à Ouaset. Mais il aimait les femmes et multipliait les conquêtes.

— Ouaouat était également son terrain de chasse, lui assura Bak.

— Alors, tu sais qu'il n'était pas du genre à s'avouer vaincu.

— Je n'ai jamais entendu dire qu'il ait poursuivi une femme contre son gré.

— Dame Nefret ne l'encourageait pas, je le jure ! protesta-t-il avec ferveur. Néanmoins, il venait souvent chez Amonked, pensant attirer l'attention de ma maîtresse.

« Nefret est ravissante, convint Bak. Mais la beauté seule suffisait-elle à détourner le prince de conquêtes moins farouches ? »

— L'avait-elle remarqué ?

— C'est une gentille fille, honnête et loyale. Elle sait

qu'elle doit tout à Amonked. Parfois elle est malheureuse et de temps en temps ils se disputent ; mais son père, un petit noble sans fortune, l'a confiée à lui, et elle respecte cet engagement. Depuis qu'elle partage sa couche, beaucoup de jeunes gens sont venus parader devant elle. Elle les a tous dédaignés.

L'affirmation d'une fidélité sans faille... Trop véhémente pour ne pas éveiller la méfiance de Bak, et ses soupçons.

— Comment réagissait-elle aux assiduités du prince ?

— Elle ne s'en apercevait même pas.

Bak lança un regard sceptique au scribe, qui le soutint sans sourciller. Son admiration pour la concubine était inébranlable et frisait l'adoration.

— Amonked savait-il que Baket-Amon s'intéressait à dame Nefret et qu'il venait la voir souvent ?

— Non !

Thaneni se rendit compte qu'il avait répondu trop vite et se hâta d'expliquer :

— Lorsque nous sommes à Ouaset, il se rend chaque jour à la maison royale, puis aux greniers d'Amon. Il revient en fin d'après-midi et nous réglons alors les affaires du jour. La plupart du temps, les femmes sont livrées à elles-mêmes.

« Qu'Amon ait pitié de moi ! pensa Bak. Même si Amonked restait longtemps absent, les serviteurs étaient là pour tout apprendre à leur maître. Sans parler de l'épouse, qui pourrait être jalouse de la jeune concubine et lui vouloir du mal. Amonked savait certainement que le prince venait trop souvent chez lui, dans des intentions peu honorables. »

Alors que Bak rebroussait chemin et passait devant le pavillon, il entendit de légers sanglots. Nefret... Elle était probablement seule avec sa servante. Le moment n'aurait pu être plus propice pour explorer la piste que Thaneni avait révélée à contrecœur.

Il souleva le pan de l'entrée et regarda à l'intérieur.

Mesoutou se recroquevillait près d'un brasero et contemplait les flammes, image même de la tristesse. Les larmes de sa maîtresse, de l'autre côté de la mince tenture, n'étaient pas pour la réconforter.

— Je viens voir dame Nefret.

La fillette sursauta, puis, le reconnaissant, elle se leva bien vite et tâta les pans d'étoffe pour trouver l'ouverture. Elle se glissa de l'autre côté. Les pleurs cessèrent, remplacés par des murmures. Mesoutou réapparut.

— Elle va te recevoir. Je t'en prie, assieds-toi.

Après être resté dehors avec Thaneni, il trouvait le pavillon chaud et confortable, le coussin moelleux. La fille lui apporta une cruche de bière et une coupe. Elle posa un plat de dattes et de gâteaux au miel sur une table basse à côté de lui, puis, avec un sourire timide, elle retourna auprès de sa maîtresse.

Bak sirota, grignota, attendit. Et attendit. Il maudit la jeune femme en silence. Que pouvait-elle bien faire ? Cacher les ravages de son chagrin sous une épaisse couche de fards ? Il préférait s'entretenir seul avec elle, et dans quelques instants, Amonked reviendrait. Il serait mécontent de le trouver en compagnie de sa concubine à une heure aussi tardive.

— Lieutenant Bak ? dit Nefret, écartant les tentures de manière à former un drapé gracieux autour de son corps.

Il savait reconnaître une pose quand il en voyait une.

— Dame Nefret, je sais que tu es lasse après cette longue journée, mais j'ai à te parler.

— Je me doutais que tu viendrais. Peut-être pas cette nuit, mais bientôt.

Elle laissa retomber les rideaux et s'approcha du brasero, sa servante sur les talons. Elle enlaça la petite et dit bien fort, afin que ses paroles portent jusqu'à la tente du scribe :

— Mesoutou vous a entendus, Thaneni et toi.

— Il ne m'a rien révélé que je n'aurais pu apprendre ailleurs.

— Pourquoi ce maudit scribe ne se mêle-t-il pas de ses affaires ?

La colère brillait dans ses yeux trop maquillés, bouffis à force de larmes.

— Il éprouve de l'affection pour toi.

— De l'affection !

Elle s'assit sur des coussins et poursuivit en baissant le ton :

— Si c'était vrai, il persuaderait Amonked de me laisser retourner à Kemet.

Elle prit une datte qu'elle mangea avec contrariété.

— Je hais cet odieux désert, cette terre désolée. Je veux rentrer chez moi !

— Amonked écouterait-il un scribe ?

— Il l'écoute bien, quand il s'agit de gérer ses affaires.

Elle remarqua Mesoutou qui frissonnait, dans son coin. Elle tapota le coussin auprès d'elle pour inviter l'enfant à s'approcher de la chaleur.

— Mais tu as raison, admit-elle. Il est trop fâché contre moi, et trop têtu pour écouter Thaneni à présent.

Des pas s'approchèrent puis continuèrent leur route, rappelant à Bak le retour imminent d'Amonked. Comment faire pour que Nefret cesse de s'apitoyer sur elle-même ?

— Tu as de la chance de ne pas être l'épouse d'un militaire, qui t'aurait amenée ici pour y vivre durant des mois.

Elle prit une autre datte, machinalement.

— Thaneni pourrait en parler à Sennefer. Amonked écouterait le frère de son épouse.

— Sennefer paraît d'un abord facile. Pourquoi ne lui en parles-tu pas toi-même ?

— Il se montre toujours si froid envers moi !

Elle se mordit la lèvre, ravala un sanglot.

— Je comprends qu'il veille aux intérêts de sa sœur, et elle n'aime personne plus qu'Amonked. Elle l'adore, lui épargne tout souci et prie pour que je lui donne le fils qu'elle n'a jamais pu avoir. Je ne veux pas de cet enfant ! dit-elle plaintivement, les larmes roulant sur ses joues. Je veux Sennef...

La petite Mesoutou lui enfonça les ongles dans le bras pour couper court à cet aveu. Nefret posa sa main sur sa bouche.

— Oh ! Je t'en prie, lieutenant...

Surpris, mais pas au point de ne pouvoir réfléchir, il mit un doigt sur ses lèvres et fit un signe en direction des tentes, puis il chuchota :

— Tu as ma parole : je ne dirai rien.

— J'aurai à jamais une dette envers toi, murmura-t-elle.

— As-tu vu le prince Baket-Amon, à Bouhen ? demanda-t-il à haute voix.

Elle lui lança un regard de gratitude.

— Comment aurais-je pu voir qui que ce soit ? Amonked me tenait recluse.

— Et le matin où il est venu chez toi ?

— Bien sûr que non ! s'indigna-t-elle. Puisque je viens de te dire que je ne l'ai pas vu, à Bouhen !

Il ne put s'empêcher de sourire. Soit c'était une fieffée menteuse, soit elle avait un rare pouvoir de récupération.

— D'après Thaneni, tu l'aurais connu à Ouaset.

— A Ouaset ! Si cet écervelé savait la moitié de ce qu'il croit, il travaillerait pour Maakarê Hatchepsout, pas pour son cousin ! Je l'ai rencontré à Sheresy, dit-elle en rejetant en arrière son épaisse chevelure noire. Les terres de mon père jouxtent le domaine de Sennefer, qui est immense et riche en animaux sauvages. Amonked y amenait parfois des invités, pour chasser dans les marais ou le désert. C'est ainsi que j'ai fait sa connaissance, et aussi celle du prince.

— Tu dis qu'Amonked avait emmené le prince chasser dans le domaine de Sennefer ? interrogea Bak, l'observant d'un œil pénétrant tandis qu'elle prenait un gâteau au miel et le cassait en deux.

— Si ce n'est lui, alors quelqu'un d'autre. Notre souveraine arbore les attributs d'un roi, mais elle a renoncé depuis longtemps aux passe-temps favoris des hommes. Maintenant, lorsqu'elle veut impressionner un dignitaire étranger ou récompenser les nobles de Kemet, Amonked et d'autres conseillers les invitent de sa part à chasser, pêcher, ou à se divertir par quelque activité virile. Comme les marais de Sheresy et le désert tout proche abondent en gibier, Amonked organise tout dans le domaine de Sennefer, plutôt que dans le sien, près de Mennoufer, qui est plus modeste. Certains intimes de Sennefer en font autant.

Bak ne se rappelait pas les paroles exactes d'Amonked, mais elles lui avaient donné à croire qu'il connaissait à peine le prince. Pourtant, le meilleur moyen de jauger un homme, excepté sur le champ de bataille, était de partager l'excitation et le danger d'une chasse.

— Je n'aurais jamais pris Amonked pour un homme d'action.

— Il se conforme à ses obligations.

— Baket-Amon te désirait-il alors, comme plus tard à Ouaset ?

Elle eut un rire de dérision.

— A notre première rencontre, je portais la boucle de l'enfance, dit-elle, faisant allusion à la tresse que les filles et les garçons de la noblesse arboraient jusqu'à l'adolescence. Quand je suis devenue femme, Amonked m'a prise pour concubine et j'ai quitté la maison de mon père. Beaucoup de temps a passé avant que mon chemin croise à nouveau celui du prince, à Ouaset.

— Que pensais-tu de lui ?

— De Baket-Amon ? dit-elle, faisant la grimace. Il me mettait mal à l'aise, à toujours me fixer avec ses grands yeux de vache. J'ai fini par dire à Amonked de le renvoyer.

Bak se sentit anéanti. Il y avait de fortes chances pour qu'Amonked ait chassé en compagnie de Baket-Amon. De meilleures encore pour qu'il l'ait averti de garder ses distances avec la concubine. Et il prétendait le connaître à peine !

Amonked. Le cousin de la reine. Le seul membre de l'expédition qui, jusqu'à présent, avait eu un motif de tuer Baket-Amon.

Il regrettait de ne pouvoir comparer avec Imsiba ce qu'ils avaient appris, chacun de son côté, ces deux derniers jours. Le Medjai avait-il découvert un indice qui innocentait les membres du groupe, en montrant que l'assassin venait de l'extérieur ? Sûrement pas. Un messager aurait apporté une nouvelle d'une telle importance. La rumeur se serait répandue.

9

— Par Amon, qu'est-ce que j'ai fait de mes sandales ? marmonna le sergent Dedou.

— Les miennes aussi se sont envolées, dit un archer, qui frictionnait ses bras transis par le froid du petit matin.

— Et les miennes ! s'écria leur voisin en soulevant le coin de sa natte pour regarder dessous.

Quatre autres archers signalèrent la même disparition.

Neboua posa les poings sur ses hanches et regarda sévèrement ses hommes. L'obligation de se lever tôt émoussait sa patience.

— Quand les avez-vous vues pour la dernière fois ?

— Je les ai enlevées cette nuit avant de dormir, répondit Dedou, et je les ai posées près de moi pour les retrouver facilement.

Les autres étaient unanimes : eux aussi avaient gardé leurs chaussures à proximité.

Neboua ne pouvait pas plus dissimuler son exaspération que la lune se cacher dans un ciel sans nuage.

— On les retrouvera forcément. D'ici là, vous irez pieds nus.

Kheprê n'avait pas encore paru à l'horizon oriental que déjà il peignait le ciel d'un blanc argent qui se muait rapidement en or éclatant. La brise repoussait encore la chaleur du soleil. Les premiers ânes de la caravane se mirent en marche le long de la piste, et les autres les suivirent sitôt leur faix en place. Les tout derniers remontaient du fleuve, certains chargés de jarres d'eau, les autres à vide.

La veille, la caravane avait traversé la pente douce et large qui séparait le fleuve d'une longue arête sablonneuse fermant l'horizon sur la droite, telle une barrière avant le désert. Alors que l'après-midi pâlissait, ils étaient arrivés à proximité. L'arête s'achevait sur un précipice vertigineux, au fond duquel les rapides s'étiraient en un ruban sans fin. Là, ils avaient fait halte, à quelque distance d'un amoncellement de sable, près de l'intersection entre la piste et l'arête.

Et voici qu'au matin, tandis que les premières bêtes disparaissaient de l'autre côté de la formation, Amonked, Minkheper, Horhotep et Sennefer se préparaient à grimper sur le promontoire afin d'inspecter le poste de surveillance situé au sommet. De ce point, crucial pour la défense de la frontière, on pouvait observer le fleuve et le désert dans toutes les directions. Bak espérait que l'inspecteur en discernerait la valeur.

— Viens, lieutenant, dit Neboua. Nous avons une autre inspection à accompagner.

— Quel prétexte trouveras-tu aujourd'hui ? lui demanda Bak avec un mélange d'affection et de suspicion.

Neboua prit un air innocent.

— J'ai vu des hommes venus des champs voisins, quand je me suis baigné dans le fleuve, ce matin, et je l'ai signalé à Amonked. Il juge préférable que nous restions à proximité.

Bak, qui s'était baigné au même endroit à la même heure, feignit d'être scandalisé.

— Tu mens au cousin de notre souveraine ?

— Quand on n'a pas le temps d'assiéger une forteresse, il ne reste que deux choix. Soit on marche sur elle, en espérant ne pas être attaqué à revers, soit on trouve une ruse pour se faire ouvrir les portes.

— Impressionnant ! remarqua le capitaine Minkheper. Beaucoup plus majestueux que les rapides au-dessus d'Abou.

Glacé par le vent qui ébouriffait ses cheveux, Bak plongeait son regard vers un paysage torturé d'eau et de rochers, un labyrinthe sauvage et périlleux qu'on aurait cru l'œuvre des démons. Il était déjà venu auparavant et chaque fois le fleuve avait montré un visage différent. Mais haut ou bas, cela ne changeait rien ; il lui inspirait toujours la même crainte révérencieuse.

— C'est seulement au plus fort de la crue que les navires peuvent emprunter ces rapides, expliqua-t-il. Des haleurs munis de solides cordages les tirent à contre-courant ou guident leur descente. Au nord d'Iken, lorsque c'est impossible, on les fait glisser le long d'une rampe aménagée sur la berge.

— Du granit. Une pierre difficile à travailler même dans d'excellentes conditions. Et les conditions ici sont épouvantables.

Bak n'ajouta pas un mot. Mieux valait que Minkheper constate par lui-même la difficulté et le danger que représentait l'excavation d'un canal dans le Ventre de Pierres.

Ensemble, ils scrutèrent le fleuve impétueux, fluide et rapide lorsque son cours était libre, cascade bouillonnante quand il rencontrait des obstacles. Il se ramifiait en centaines de canaux pour contourner des îlots noirs luisants. Quelques grandes îles portaient des arbres, des buissons, une herbe dure et parfois une maisonnette ; là, des fruits et des légumes poussaient dans des poches de limon fertile, des chèvres broutaient la végétation sauvage, et des oiseaux se reposaient sur les hauts-fonds.

— Ces rapides s'étendent sur quelle distance ? interrogea Minkheper.

— Je ne l'ai pas vu de mes propres yeux, mais on dit qu'il faut quatre heures de marche pour les suivre d'un bout à l'autre.

Très impressionné, Minkheper poussa un sifflement.

Certain qu'il comprenait l'impossibilité du plan de la reine, Bak le laissa réfléchir au bord du précipice. Il remonta l'arête afin de rejoindre le reste du groupe.

— Combien d'hommes sont postés ici ? demanda Horhotep d'un ton cassant.

— Dix... mon lieutenant.

Le sergent responsable du poste de surveillance avait marqué une réserve perceptible, mais pas assez pour s'attirer une réprimande. Horhotep pinça les lèvres et imprima de petits coups secs sur sa jambe avec son bâton de commandement.

— Dix hommes pendant dix jours. Dix autres hommes pendant dix autres jours, et ainsi de suite. J'aurais cru que le commandant d'Iken trouverait une meilleure occupation à ses soldats.

Écœuré, le sergent jeta un coup d'œil lourd de sous-entendus en direction de Bak. Ils s'étaient déjà rencontrés et s'appréciaient mutuellement.

— Sans avertissement préalable, comment les troupes de Bouhen ou d'Iken se prépareraient-elles à repousser l'ennemi ?

— Quel ennemi ?

D'un large arc de cercle du bras, Horhotep montra le fleuve jalonné d'écueils et les dunes désolées. Hormis la caravane, rendue minuscule par la distance, et un vol d'oies au-dessus des rapides, on ne voyait d'être vivant dans aucune direction.

— On dit qu'un de nos vieux ennemis est revenu du fin fond du désert. Hor-pen-Dechret. Un homme avec lequel il faut compter. Tous ceux qui s'en souviennent tremblent à son seul nom.

— Des racontars ! railla Horhotep. Des contes inventés pour terroriser les cœurs crédules, par ceux qui veulent que ce pays reste sous la tutelle de l'armée.

Neboua le dévisagea avec un profond dégoût et s'éloigna, les mâchoires serrées. Amonked l'observa pensivement, puis s'approcha d'une hutte en briques crues pourvue d'un auvent en roseau. L'abri se trouvait parmi les ruines d'anciens édifices, qui ceignaient le sommet de l'arête.

— Vous vivez à la dure, constata-t-il.

— Nous n'avons besoin que d'un toit au-dessus de nos têtes, inspecteur, et des provisions que nous apporte chaque jour la patrouille du désert. Il y a toute l'eau qu'il nous faut à portée de main, et le fait d'être ensemble nous aide à chasser l'ennui.

— Ah, je vois ! persifla Horhotep, arrivant derrière eux. Dix hommes sont postés ici en permanence afin de t'apporter une distraction.

Le sergent serra les poings, rouge de fureur, et ne se domina qu'au prix d'un violent effort. Sennefer murmura à l'oreille de Bak :

— Si Horhotep survit à ce voyage, les dieux se seront montrés bien peu avisés.

— Je me ferais une joie d'être l'instrument de leur colère.

Qu'il ait entendu ces réflexions ou non, Amonked se tourna vers son conseiller.

— Lieutenant, j'ai cru comprendre qu'il existe une piste le long de cette arête. Je souhaite que tu en profites pour rejoindre la caravane.

Il se tut, attendit une réponse qui ne vint pas. Sa voix prit alors une inflexion tranchante :

— Tu as vu tout ce dont tu avais besoin ici, lieutenant. Pars immédiatement.

Horhotep tourna les talons en dissimulant son expression et s'éloigna d'un pas rapide, le dos raide comme un piquet.

Surpris, Bak observa Amonked dont le visage était, comme toujours, insondable. Se lassait-il des sarcasmes de son conseiller ? Ou, mieux encore, commençait-il à se méfier de ses sempiternelles critiques ?

Le groupe d'inspection rattrapa le convoi dans l'heure qui suivit. Amonked et ses compagnons se hâtèrent de retrouver Nefret en tête, où l'air était plus respirable. Bak

et Neboua s'attardèrent à l'arrière pour parler aux âniers. Les archers encadraient la caravane sur toute la longueur, à l'écart de la poussière et à une distance suffisante pour repérer toute approche.

Depuis qu'ils avaient franchi l'arête, ils pouvaient voir la vaste plaine ondoyante qui s'étendait vers l'ouest, immensité de sable doré où émergeaient de sombres îlots rocheux. A l'est, par-delà les petites dunes formées par le vent, ils apercevaient un peu de vert et des reflets argent. La végétation et l'eau scintillante apaisaient le regard, et rappelaient aux hommes et aux bêtes la proximité du fleuve dispensateur de vie. Ils pourraient boire jusqu'à plus soif, se reposer et se baigner.

Cette sérénité fut de courte durée. Peu après que les voyageurs furent revenus du poste de garde, des gens du fleuve apparurent soudain. Ils se postèrent à la limite du désert où le sable rencontrait l'eau, et observèrent leur lente et pénible progression. A distance mais toujours présents, ils rappelaient sans répit leur rancœur envers la mission.

Midi vint et passa. De temps à autre, la piste du désert se rapprochait du fleuve et les membres de la caravane distinguaient mieux ceux qui les épiaient. Un, deux ou trois hommes, tantôt une famille, tantôt la population entière d'un minuscule village. Ils restaient à les regarder, leur immobilité et leur silence plus effrayants que des menaces.

Sechou attira Bak à l'écart et lui montra les silhouettes lointaines.

— Ces gens commencent à saper le moral de mes âniers. Ne peux-tu rien faire pour qu'ils restent chez eux ?

Bak sourit d'un air de regret.

— Toi qui parcours le désert depuis des années, Sechou, tu sais à quoi je suis confronté. Ils agissent sans doute de manière concertée, mais ils n'ont pas de chef.

— Sais-tu qui est l'héritier du prince Baket-Amon ?

— Son fils aîné, un enfant de huit ans.

— Et la mère, pour assurer la régence, soupira Sechou.

— Oui. Elle résidait à Ma'am et y restera jusqu'à ce que le défunt soit prêt pour son voyage dans l'autre monde. Elle apprendra bientôt la réaction de ces gens. Pourra-t-elle les arrêter et, si elle en a le pouvoir, le fera-t-elle ? Toute la question est là.

— Elle en a le pouvoir, mais elle ne fera rien. Elle aimait éperdument son époux.

La désillusion du chef de la caravane provoqua l'inquiétude de Bak.

— Crois-tu qu'elle encouragera la population à manifester son ressentiment contre Amonked, non à cause de l'inspection mais pour réclamer justice ?

— Sa logique n'est pas la mienne. Ni la tienne, répondit Sechou avec un haussement d'épaules.

Il adressa un petit signe au conducteur d'un train d'ânes chargés de hautes piles de foin frais. Bak fut pris d'éternuements répétitifs.

— Penses-tu bientôt connaître le nom du meurtrier ? lui demanda son compagnon.

— Je ne suis pas plus avancé aujourd'hui que le matin où le *ka*[1] du prince s'est enfui.

Sechoua lâcha un juron.

— Il y a deux jours, j'étais sûr que personne, le long du fleuve, ne tenterait de nuire à une caravane. Mais aujourd'hui... Ma foi, je n'en mettrais pas ma main au feu.

Il semblait à Bak que toutes ses tentatives étaient futiles, néanmoins il refusait de céder à l'abattement. Il chercha donc Sennefer, qu'il comptait interroger au sujet de Baket-Amon. Il repéra sa haute silhouette élancée qui

1. *Ka* : né avec l'homme, il grandit avec lui et le protège. Après la mort, il aspire à poursuivre dans la tombe la vie qu'il a menée sur terre. (*N.d.T.*)

suivait, solitaire, un trajet parallèle à la caravane. Il courut dans le sable pour l'arrêter au passage.

— Que fais-tu ici, tout seul ? demanda-t-il en lui emboîtant le pas.

— Je suis las des ânes et des âniers, de la poussière et des perpétuelles chamailleries entre Nefret et Amonked. On pourrait croire, à voir toute cette immensité, qu'il est facile de trouver un peu de solitude. Malheureusement, je ne connais pas le désert et je crains de me perdre.

— Tu n'irais pas loin, sans guide, admit Bak.

Sennefer se retourna pour regarder le fleuve.

— J'aimerais beaucoup me baigner. Ne serais-je pas en sécurité, si tu descendais jusqu'à l'eau avec moi ? Je vous ai vus en revenir ce matin, Neboua et toi, dit-il avec un sourire désarmant. Il ne vous est rien arrivé.

— Sechou veut que nous campions cette nuit dans les murs d'Iken, même si nous devons marcher de nuit une ou deux heures. Là-bas, tu te baigneras en toute sécurité.

— Nous en voudra-t-on moins à Iken qu'à Bouhen ?

— Non, mais le commandant Ouaser assurera votre protection...

Bak s'apprêtait à ajouter « comme l'a fait le commandant Thouti », mais le meurtre de Baket-Amon dans la maison du groupe d'inspection rendait cette précision inopportune.

Le noble céda à contrecœur.

— J'ai cru comprendre que tu connaissais le prince.

— Je le connaissais et je l'aimais. Il me manquera, répondit Sennefer avec un regret sincère. Il est venu à plusieurs reprises dans mon domaine de Sheresy. Nous chassions, pêchions et jouions aux dés.

— Sur l'invitation d'Amonked ?

— Non, habituellement sur la mienne. Je trouvais sa compagnie des plus agréables.

— Tu devais le voir souvent, à Ouaset.

Le petit rire de Sennefer contenait une bonne part d'amertume.

— Plus je vieillis, lieutenant, et moins je séjourne

dans la capitale. La vie de courtisan est trop avilissante. Faire des courbettes à l'un, puis à l'autre. Prendre garde à ne pas offenser les conseillers de notre reine. Toujours paraître à son avantage et n'avoir que très peu de temps pour soi... Je préfère de loin Sheresy !

Étant donné la parenté de Sennefer avec le cousin d'Hatchepsout, Bak s'abstint de tout commentaire.

— Et à Bouhen, as-tu revu le prince ?

— Si j'avais eu vent de sa présence, je serais allé le retrouver, mais je n'en avais aucune idée jusqu'au moment où j'ai appris sa mort.

Le regret perça dans sa voix.

— Penser qu'il n'était qu'à quelques pas de ma chambre lorsqu'on l'a assassiné ! Je me demanderai toujours s'il venait me rendre visite — si, à mon insu, j'ai été responsable de ce qui s'est passé.

« Moi aussi, je me le demanderai toujours », pensa Bak.

— Si j'en savais davantage sur lui, je découvrirais peut-être plus vite le meurtrier. Veux-tu m'aider ?

Sennefer fixait la caravane, mais ses pensées vagabondaient bien loin.

— Que te dire ? C'était un homme qui avait toujours le sourire aux lèvres. Un cœur d'une folle générosité. Une ardeur de vivre à en épuiser son entourage. Je l'ai accompagné deux fois dans des maisons de plaisir de la capitale, qu'il fréquentait assidûment. Il avait un rare sens de la fête, et un appétit insatiable envers les femmes.

Bak se souvint du prince, chez Noferi, des filles à ses pieds, de celles qui l'attendaient près de la porte. Pleuraient-elles sa disparition ou commençaient-elles déjà à l'oublier ?

— On m'a dit que c'était un habile chasseur, toutefois l'archer au geste le plus sûr peut manquer la cible. Lui est-il arrivé de toucher quelqu'un par mégarde ?

— Certainement pas à Sheresy ! Ni ailleurs, à ma connaissance.

L'épais nuage de poussière fit prendre conscience à Bak qu'ils s'étaient approchés de la colonne d'ânes.

— Peu avant sa mort, il m'a dit que son passé était revenu le narguer. As-tu la moindre idée de ce dont il parlait ? Ou du motif qui aurait pu pousser quelqu'un à le tuer ?

— J'aurais bien voulu t'aider, mais, hélas, je n'en sais rien. Il était si agréable, si heureux dans toutes ses entreprises ! Je ne peux concevoir qu'on l'ait détesté à ce point.

Ils se séparèrent près de la caravane ; Sennefer rejoignit rapidement l'avant, Bak resta derrière pour réfléchir. Il n'avait rien appris de nouveau, mais avait eu confirmation de ce qu'il pressentait. Les principaux titres de gloire de Baket-Amon étaient ses prouesses sexuelles et ses talents de chasseur — des passions susceptibles de susciter des jalousies.

Quant à Sennefer, s'il avait d'abord paru froid et distant, les désagréments partagés d'un long voyage poussiéreux l'avaient rendu plus accessible et plus humain. Bak l'appréciait, mais ne se faisait pas d'illusions. Il pouvait avoir tué Baket-Amon, autant que n'importe quel membre du groupe. Néanmoins, il n'avait pas de mobile apparent. A moins que sa prétendue amitié avec le prince n'ait été qu'un mensonge.

Bak trouva Neboua plus en arrière, avec le lieutenant Merymosé. Ils marchaient assez loin de la colonne pour éviter la poussière et conservaient la même allure que les ânes chargés de grain.

— J'admets que je suis inquiet, dit Merymosé, qui regardait en direction du fleuve d'un air morose. Si j'avais mon mot à dire, je recommanderais à Amonked de rester à Iken. Il paraît que l'enceinte extérieure couvre un espace immense, où l'on aurait la place d'accueillir notre caravane.

— On ne pourra pas y rester éternellement, et ces

gens ne renonceront pas avant qu'Amonked ne quitte Ouaouat.

— Nous pourrions y attendre que tu captures l'assassin.

— J'apprécie ta confiance, lieutenant, mais que ferions-nous si je n'y parvenais pas ? Non, dit Bak en secouant la tête. Il faut continuer jusqu'à Semneh ou regagner Bouhen. Or, cela, Amonked ne l'acceptera jamais.

— Je crains que mes gardes ne vaillent pas grand-chose, dans une bataille.

— Je ne blâme pas la population de réclamer justice, répondit Bak. Cependant, elle serait décimée si elle provoquait le courroux de la reine. Cette simple certitude devrait être dissuasive.

Mais, tout comme Neboua, il savait que si la population locale trouvait un vrai meneur, elle formerait une horde incontrôlable. Vingt archers tomberaient devant elle en un clin d'œil.

— Comme je voudrais tenir tête au lieutenant Horhotep ! s'affligeait Merymosé. Mais cela causerait ma perte. Il se plaindrait à mon officier supérieur, à la maison royale, et m'accuserait d'insubordination.

Neboua, qui réfléchissait en regardant le jeune homme, eut soudain une idée.

— Dedou et ses archers sont prêts à l'action, toutefois, en cas d'attaque, un peu d'aide ne sera pas de trop. Il a appris à tes hommes à installer un campement ; qu'il les initie à présent aux arts de la guerre.

— Il ferait cela ? s'enthousiasma Merymosé. Rien ne me réjouirait davantage ! Mais, ajouta-t-il en se rembrunissant, il faudrait qu'il m'entraîne aussi.

— Rien de plus facile.

— Capitaine Neboua ! s'écria Horhotep, qui était arrivé derrière eux aussi silencieusement qu'un chat. Le lieutenant Merymosé est un officier plein de promesses, néanmoins il est jeune et inexpérimenté. C'est moi, et non lui, que tu dois consulter avant toute décision.

L'expression de Neboua s'assombrit comme l'espérait le conseiller, Bak en était sûr. Horhotep avait pris sa mesure ; il avait résolu de le piquer et de l'aiguillonner jusqu'à ce que la colère le pousse à un geste inconsidéré. Un geste qu'il utiliserait ensuite pour le discréditer.

— Lieutenant Horhotep ! lança brusquement Bak. J'ai entendu dire que tu connaissais le prince Baket-Amon.

« Un mensonge, mais une hypothèse vraisemblable. »

Horhotep répliqua d'un ton narquois :

— Tu comptes m'interroger au sujet du meurtre ?

— N'étais-tu pas dans la maison au moment des faits ? Pourquoi serais-tu moins suspect, à mes yeux, qu'Amonked et les autres membres de l'expédition ?

Discrètement, il fit signe à Neboua et à Merymosé de s'éclipser.

— Amonked ? Mais c'est le cousin de notre reine ! se récria le conseiller, incrédule.

— T'est-il arrivé de chasser avec Baket-Amon ? interrogea Bak, veillant à ne pas suivre des yeux les deux officiers qui s'éloignaient.

— En effet, concéda Horhotep avec un reniflement dédaigneux. Je m'étonne encore que notre souveraine ait jugé bon d'inviter un petit prince issu de cette terre misérable.

« Pas si misérable que ça, ou sinon tu ne serais pas ici », pensa Bak.

— On dit qu'il était d'une adresse incomparable à l'arc et à la lance.

— Bah ! On a voulu le faire passer pour un être d'exception, sans même l'avoir vu à l'œuvre.

— Je vois.

Et il voyait, en effet : cela puait l'envie à plein nez. Horhotep remarqua soudain que Neboua et Merymosé se trouvaient bien loin, à l'autre bout du train d'ânes.

— Étais-tu avec le prince lorsqu'il s'adonnait aux plaisirs des sens ? reprit Bak.

Le conseiller détacha son regard des deux fugitifs et répondit d'un ton acerbe :

— Allons, lieutenant ! J'ai des goûts trop raffinés pour me commettre avec de vulgaires putains du port.

Bak était à bout de patience, mais son obstination et la nécessité l'aidèrent à continuer.

— Je ne parle pas des jeunes femmes qui travaillent dans les établissements de la capitale, mais de celles qui agrémentaient les parties de chasse organisées au nom de la reine.

— Je n'y prenais aucune part, répondit Horhotep d'un air pincé.

— C'est donc que tu étais simplement au service d'un haut fonctionnaire.

Le sang afflua au visage d'Horhotep, qui se mit à bredouiller :

— Toi... Toi !... Tu perds ton temps en nous interrogeant, moi et les autres membres de l'expédition. Dès ton retour à Bouhen, tu trouveras le meurtrier sous les verrous. Sans doute un voleur, attiré par le luxe.

Sans laisser à Bak le temps de répliquer, il traversa la file d'ânes et se dirigea à la hâte vers l'avant de la colonne.

— Bien joué, lieutenant ! approuva le capitaine Minkheper, dont ils n'avaient pas remarqué la présence derrière eux. Mais il ne te pardonnera sans doute jamais d'avoir vu à travers son masque suffisant.

— Tant pis, répondit Bak, souriant malgré son irritation. Avec un peu de chance, je découvrirai que c'est lui qui a tué Baket-Amon.

Minkheper caressa le museau d'un ânon.

— Que le meurtrier ait dormi dans la maison ou qu'il se soit glissé à l'intérieur au matin, comment a-t-il pu agir alors que tant de monde s'y trouvait ?

— Il ne s'y est pas glissé au matin, affirma Bak avec assurance. Il était déjà dans la place.

— Pour prendre un tel risque, il devait avoir un motif des plus sérieux.

— C'est certain, mais lequel ? Pour l'instant, du moins, cela demeure pour moi un mystère. En dehors de la jolie Nefret, je ne vois pas de raison possible. D'après ce que j'ai entendu, Baket-Amon prenait son plaisir n'importe où et n'importe quand, surtout dans la capitale où la richesse permet de satisfaire les goûts les plus exigeants.

« Je vais tenter de sonder Amonked, résolut le policier. Bien qu'il me déplaise d'envisager qu'il soit un meurtrier — car les conséquences seraient terribles, si c'était vrai ! —, je ne peux négliger cette possibilité. Si mince qu'elle paraisse, je n'ai pas d'autre suspect. »

Un aboiement lointain attira l'attention de Bak. Un archer, qui marchait à quelques pas de la caravane, s'arrêta pour scruter la vallée de sable encaissée entre des collines escarpées, à la lisière du désert qui s'étendait à l'ouest. Une demi-douzaine de chiens sauvages pourchassaient un roquet jaune qu'ils tentaient de mordre. Ou plutôt, ils tentaient de mordre ce qui traînait derrière lui.

Bak rejoignit rapidement l'archer et, côte à côte, ils regardèrent la bande approcher. Les premiers âniers, qui marchaient lentement avec leurs bêtes, arrivèrent à l'embouchure de l'oued et s'immobilisèrent pour observer la scène. Le chien jaune courait comme si sa vie en dépendait, terrifié par son fardeau et par ses poursuivants. Ses jappements de frayeur se perdaient presque parmi les aboiements excités des autres.

La meute contourna Bak et l'archer, de si près qu'ils virent l'objet qui rebondissait sur le sable : un paquet long d'une coudée, attaché au chien par une corde enroulée autour de son cou.

— Arrêtez-le ! cria-t-il alors que la meute obliquait vers la caravane.

Un ânier s'empara d'une corde dans un panier, forma rapidement un nœud coulant et la lança. La chance des dieux fut avec lui. La boucle retomba autour du cou du chien jaune et l'arrêta net. L'ânier fit claquer son fouet

pour effrayer la meute et courut vers l'animal à terre, qui se débattait en montrant les crocs.

Bak, les archers et plusieurs autres âniers s'élancèrent afin de disperser les chiens sauvages, pendant que Neboua remontait la colonne pour voir ce qui se passait. L'homme qui avait capturé le chien jaune lui ligota les pattes et le museau de sorte qu'il ne puisse mordre ou s'échapper.

Bak s'agenouilla pour examiner le paquet. Au premier abord, on aurait dit le corps emmailloté d'un tout petit enfant, mais Bak rejeta immédiatement cette possibilité. Les bandelettes de lin, déchirées et défaites par la course brutale à travers les sables, étaient enroulées d'une manière qui ne ressemblait en rien au procédé minutieux respecté à la Maison des Morts.

— Par Amon ! soupira Neboua en s'agenouillant près du lieutenant. J'ai craint un moment qu'il n'ait creusé une tombe.

Bak étudiait la corde qui retenait le paquet. Sombre et effilochée, elle contrastait avec celle toute neuve utilisée par l'ânier. A l'extrémité qui entourait le cou du chien, il découvrit un nœud solide, qui ne pouvait s'être formé accidentellement. De sa dague, il trancha le lien et l'ânier libéra le roquet, qui s'enfuit à toutes jambes. Bak coupa alors les bandelettes de lin et déroula la pièce d'étoffe qui enveloppait le contenu. Sept paires de sandales en tombèrent.

Les deux hommes éclatèrent de rire. Jusqu'à ce qu'ils découvrent, au milieu des chaussures, une longue plume grise arrachée à la queue d'un faucon. Et qu'ils comprennent que les sandales avaient été dérobées, au plus noir de la nuit, par un intrus qui avait pu aller et venir au milieu des vingt archers endormis sans que nul ne donne l'alarme.

Neboua scruta le désert d'un air courroucé. Il ne pouvait plus le nier, désormais. Hor-pen-Dechret était revenu.

— Mieux vaut rester discrets et n'en parler qu'à nos hommes. Que les autres savourent notre seule nuit à Iken.

10

Pachenouro, auquel Bak venait de relater l'incident, scrutait l'horizon. A l'est, une lointaine rangée d'arbres marquait le cours du fleuve ; à l'ouest, sous le ciel strié de rouge par la barque de Rê, un long escarpement dissimulait le désert.

— Par la grâce d'Amon, nous atteindrons bientôt Iken. Je n'ai pas envie de marcher dans le noir encore une heure ou deux.

— Tous ceux qui vivent sur cette partie du fleuve redoutent bien plus que toi les démons des ténèbres, remarqua Bak. Je serais fort étonné qu'ils s'aventurent au-dehors. La nuit promet d'être sombre, si Khonsou voile sa face et nous laisse les étoiles pour seule lumière. Quant aux envoyés d'Hor-pen-Dechret, je doute qu'ils se manifestent à nouveau avant que nous ne reprenions la route.

Pachenouro adressa un bon sourire à son supérieur.

— Je pensais aux ânes, chef. La cadence imposée par Sechou et la longue marche dans ce désert stérile les ont épuisés — et moi aussi, à dire vrai. Si nous devons, comme il le désire, repartir à l'aube, nous aurons besoin d'une bonne nuit de repos.

Devant eux, les bêtes avançaient péniblement à travers la vaste plaine sableuse qui s'étendait au nord d'Iken, entre les rapides et l'escarpement. Une douzaine d'ânes séparaient le train dont s'occupait Pachenouro des trois

chaises à porteurs. Nefret occupait la première, Thaneni la deuxième, la troisième était vide. Au lieu de voyager confortablement, Amonked et Sennefer préféraient aller à pied avec le reste de leur groupe. Le Medjai était idéalement placé : assez près pour tout observer et voler à la rescousse le cas échéant, mais assez loin pour rester anonyme.

— S'est-il passé quoi que ce soit de particulier dans l'entourage d'Amonked ?

— Je n'ai rien remarqué. Si Sechou n'avait pas besoin de mon aide chaque fois que nous installons ou levons le camp, je serais plus utile auprès de Dedou, à former ces lourdauds qu'on veut faire passer pour des gardes.

— Ils ont appris très vite à préparer un feu et à installer un campement en bon ordre. S'ils sont aussi doués pour les arts de la guerre, mieux vaut que tu restes avec les âniers. J'ai vu que Paouah marchait près de toi, il y a une heure, ajouta-t-il.

— Oui. Son enfance à Ouaouat a été marquée par la faim et la misère, pourtant sa terre natale lui inspire une vive curiosité. Il pose une multitude de questions dans son désir de se rappeler ce qu'il a oublié.

— Il n'a rien dit au sujet de Baket-Amon ?

— Pas un mot.

Avec un soupir résigné, Bak accéléra le pas de peur d'attirer l'attention sur le Medjai en restant près de lui. Plus loin, le capitaine Minkheper examinait la rampe sur laquelle les navires étaient tirés afin d'éviter les formidables rapides. Bak décida de le rejoindre.

Il savait qu'en réalité il ne faisait que temporiser. Il craignait qu'Amonked soit celui qu'il cherchait, idée qui lui inspirait une profonde appréhension. Il avait déjà attiré l'attention de Maakarê Hatchepsout par deux fois : la première, il avait perdu son grade de lieutenant et avait été exilé à Bouhen — une bonne chose, en fin de compte, même si elle visait à le punir. La seconde, il s'était vu restituer son grade et récompensé à contrecœur. Depuis, à plusieurs reprises, il avait mérité l'or de la vaillance

sans jamais le recevoir. La reine avait bonne mémoire ; sa rancune était légendaire. Il imaginait sa réaction s'il accusait son cousin d'avoir commis un meurtre.

Minkheper accueillit Bak avec un sourire.

— Je suis toujours stupéfait par l'ingéniosité de l'homme et les efforts qu'il déploie pour obtenir ce qu'il veut, en l'occurrence, les produits rares et exotiques du Sud profond.

La rampe s'étendait à perte de vue, revêtue de rondins légèrement incurvés, placés côte à côte sur du limon desséché et craquelé. La surface concave s'adaptait à la coque arrondie. Une fois humidifié, le limon glissant facilitait le halage par voie terrestre.

— Il y a peu, j'ai vu la barque d'Amon emprunter cette rampe, dit Bak. Pas la grande nef de la fête d'Opet [1], mais un navire d'une taille suffisante pour impressionner un roi kouchite. C'est un spectacle que je n'oublierai jamais.

— Je n'ai jamais rien connu de tel, admit le capitaine. J'ai passé ma vie à naviguer sur l'eau, non sur le sable du désert.

— C'est une besogne qui requiert une main-d'œuvre considérable. Neboua y avait affecté toute une compagnie de lanciers. Un grand vaisseau, même déchargé, serait beaucoup plus lourd et difficile à manœuvrer.

— Le père de notre souveraine n'avait-il pas conduit une flotte de vaisseaux de guerre jusqu'au sud du Ventre de Pierres, pour redescendre le fleuve de nombreux mois plus tard ?

— Les eaux étaient en crue, souligna Bak. Et il disposait d'une armée puissante pour tirer ses vaisseaux.

Minkheper contempla la rampe qui disparaissait dans le lointain.

— Je ne prendrai pas de décision définitive avant

1. Grande fête annuelle qui avait lieu à Thèbes pendant les crues du Nil, en l'honneur d'Amon. (*N.d.T.*)

d'avoir vu tout le Ventre de Pierres, mais je commence à douter qu'il soit judicieux de percer un canal par ici.

Trop prudent pour présager de l'issue, Bak fut néanmoins reconnaissant que le capitaine montre du bon sens.

Ils tournèrent vers le sud et marchèrent le long de la rampe, loin de la poussière de la caravane.

— Toi qui aspires à être nommé amiral, tu as dû aborder cette expédition à Ouaouat avec des sentiments mitigés.

Le capitaine ébaucha un sourire.

— Tu réussirais dans la capitale, lieutenant. Contrairement à beaucoup, tu discernes les périls que l'on affronte quand on s'élève dans notre bureaucratie.

— Je serais trop peu diplomate ! répondit Bak en riant.

— Nul ne peut savoir ce qu'il est prêt à faire avant d'y être contraint.

Bak ne sut comment interpréter cette réflexion mélancolique. Minkheper se reprochait-il de s'être avili dans sa quête du pouvoir ?

— Qu'as-tu appris sur Amonked avant d'accepter cette mission ?

— Intéressante question, commenta l'officier. Me la poses-tu dans le cadre de ton enquête ? Ou sondes-tu ses faiblesses pour venir en aide à ton commandant, et à tous ceux dont la vie serait bouleversée si l'armée quittait cette frontière ?

— Mon seul but est de châtier celui qui a tué le prince.

Bak détestait le ton d'indignation vertueuse qu'il venait d'employer. Les lèvres frémissantes, Minkheper se retint de sourire.

— Je n'ai rien entendu qui le discrédite. On l'accuse souvent de s'incliner trop facilement devant les désirs de la reine, mais on le tient aussi pour un homme intègre. Comme je soumettrai moi-même mes conclusions à Hatchepsout, sans aucun intermédiaire, j'ai pensé que ce voyage pourrait tourner à mon avantage.

— Même si tu lui recommandes de renoncer à son projet de canal ?

— Si la réputation d'Amonked est justifiée, il respectera mes conclusions. Il n'est ni aveugle ni borné, lieutenant. Comme moi, il a vu les rapides, il comprend que cette entreprise colossale entraînerait de lourdes pertes humaines. Si jamais il l'oubliait, il lui suffit de regarder Thaneni pour se rappeler les dangers du travail de la pierre.

« Minkheper croit-il sincèrement à l'intégrité d'Amonked ? s'interrogea Bak. Un homme de principes peut-il, en toute bonne conscience, se plier au moindre caprice d'Hatchepsout ? »

— On m'a dit qu'il invite des hôtes au nom de la reine sur les terres de Sennefer, afin qu'ils puissent chasser, pêcher et goûter les plaisirs de l'existence.

— Je l'ai aussi entendu dire.

— Tu n'as jamais été convié ? demanda Bak, surpris.

— Je suis resté trop longtemps loin de la capitale, à bord de mon bateau. Peut-être lorsque je serai amiral... ajouta-t-il avec un sourire un peu cynique.

« Pas d'invitation à la chasse ; donc, aucune occasion de voir Baket-Amon. Du moins, pas dans un groupe officiel. »

— Pourquoi les emmène-t-il dans le domaine de Sennefer plutôt que dans le sien ?

— Tu commets une erreur courante, observa le capitaine, amusé. La plupart des gens le croient riche, parce qu'il est le cousin de la reine. Ce n'est pas le cas.

— Il possède bien des terres, non ?

— Oui, en effet. Une petite propriété, près de Mennoufer, trop loin du fleuve et du désert pour y organiser une chasse. La demeure est modeste, paraît-il. En tout cas, pas assez spacieuse pour recevoir des hôtes de marque. Sa maison de Ouaset, où il m'a reçu, est luxueuse comme il sied à son rang. Cette propriété lui vient, je crois, de son mariage avec la sœur de Sennefer.

— Est-ce une union harmonieuse ?

— Intéressante question, lieutenant, mais tu fais fausse route. Il adore son épouse. A sa profonde déception, les dieux n'ont pas voulu qu'elle soit mère.

— D'où la jolie Nefret.

Minkheper acquiesça d'un signe de tête.

Une ombre glissa sur le sol. Levant les yeux, Bak vit un faucon planer au-dessus de l'escarpement, en quête de son repas du soir. Il se demanda s'il lui manquait une plume.

— Depuis combien de temps fait-elle partie de sa maison ?

— Trop pour ne pas lui avoir donné un héritier et pour se conduire comme une fillette. Elle devrait avoir compris, désormais, qu'il veut une femme.

— Aurait-il supprimé Baket-Amon afin de la garder pour lui seul ?

Minkheper haussa un sourcil ironique.

— Si c'est là ton meilleur suspect, lieutenant, les gens de la région n'ont pas fini de nous importuner.

Ainsi, le capitaine croyait Amonked innocent. Bak pria avec ferveur pour qu'il eût raison. Si seulement il pouvait découvrir une autre piste, un autre suspect !

Les derniers rayons du couchant nimbaient de rose l'escarpement quand Amonked montra leur laissez-passer et que le premier âne franchit la porte nord de la forteresse. Le commandant Ouaser et son état-major accueillirent l'inspecteur et Neboua. Laissant un officier derrière pour guider la caravane jusqu'à l'endroit où elle camperait, ils montèrent rapidement à la citadelle. Elle dominait le fleuve parsemé d'îles et de rochers en partie submergés, et offrait un large panorama sur le désert occidental. Comparables à celles de Bouhen par la taille, les murailles à tourelles étaient d'une hauteur écrasante, vues de la ville basse que traversait la caravane.

Bak marchait à côté du long train d'ânes tout en réfléchissant aux paroles de Minkheper. Sentant l'approche de la nuit, le foin et l'étable, les bêtes avaient accéléré le

pas. Les hommes plaisantaient et riaient, rassurés d'être dans l'enceinte. Bak, lui aussi, était heureux d'être là, loin de la population postée le long du fleuve et de l'ennemi invisible dans le désert.

Le sentier s'étrécissait pour passer entre des groupes de maisons en ruine. Ces habitations en pierres et en briques crues, dont certaines conservaient les traces d'un incendie et qui toutes étaient en partie ensevelies dans le sable, évoquaient l'époque où Kemet avait abandonné Ouaouat aux rois kouchites et, bien des années plus tard, la guerre menée pour reconquérir les forteresses du Ventre de Pierres. Au moyen de nattes enduites de torchis, on avait colmaté les murs brisés et les toits effondrés afin d'héberger les nombreux voyageurs venus du Sud ou du désert. Iken était un important centre d'échanges et de fabrication, qui, supposait Bak, trouverait grâce aux yeux d'Amonked.

La bonne humeur générale fut vite refroidie. Les hommes et les femmes aux vêtements colorés qui habitaient parmi les ruines abandonnèrent les foyers fumeux sur lesquels cuisait leur repas pour se camper le long du chemin, silencieux et le dos tourné, tandis que passait le groupe d'inspection. Un geste qui exprimait mieux que des mots leur sentiment envers cette mission. Bak se permit un sourire discret. Même ceux qui résidaient dans des terres lointaines souhaitaient le maintien de l'armée.

Il trouva Thaneni et Paouah près des ânes de Pachenouro. Le scribe était entièrement dévoué à Nefret et prêt à tout pour elle. Quant à Amonked, il lui devait la vie. Aurait-il tué Baket-Amon afin de les débarrasser de lui ?

— Pourquoi ne voyages-tu pas confortablement ? lui demanda Bak. La chaise d'Amonked est vide.

— Au bout de plusieurs heures, je ressens le besoin de marcher, de redonner vie à mon dos.

Bak éclata de rire. Lui aussi trouvait inconfortables ces chaises tant prisées par la noblesse.

— Parfois, continua Thaneni, j'ai peur qu'il ne me trouve ingrat. Jusqu'à présent, il n'a rien dit.

— Amonked est bon et indulgent, lui assura Paouah. Il comprend tout.

— Je doute que ces gens soient du même avis, remarqua Bak.

Le scribe regarda avec regret les nombreux dos tournés vers eux.

— Ils ne le connaissent pas. Il prendra une décision juste et tiendra compte de leurs besoins, de ceux de l'armée et de toutes les personnes concernées.

— Vraiment ? A ce que j'ai entendu, il est l'instrument de notre souveraine et se soumet promptement à ses ordres, si imprudents soient-ils.

— Ce n'est pas vrai ! s'indigna Paouah. Il fait ce qu'il pense être le mieux, pas ce qu'elle, ou qui que ce soit, l'exhorte à faire.

— Pourquoi viens-tu nous parler, lieutenant ? Penses-tu que cela servira tes desseins d'accuser Amonked ? Crois-tu que nous mordrons à l'appât et laisserons échapper une information qui aplanira ton chemin ?

Bak fut irrité, comme le scribe en avait l'intention.

— Je n'ai aucun désir d'accuser un innocent, mais, dit-il en montrant la population, tu vois toi-même l'importance de mon enquête.

Paouah adressa à Thaneni un sourire espiègle, à peine visible dans le crépuscule.

— D'après le lieutenant Horhotep, c'est le commandant Thouti qui a machiné l'attaque contre nos marins, et les gens qui nous ont observés tout le long du chemin sont de simples curieux.

— La moindre idée de cet homme est tordue. Le citer, c'est retourner la vérité sens dessus dessous.

— Ne pourrais-tu pas prouver qu'Horotep est le tueur ? demanda Paouah, qui ne plaisantait pas tout à fait.

— Je le voudrais bien ! Mais jusqu'à présent je n'ai rien contre lui, excepté sa jalousie envers le prince.

Il remarqua que Thaneni semblait fatigué de rester sur

place, aussi leur fit-il signe de reprendre la marche avec lui, tout en continuant d'interroger le scribe :

— Que peux-tu me dire au sujet du conseiller ?

Dès lors que son maître n'était plus la cible de ses questions, Thaneni lui répondit plus volontiers :

— Horhotep n'avait jamais croisé le chemin d'Amonked avant les deux semaines qui précédèrent notre départ. Il faisait partie des nombreux adjoints de hauts fonctionnaires à la maison royale, sans se distinguer en rien. Le chancelier entendit parler de notre mission et le recommanda à la reine.

— Il est le fils d'un gouverneur de province, expliqua Paouah en faisant la grimace.

En son for intérieur, Bak pria ardemment pour que Kemet survive en dépit des multiples décisions fondées sur la naissance d'un homme plutôt que sur ses qualités.

— Amonked sait-il qu'on lui a donné un conseiller incompétent ?

— Il n'a pas émis de commentaire, répondit Thaneni, interrogeant du regard le jeune serviteur, qui le confirma en secouant la tête. Mais il est beaucoup plus fin qu'on ne le croit.

Ils passèrent devant une sentinelle qui levait une torche afin de les éclairer tandis qu'ils tournaient dans une voie perpendiculaire, où flottait une odeur de friture et de poisson. Là, les maisons étaient en bon état. Elles étaient occupées par des familles qui les observaient de leur terrasse, avec une rancœur presque tangible.

Bak entraîna ses deux compagnons dans un petit passage baigné dans la pénombre.

— Une dernière précision, et je ne t'importunerai plus.

— Je ne te dirai rien qui puisse nuire à mon maître, l'avertit Thaneni, les traits crispés.

— Selon toi, Nefret n'avait pas remarqué les attentions de Baket-Amon. Or ta maîtresse m'a confié qu'elle s'en était plainte à Amonked. Tu le savais, n'est-ce pas, et tu me l'as dissimulé. Comment ton maître avait-il réagi ?

— Je... Je l'ignore.

— Ton mensonge me conforte dans l'idée qu'il est coupable.

— Non !

— Dois-je te conduire à la garnison et recourir à la trique ?

Bak ne croyait pas à l'usage de la violence, mais, très souvent, cette simple menace suffisait à arracher la vérité.

— Thaneni, s'il te plaît ! implora Paouah.

— Non.

Le jeune garçon se tordit les mains devant le silence obstiné de son ami. Enfin, il n'y tint plus.

— Amonked n'avait encore pris aucune mesure quand Baket-Amon est venu chez nous et...

— Tais-toi, petit ! ordonna Thaneni.

— Mesoutou m'a raconté qu'il avait fait irruption dans la salle d'audience privée de notre maître, poursuivit l'enfant. Personne n'a entendu les mots exacts, mais ils se sont disputés au sujet de Nefret. Le prince est sorti, furieux, et plus tard Amonked a ri de cette querelle et a dit qu'elle était sans importance. Donc, tu vois, ce n'était rien. Ça ne valait plus la peine d'y penser, conclut-il, fixant sur Bak ses grands yeux inquiets.

— C'est arrivé il y a combien de temps ?

— Je n'en suis pas sûr. Presque deux ans, je crois.

— Baket-Amon s'est-il présenté de nouveau chez vous ?

— Non, lieutenant.

Bak ébouriffa les cheveux du gamin.

— J'apprécie ta franchise, Paouah, et je ne m'en servirai pas au détriment d'Amonked.

Il espérait, pour eux mais aussi dans son propre intérêt, qu'il serait à même de tenir parole.

Le commandant Ouaser avait un peu plus de quarante ans. De taille moyenne, il était doté d'un léger embonpoint et d'épais cheveux grisonnants. Il se tenait derrière son fauteuil, sur l'estrade, les mains posées sur le dossier où une splendide peau de girafe, une des plus belles que Bak ait jamais vues, était drapée avec une négligence étudiée. La lumière de la torche fixée près de la porte lui donnait un éclat lustré.

— Tu auras remarqué que je n'ai rien dit à Amonked. Il jugera par lui-même, demain, et il sera sans doute impressionné. Je crains qu'une telle quantité de marchandises ne le persuade qu'Iken est déjà une sorte d'entrepôt et que les troupes ne sont là que pour la forme.

— Explique que tu attends la crue, suggéra Neboua, l'épaule contre la colonne rouge qui soutenait le plafond bleu vif, au centre. Affirme que, en outre, certains rapports indiquent la présence de pillards près de la piste du désert, et que tu retardes tout transport le temps de vérifier leur bien-fondé.

— En fait, des rumeurs prétendent que ce misérable Hor-pen-Dechret serait de retour, mais nos patrouilles n'ont rien vu qui le confirme, pas même d'attroupements suspects.

— Ces rumeurs pourraient toutefois être vraies.

Neboua lui parla alors du faucon de Kor et des sandales volées, puis il précisa :

— Nous n'en avons pas encore informé Amonked, de peur de nous tromper. Nous ne voulons pas qu'Horhotep utilise contre nous une erreur commise de bonne foi.

— Nous devons donc non seulement convaincre l'inspecteur que notre présence est nécessaire, mais renforcer nos défenses au cas où Hor-pen-Dechret déciderait d'attaquer. Une suggestion, lieutenant ? Si mes souvenirs sont bons, tu ne manques pas d'ingéniosité.

Bak, qui s'était installé sur un tabouret dès le départ d'Amonked, dégustait un vin rouge capiteux au bouquet fleuri. Il avait fait la connaissance de Ouaser quelque temps plus tôt [1] et l'appréciait beaucoup.

— A ta place, je posterais des gardes bien en évidence

1. Voir *La Main droite d'Amon*, 10/18, n° 3386. (*N.d.T.*)

et je doublerais les sentinelles sur l'enceinte extérieure. A un moment opportun, j'indiquerais qu'on a renforcé la surveillance afin de prévenir tout larcin dans nos murs et toute attaque de l'extérieur.

— Oui, approuva Ouaser. C'est assez direct pour lui donner à réfléchir, mais assez subtil pour ne pas éveiller sa méfiance.

— Mais prends garde que son fumier de conseiller n'accuse l'armée de vol, recommanda Neboua, qui jeta le reste de son vin et posa la coupe sur l'estrade. Il se fait tard ; je dois me rendre à la garnison. La piste du sud est longue et déserte, et j'ai promis à Sechou de me renseigner auprès des hommes qui y patrouillent afin que nous sachions bien à quoi nous attendre. Tu m'accompagnes, Bak ?

— Non, je dois continuer mon enquête. Or, je crois savoir que l'épouse principale de Baket-Amon a grandi près d'ici.

Il ne nourrissait guère d'espoir, puisque la famille du prince habitait Ma'am depuis au moins dix ans. Mais un pas en avant, si infime soit-il, était toujours un progrès. Ouaser hocha la tête.

— Oui, dans la ville basse. Ses parents y vivent encore.

Neboua leur dit au revoir et partit sans tarder.

— C'est une enfant d'Iken ? demanda Bak avec surprise. Le prince aimait profondément Kemet, néanmoins je croyais qu'il avait épousé une femme de Ouaouat, de sa noble lignée.

— C'est bien ce qu'il a fait.

Ouaser roula avec soin la peau de girafe, s'assit sur son fauteuil et la posa sur ses genoux.

— Elle était sa cousine, la fille de son oncle du côté paternel. Son père est le chef d'une tribu locale qui s'est installée dans la ville basse, il y a bien longtemps, sous le règne kouchite. Quand l'armée de Kouch a fui, ils ont préféré rester ; notre souveraine n'a vu aucune raison de les chasser.

Bak sourit. Le prince avait été un habile diplomate.

— Un parti idéal, pour Baket-Amon. Une cousine, et en même temps une femme qui connaissait bien les usages de Kemet.

— Il l'a cru, au début. Mais le père vit dans le souvenir du passé et perpétue les traditions de son peuple. Pour ma part, j'apprécie son honnêteté et sa franchise sans concession. Mais Baket-Amon avait du mal à feindre. Son cœur le portait vers le monde d'aujourd'hui, non vers celui d'antan.

— Voilà pourquoi il laissait sa famille à Maiam. Il préférait, je suppose, l'influence du vice-roi à celle de son beau-père.

— Dès le jour du mariage, il l'a emmenée. Le vieillard était loin de s'en réjouir, mais comment aurait-il pu s'y opposer ?

Comment, en vérité ? Bak sirota son vin, songeant à l'épouse arrachée à sa famille, à sa ville natale.

— Quel genre de femme est-ce ?

— En apparence, timide et réservée. Mais, en réalité, aussi dure que du granit. Les gens qui observaient votre caravane, le long du fleuve, sont là pour exprimer leur opposition à la mission d'Amonked. Mais ses pensées à elle suivent peut-être un autre cours, qui ne tend qu'à venger son époux. Dans ce cas, elle exploitera le mécontentement de son peuple sans répit, jusqu'à ce qu'elle obtienne ce qu'elle veut.

— La mort du meurtrier.

Bak se leva et se mit à faire les cent pas.

— Ces gens ont besoin de l'armée. Ils ne gagneront rien en poussant Amonked dans ses derniers retranchements. Selon toi, jusqu'où iront-ils pour satisfaire la soif de vengeance de cette femme ?

— Je l'ignore, admit Ouaser, qui faisait tourner le vin à l'intérieur de sa coupe. Peut-être devrais-tu parler au vieux Rona, le chef d'un village situé un peu en aval d'Askout. Il est d'une grande sagesse et exerce beaucoup d'influence le long du fleuve.

— J'explorerai donc cette piste.

Il retourna près de son tabouret, mais se sentait trop agité pour s'asseoir.

— Baket-Amon était connu à Bouhen et à Ouaset pour son goût immodéré pour les femmes.

— Les anecdotes à ce sujet n'ont pas manqué de parvenir à mes oreilles, répondit Ouaser d'un ton caustique. Ici, en revanche, il n'affichait pas cette inclination. Son beau-père exigeait le respect. A chacune de ses visites, Baket-Amon se montrait d'une fidélité irréprochable. C'est pourquoi, je suppose, il nous honorait rarement de sa présence.

— D'autres avaient sans doute entendu parler de ses débordements. De quelle manière cela était-il perçu ?

Il connaissait d'avance la réponse. Ouaser ne le détrompa pas.

— Avec une extrême admiration.

— Échafaude-t-on des hypothèses sur la cause de sa mort ?

— Tous ceux qui vivent ici tiennent Amonked pour responsable. Les autres possibilités s'effacent devant celle qu'ils désirent croire.

Bak franchit la porte sud et souhaita une bonne nuit à la sentinelle. Tandis que les lourds battants de bois se refermaient sur lui, il suivit rapidement le sentier sablonneux au pied de l'enceinte extérieure. La nuit était froide, et seuls un mince croissant de lune et des étoiles parcimonieuses trouaient le ciel nocturne. Bak regretta de ne pas avoir demandé de torche à la sentinelle. Au moins avait-il eu le bon sens d'emprunter une tunique et un long manteau, qu'il avait fermé à l'aide d'une fibule de bronze. Seul son avant-bras droit restait dénudé. Il avait un peu l'impression d'être un homme enveloppé pour l'éternité.

Le sentier, très fréquenté durant le jour, était désert à cette heure tardive. Une créature de la nuit, un rat probablement, fila en travers du chemin, puis il entendit le battement d'ailes et le hululement sinistre d'un hibou. Une sentinelle toussa en haut des remparts, mais quand Bak leva la tête vers la haute muraille, gris cendre dans la nuit, il ne vit personne.

Il continua d'un pas vif, pensant aux quelques éléments qu'il avait glanés au sujet de Baket-Amon. Sa conversation avec Ouaser et les autres officiers venus le saluer avait en partie compensé le peu d'informations.

Devant lui, une ombre noire marquait l'endroit où la face rocheuse s'effaçait, formant une pente abrupte qui le conduirait à la ville basse. Si seulement il pouvait trouver un mobile satisfaisant ! « Cherche la femme », lui avait-on dit lorsqu'il avait été nommé chef de la police medjai. Nefret était très désirable, pourtant l'idée qu'on avait tué pour elle ne le convainquait pas entièrement. Peut-être parce que l'admettre aurait fait d'Amonked le principal suspect.

Il descendait. Chaque pas l'éloignait un peu plus de la maigre lumière, l'obligeait à ralentir le pas et à se concentrer sur l'endroit où il posait les pieds. Les parois se refermaient sur lui et l'obscurité était presque complète.

Un peu plus bas, une pierre roula. Bak l'entendit mais continua sans hésiter. Il n'avait rien à redouter ; Iken était un lieu aussi sûr que Bouhen. Peu de gens le connaissaient, dans cette forteresse, et il n'avait causé de tort à personne. Même pas à l'assassin, pour déplaisante que fût cette pensée. Il était bien trop loin de la vérité ! Néanmoins, il dégagea son bras droit jusqu'à l'épaule et posa la main sur sa hanche, rassuré par le contact de sa dague sous le manteau.

Une autre pierre résonna. Une grande masse — un corps d'homme — le frappa de côté et l'arracha à son sentiment illusoire de sécurité. Déséquilibré, il tenta de se dégager et voulut défaire l'épingle qui fermait son vêtement, mais l'homme le plaqua par terre puis lui assena un violent coup de poing dans le flanc. Le souffle court, Bak resta hébété de surprise et de douleur.

Dès qu'il commença à recouvrer ses esprits, il battit des jambes et se contorsionna dans l'espoir de se dégager. L'homme le frappa à l'épaule tout en s'accrochant à lui. Entravé par le vêtement, Bak ne put porter que des coups inefficaces, mais son agresseur aussi était gêné dans ses efforts pour l'assommer.

Ils commencèrent à dévaler la pente abrupte, roulant l'un sur l'autre. Bak tentait frénétiquement de se dépêtrer de ce maudit manteau. Sa dague était toute proche — il la sentait par intermittence, entre le sol et lui — et en même temps inaccessible.

Ils heurtèrent un rocher à un détour du chemin. Le choc leur coupa la respiration et leur fit lâcher prise. Bak voulut se relever, mais les plis d'étoffe enserraient ses jambes. Exaspéré, il balança son poing libre en direction de son assaillant, au jugé, car il ne pouvait rien distinguer dans les ténèbres impénétrables. Le coup porta de biais, perdant de sa force. Son adversaire s'agenouilla, silhouette indistincte à peine moins sombre que la nuit. Bak entrevit brièvement un éclat luisant — « du métal, pensa-t-il, ou du verre » — et roula sur lui-même. Il sentit en haut de son épaule gauche la soudaine chaleur de son propre sang.

Saisi, effrayé, se sachant incapable de se défendre, il continua à se laisser glisser tout en cherchant l'épingle avec l'énergie du désespoir, de peur que le vêtement ne finisse par devenir son linceul. Celui-ci avait tourné dans la lutte et la fibule était dissimulée dans les plis.

Il entendit un bruit, des pas sur le sable. Lents. Prudents. L'homme arrivait derrière lui, prêt, sans doute, à l'achever.

Bak cessa de rouler et s'assit. Il empoigna l'étoffe près de son cou, sentit la chaleur poisseuse du sang et, serrant les dents, tira de toutes ses forces. Le tissu se déchira avec un bruit à réveiller les morts. Les pas s'arrêtèrent. Il tira de plus belle et pratiqua une longue fente qui libéra son bras gauche. Enfin, il trouva l'épingle, l'arracha et se défit du manteau, puis il sortit son arme du fourreau et se leva. Son adversaire fonça sur lui. Malgré l'obscurité, Bak parvint à parer le coup. Sa dague en rencontra une autre, les lames sonnèrent en s'entrechoquant. L'homme étouffa un juron avant de s'enfuir en courant, vague silhouette dans l'obscurité, sans visage et sans nom.

Bak dévala la pente à sa poursuite. Son épaule commençait à brûler ; il sentait qu'elle saignait toujours, mais il n'en avait cure.

L'homme était rapide, toutefois la distance diminuait peu à peu entre eux. Lorsqu'il arriva au bas de la faille, le lieutenant n'était qu'à une dizaine de pas derrière lui. Il s'élança dans la large artère qui continuait jusqu'au port, coupée des deux côtés par des ruelles. On y voyait plus clair, cependant Bak ne distinguait que le dos nu d'un homme vêtu d'un pagne court.

Le fugitif tourna à gauche. Bak se retrouva sur un chemin sombre, étroit et sinueux, que croisaient de nombreux passages. C'était un quartier d'entrepôts, de commerces et d'ateliers, mêlés à des habitations. Certaines des maisons étaient occupées et en bon état, d'autres vides et presque effondrées. Malgré son précédent séjour à Iken, l'endroit ne lui était pas familier. En quelques instants, l'homme qu'il pourchassait avait disparu.

Bak traversa les rues sombres pour regagner le campement, tout en s'interrogeant sur les motifs de son agresseur, qu'il n'avait fait qu'entrevoir. Était-ce un envoyé d'Hor-pen-Dechret, l'assassin de Baket-Amon ? Ou, simplement, un voleur incapable de résister à la tentation d'attaquer ce passant solitaire, en pleine nuit ?

Il portait un pagne blanc. Probablement en lin. Ses bras et son torse étaient nus, sans le moindre bijou. Le lin blanc désignait un habitant de Kemet, mais pas forcément. L'absence de bijoux pouvait signifier qu'il craignait de casser ou de perdre un objet de valeur, une amulette qu'il aimait particulièrement. Ou n'en portait-il pas de peur qu'ils ne révèlent son identité ?

11

— Capitaine ! Lieutenant ! appela Sennefer.

Il s'approchait à grands pas de Bak et de Neboua à travers l'agitation qui régnait autour des ânes. Les tout premiers s'étaient déjà mis en marche, de même que Nefret et Mesoutou, Paouah, Merymosé et Thaneni, qui tenait en laisse le lévrier.

Sennefer enjamba du crottin, donna une petite claque sur le flanc d'un âne et adressa aux deux officiers un sourire amusé.

— Amonked souhaite que vous l'accompagniez ce matin, lors de son inspection.

Bak ne s'étonnait plus qu'on les accepte au sein de la caravane, mais il fut stupéfié par cette invitation.

— Pourquoi ? s'enquit Neboua, un large sourire aux lèvres. A cause de tous ces dos tournés à son entrée dans la ville ? De l'accueil silencieux ? Ça le tracasse, pas vrai ?

— Disons qu'il désire s'entourer d'hommes de bon sens.

En riant, Sennefer tourna les talons et s'éloigna. Bak et Neboua s'entre-regardèrent, ne sachant que penser. Le noble leur avait-il transmis une sorte de message ? Ou n'était-ce qu'une boutade sans importance ?

— Je parierais les rations d'un mois qu'il cherchait à te tuer, dit Neboua à voix basse, afin de ne pas être entendu des membres du groupe, qui allaient devant eux.

— Ses gestes manquaient de conviction, répondit Bak sur le même ton. Tu as vu la blessure. Ce n'est qu'une estafilade.

Neboua, visiblement sceptique, considéra l'épaule gauche de son ami. Celui-ci portait une tunique pour couvrir le bandage, malheureusement l'onguent appliqué par le médecin exhalait une forte odeur de plantes médicinales, que tous ceux qui passaient à proximité risquaient de remarquer.

— Tu as posé beaucoup de questions. L'une a dû toucher juste.

— Si je savais laquelle ! J'ai passé la nuit à tenter de comprendre ce qui, dans mes paroles, a pu inspirer de l'inquiétude à quelqu'un. En vain.

Ils tournèrent dans une ruelle adjacente, à la suite de Sennefer et de Minkheper, qui eux-mêmes avançaient derrière Horhotep. Le conseiller tentait par tous les moyens de s'immiscer entre Amonked et le commandant Ouaser, mais la voie étroite ne permettait pas à trois hommes de marcher de front.

Ils se trouvaient non loin du port, dans le quartier de la ville basse où l'assaillant de Bak s'était enfoncé dans la nuit. Ils avaient vu des greniers remplis de grain pour la garnison, des entrepôts regorgeant de peaux de vache, de blocs de pierre et de bois rares à destination de Kemet, mais aussi de poteries locales, de lin et de vin ordinaire qui seraient exportés vers Kouch. Ils venaient de quitter un bâtiment bien gardé, où l'on conservait des jarres d'huiles aromatiques et des pierres colorées qui, dans quelques mois, rehausseraient la prestance de ceux qui résidaient à la maison royale.

— J'ai peut-être été victime d'un voleur qui voulait me dérober mes armes et mes bijoux, avança Bak. S'il avait su qui je suis, il aurait passé son chemin.

Son ami leva un sourcil narquois.

— Est-ce moi que tu essaies de convaincre, ou bien toi ?

— Neboua ! Je n'ai pas même une vague idée de son identité. Pourquoi l'assassin voudrait-il ma mort ?

— Tout le monde sait, à Ouaouat, que pas une fois le meurtrier que tu cherchais ne t'a échappé. Cela seul suffirait à instiller la peur.

Bak leva les yeux au ciel.

— Je doute qu'un membre du groupe d'Amonked, originaire de Ouaset, ait entendu parler de mes prétendus exploits de chasseur d'homme.

— A Bouhen, notre illustre inspecteur des forteresses a fait allusion à ton succès dans l'affaire du trafic d'ivoire. Et le commandant Thouti se promettait de chanter tes louanges dans la lettre que tu lui as remise en main propre.

Neboua n'eut pas besoin d'énoncer l'évidence : si Amonked connaissait les succès de Bak, les autres membres de l'expédition en savaient autant.

— Vous ne comptez pas sur la chasse pour approvisionner la garnison ? demanda Amonked.

— Mais si. Le fleuve offre une grande abondance d'oiseaux, surtout lorsqu'ils migrent, aux changements de saison. Ceux que tu vois ici sont élevés pour leurs œufs et pour leurs petits.

Quatre appentis coiffés de toits en feuilles de palmier bordaient les hauts murs en briques crues de la basse-cour. Ils formaient une sorte de portique et prodiguaient de l'ombre à des dizaines d'écuelles en terre cuite, remplies de paille, où nichaient des canards et des oies.

— Ne vaudrait-il pas mieux trouver des nids dans la nature ? remarqua Horhotep avec irritation.

Il frottait la semelle de sa sandale sur le rebord du bassin carré, au centre de la cour, pour en décoller les déjections malodorantes où il avait marché.

— Regardez le nombre d'hommes qu'il vous faut ici ! Ils doivent nettoyer la cour et changer la paille, remplir le bassin, nourrir les oiseaux, leur rogner les ailes et que sais-je encore !

— Moins de la moitié de la population d'Iken porte des armes, expliqua Ouaser avec une patience forcée. A peine le quart des habitants est occupé par le commerce. Que veux-tu que nous fassions des autres ? Qu'on laisse tous ces gens oisifs, sans rien de mieux pour s'occuper, à longueur de journée, que de fomenter une rébellion ?

— Il n'y a qu'à les renvoyer chez eux, dans leur pays.

— Nul ne vient à Iken sans une bonne raison et nul n'y reste sans nécessité, rappela Neboua d'une voix dure. Seuls ceux qui répondent à ces conditions conservent leur laissez-passer.

Une oie brune fonça sur Horhotep, sifflant et battant des ailes. Il s'empressa de rejoindre ses compagnons sous le portique.

— Combien de temps leur faut-il, à ces miséreux, pour conclure le genre d'affaire dont ils s'occupent ?

Neboua dévisagea froidement le conseiller.

— Le plus puissant des rois ne va pas forcément paré de bijoux et de lin fin, lieutenant.

— Certains ont commandé des objets qui sont en cours de fabrication, se hâta d'expliquer Ouaser. D'autres attendent un bateau — le trafic prend souvent du retard — ou une caravane traversant le désert depuis une lointaine oasis, et dont la date d'arrivée est imprévisible. Souvent, ils apportent trop peu de choses à troquer pour assurer longtemps leur subsistance. Surtout lorsqu'ils ont avec eux une nombreuse famille.

— Ils doivent néanmoins se nourrir et trouver un abri où dormir pendant qu'ils sont ici, dit Amonked, hochant la tête d'un air compréhensif. Je te félicite pour ton bon sens, commandant. Tu veilles à ce qu'ils gagnent de quoi subvenir à leurs besoins.

Malgré son dépit, Horhotep se montra assez avisé pour retenir sa langue. Bak fut agréablement surpris par l'approbation sans réserve de l'inspecteur, et il vit que Neboua et Ouaser partageaient son sentiment.

Comme dans chaque entrepôt qu'ils avaient visité, Ouaser leur fournit des chiffres précis — dans ce cas particulier, la quantité de volailles consommées au sein de la garnison et dans la ville basse, le nombre d'œufs pondus et distribués, de bottes de paille répandues chaque semaine.

N'écoutant qu'à moitié, prenant garde à l'endroit où il marchait, Bak s'approcha du bassin où des degrés descendaient dans l'eau afin d'en faciliter l'accès aux nombreux volatiles élevés dans la cour. Quelques canards nagèrent vers lui et entourèrent ses pieds en cancanant, espérant de la nourriture.

Bak observa les membres du groupe d'inspection. Lequel avait bondi sur lui dans la nuit, armé d'une dague ? Si son agresseur se trouvait parmi eux, ce n'était pas la première fois qu'un meurtrier le croyait beaucoup plus avancé dans son enquête qu'il ne l'était en réalité.

Amonked était un coupable fort peu vraisemblable. De taille moyenne, un peu corpulent, il passait sa vie à l'intérieur de bureaux et d'entrepôts. Mais tous les fils de nobles étaient initiés à la lutte et au maniement des armes.

Horhotep avait été jaloux de Baket-Amon, mais l'envie seule semblait un faible motif pour commettre un meurtre. Un officier expérimenté, comme il prétendait l'être, aurait su se glisser derrière lui pour le poignarder. Le plus habile des soldats aurait eu du mal à porter un coup mortel par une nuit si noire, surtout si la victime était emmitouflée au point d'en paraître informe, comme Bak dans son manteau.

Sennefer, qui disait avoir aimé et admiré Baket-Amon, constituait une énigme. Un homme riche et influent pouvait-il venir à Ouaouat par pure curiosité, afin de découvrir ce pays et son peuple ? Accoutumé à chasser et à pêcher, il savait manier les armes avec adresse. Mais s'il éprouvait autant d'amitié pour le prince qu'il l'affirmait, il n'avait eu aucune raison de l'assassiner.

Il en allait de même pour le capitaine Minkheper, qui avait très peu connu Baket-Amon. Du moins, selon ses dires. Il était indubitablement capable de tuer un homme.

Ceux qui naviguaient sur la Grande Verte devaient être durs et implacables, prêts à livrer bataille aux pirates et à l'emporter sur leurs rivaux.

Quant aux autres venus de Ouaset... Comme Sennefer, le lieutenant Merymosé avait exprimé son admiration envers le prince. Il était à peu près compétent dans l'usage des armes, grâce au sergent Dedou, et jeune et fort de surcroît. Il aurait donc pu attaquer Bak, mais lui non plus n'avait pas de mobile évident pour le meurtre de Baket-Amon.

Thaneni, bien qu'infirme, avait un torse exceptionnellement musclé. Bak était certain qu'il n'aurait jamais tué, s'il s'était agi de son propre intérêt. Toutefois, mû par la ferme conviction d'aider Amonked ou Nefret, il n'aurait pas hésité.

Et que penser de la concubine ? Bak ne croyait pas que toutes les femmes étaient désemparées et fragiles, loin de là ! Connaissant le faible du prince pour le beau sexe, elle aurait aisément pu l'attirer et le poignarder. Caser son grand corps dans le réduit n'aurait pas été une mince affaire, mais cela n'était pas impossible. Surtout si quelqu'un lui prêtait main-forte. Cela valait également pour le jeune Paouah. Il aurait pu réussir à assassiner le prince, mais pas à dissimuler le corps, à moins d'avoir un complice.

« Ce n'était ni Nefret ni Paouah qui m'ont attaqué, j'en suis sûr, pensa Bak. Et mon assaillant n'était pas affligé d'une jambe trop déformée pour pouvoir courir. »

Le groupe d'inspection s'éloigna du poulailler et passa aux enclos, qui ressemblaient beaucoup à ceux de Bouhen. Puis il se rendit sur l'immense marché découvert, que Bak connaissait bien grâce à son précédent séjour à Iken.

Amonked et Ouaser en tête, talonnés par Horhotep, ils parcoururent les allées qui séparaient une multitude d'étals, où les marchandises exposées étaient ombragées par des toits de lin, de feuillages ou des nattes de jonc.

Dans la foule, des voyageurs venus de loin se mêlaient aux habitants du Ventre de Pierres. Les couleurs vives et les motifs bigarrés de leurs longs vêtements contrastaient avec la blancheur immaculée des pagnes de Kemet. Les colliers en perles minuscules rivalisaient avec d'opulents bijoux incrustés de pierreries. Les langages qui claquaient, chuintaient ou roulaient obligeaient les interprètes à courir d'étal en étal pour faciliter les transactions simples ou compliquées. Des odeurs fugitives planaient, tentantes ou répugnantes : parfums et sueur, encens et denrées pourrissantes, fleurs et excréments.

Ils s'arrêtaient souvent, examinant fruits et légumes, goûtant épices et aromates, scrutant les profondeurs de jarres à large col renfermant des céréales, des fèves ou des pois secs. Ils admirèrent des étoffes, rirent des singes savants, s'exclamèrent devant des jouets articulés, se délectèrent de bœuf braisé et de pain frais, éprouvèrent le tranchant de lances et de dagues. Amonked avait baissé la garde, enchanté par tout ce qu'il voyait. Horhotep, trop imbu de lui-même pour le remarquer, donna libre cours au mépris que lui inspiraient la population exotique, le marché prospère et ses mille merveilles.

Alors qu'ils quittaient la place, Horhotep s'immobilisa afin d'inspecter le mur de fortification qui protégeait la ville basse, puis il balaya du regard la foule affairée. Une grimace de dégoût déforma ses traits.

— Dis-moi, commandant, pourquoi avoir consacré tant d'efforts et de temps à rénover le mur extérieur, si tu laisses pénétrer toute la lie humaine venue du désert ?

— C'est le plus grand marché de la frontière... lieutenant, répliqua Ouaser, qui, lassé de ces insolences, prononça son titre avec une emphase dédaigneuse. D'Abou aux confins mystérieux du Sud profond, aucun autre n'attire plus de monde. On y troque des denrées de toutes sortes, chacune précieuse en son genre. Pouvons-nous demander à ceux qui viennent d'exposer leurs biens, si nous ne les protégeons pas de ceux qui prennent sans rien donner en retour ?

— En admettant que le marché mérite d'être protégé, ce dont je doute, pourquoi n'as-tu pas réparé les murs de soutènement ? Veux-tu que le cœur de la forteresse s'effondre pendant que tu luttes pour préserver sa peau ?

Bak se pencha vers Neboua et marmonna :

— Ne cesse-t-il donc jamais de s'écouter parler ?

— Nous réparons au fur et à mesure, suivant la nécessité.

La voix tendue de Ouaser trahissait l'effort qu'il s'imposait pour rester courtois. Se détournant, il les conduisit dans un passage entre deux entrepôts.

— Venez, un esquif nous attend au port. Si vous tenez à rejoindre votre caravane avant la tombée de la nuit, nous devons nous rendre immédiatement sur l'île.

— Comment peux-tu dire que le marché ne vaut pas la peine qu'on le protège ? demanda Bak à Horhotep.

— Oui, lieutenant, explique-toi, approuva Amonked. Moi aussi, je m'interroge.

Horhotep répondit avec un sourire vaniteux :

— D'après ce que j'ai vu ici, les produits changent de mains sans que nul ne paie de taxe. Si des marchands respectables passaient la frontière avec les mêmes objets, chaque navire ou caravane verserait une somme substantielle qui revient de droit à notre souveraine.

— Les taxes sont collectées à la porte extérieure, précisa Ouaser. Certes, nos exigences restent modestes. Notre but n'est pas d'enrichir le trésor royal, mais de rappeler à tous ceux qui entrent qu'ils ont une dette de gratitude envers notre reine, car c'est grâce à elle qu'ils peuvent commercer ici.

— Pourquoi se limiter à une somme dérisoire ?

— Des taxes élevées dissuaderaient les gens de venir échanger leurs denrées ici, expliqua Bak. La reine n'y gagnerait rien ; cette ville et ce pays y perdraient beaucoup. Ils feraient leurs affaires ailleurs, probablement sur une île au sud de Semneh. Ils renonceraient à la sécurité que nous leur offrons, mais cela serait pour eux plus rentable, puisqu'ils ne paieraient pas de taxes du tout.

— Dois-je te donner une leçon d'histoire, lieutenant ? intervint Neboua.

Fils de soldat, il avait grandi dans la forteresse de Koubban, à plusieurs jours de voile au nord de Bouhen, et il connaissait les raisons de maintes traditions devenues confuses au fil du temps.

— Le marché d'Iken existe depuis de longues générations, puisqu'il remonte au règne de Khakaourê Senousret [1]. Quand le père de notre souveraine, Aakheperkarê Touthmosis, marcha avec son armée et conquit le Sud profond, il ordonna sa réouverture. Non seulement il favorise l'afflux de produits rares, mais il rapproche les gens mieux qu'aucune expédition commerciale ne le pourrait.

— Pour que le marché reste florissant, il faut garantir sa sécurité, ajouta Bak, gardant à l'esprit la mission d'Amonked. La muraille rénovée décourage les pillards ; l'armée les tient à distance.

— Je dois admettre que cette cité me fascine, dit Amonked. Beaucoup plus que Bouhen ou que tout autre lieu visité jusqu'ici, elle souligne l'importance du commerce pour cette région.

Ouaser marchait d'un pas rapide à travers les rues populeuses, ce qui les empêcha de poursuivre la discussion et laissa à Horhotep le temps de ressasser cette mise au point. Ils avaient emprunté l'une des deux longues jetées de pierre quand il glissa à Amonked :

— Je ne vois aucune raison stratégique pour que l'armée continue d'occuper cette garnison. La population, si odieuse qu'elle soit, ne constitue pas de réel danger, et je suis convaincu que les pillards dont on nous rebat les oreilles ne sont que pure imagination.

— Je ne supporte plus ce crétin pompeux, grommela Neboua. On se retrouve à ton retour de l'île.

1. Sésostris III. (*N.d.T.*)

Il s'éloigna sans laisser le temps à Bak d'insister pour qu'il reste. Amonked le regarda partir. Après s'être assoupli au point de leur demander de les accompagner, il était sûrement mécontent de son départ, mais, comme d'habitude, il demeura impassible.

— Tu appelles ça une forteresse ? Moi, j'ai vu quatre murs qui ne servent à rien ! Aucun homme sensé ne posterait des soldats là-bas, décréta Horhotep, qui, de la jetée, scrutait l'est en direction de l'île d'où ils venaient et qu'une éminence rocheuse dérobait au regard.

Amonked descendit à son tour de l'esquif et se tourna vers Bak, qui attendait à la proue pendant que Ouaser mettait pied à terre.

— Si je ne me trompe pas, lieutenant, elle s'est révélée fort utile quand le roi Amon-Psaro est venu à Iken voici quelques mois. N'as-tu pas évité, à l'époque, un incident qui aurait pu avoir de très graves répercussions ?

— Si, inspecteur.

Neboua avait dit vrai : Thouti ne s'était pas privé de chanter leurs louanges. Mais en si grand détail ? Ou bien Amonked, avant son départ de la capitale, avait-il consulté tous les rapports adressés à Ouaset par le vice-roi ? Une tâche fastidieuse, mais nécessaire s'il souhaitait prendre une décision judicieuse, dont dépendait le sort de milliers d'hommes et de femmes. Aurait-il été à ce point consciencieux, si sa seule intention était d'exaucer les désirs de sa reine ?

— Ces rapides sont redoutables, dit Minkheper, sautant sur le quai avec aisance. Est-ce le début de ceux que nous voyions hier, du poste de garde ?

— Oui, pour autant que je sache. Je n'ai jamais eu l'occasion de voyager plus loin vers le sud.

— Même sur des eaux en crue, je n'aimerais pas guider un navire à travers ces rochers.

Quand Sennefer les eut rejoints, tous trois remontèrent le quai derrière Amonked et son conseiller. En ce début d'après-midi, une forte brise s'était levée et le soleil filtrait à travers une brume poussiéreuse venue du désert. Une légère odeur d'agneau braisé leur parvint, et Bak se sentit l'estomac creux.

Neboua les attendait, appuyé contre un piquet d'amarrage.

— Comment le fort a-t-il résisté ? leur demanda-t-il avec bonne humeur. Est-il envahi par les ronces et les tamaris ?

— Il faudrait le débroussailler, admit Bak, néanmoins Ouaser pourrait encore y accueillir un roi.

Neboua désigna Horhotep du menton et baissa la voix :

— Qu'est-ce que ce porc a trouvé à en dire ?

Un mouvement, dans l'ombre profonde de l'entrepôt le plus proche, attira l'attention de Bak. Il distingua un arc, puis une flèche prenant son essor.

— Attention !

Le projectile manqua Amonked d'une coudée. Bak courut vers l'entrepôt, Neboua à son côté. Une pluie de flèches tomba autour d'eux. « Trop nombreuses pour un seul archer, pensa Bak. Décochées à l'aveuglette, par des mains inexpérimentées — ou rendues malhabiles par la hâte et le désespoir. »

Trois hommes jaillirent de l'ombre et détalèrent comme des lièvres vers la ruelle voisine. Bak et Neboua les poursuivirent. Ils tournèrent à droite, puis à gauche. Une autre rue les entraîna dans la ville basse. Les gens s'écartaient vivement sur leur passage, les chiens jappaient, un petit enfant se mit à pleurer quand l'un des archers, dans sa course, donna un coup de pied dans sa balle qui roula au loin. Bak craignait que les trois hommes ne se séparent et ne disparaissent dans le dédale de ruelles, mais son inquiétude se révéla injustifiée. Pris de panique, ils restèrent ensemble et, après un dernier tournant, se retrouvèrent dans une impasse.

Bak et Neboua les découvrirent, pris au piège, au pied de l'escarpement. Haletants, affolés, honteux de leur pitoyable échec, ils lâchèrent leur arc et leur carquois, puis levèrent les mains en signe de reddition.

— Bien ! dit Neboua. Qui êtes-vous et, par Amon, que pensiez-vous faire ?

Chacun implora en silence les autres de parler, d'imaginer une fable qui les ferait paraître aussi innocents que l'agneau nouveau-né.

— Je suis le lieutenant Bak, chef de la police medjai de Bouhen. Je veux savoir comment vous vous appelez et comment vous gagnez votre pain.

Ils déclinèrent bien vite leur nom et leur métier. L'un était armurier, le deuxième boucher pour la garnison, le troisième fabriquait les lourdes sandales de cuir destinées aux soldats. Des hommes dont la vie dépendait d'une présence militaire dans la forteresse. Bak jeta un coup d'œil à Neboua, qui d'un hochement de tête montra qu'il comprenait la raison de leur geste insensé.

En entendant un bruit derrière eux, Bak tourna la tête. Il eut peine à en croire ses yeux. Amonked et Sennefer arrivaient au croisement, trop loin pour être vus des trois archers. L'inspecteur était rouge et essoufflé, mais son beau-frère paraissait à peine se ressentir de l'effort.

— Qui vouliez-vous tuer ? interrogea Neboua. Vu votre maladresse, il était difficile de s'en rendre compte.

Il n'avait pas remarqué l'arrivée des deux hommes et affichait la même sévérité que Bak, cependant une pointe d'amusement suspecte perçait dans sa voix.

— Nous ne voulions tuer personne, gémit le boucher. Nous espérions seulement faire peur à l'inspecteur.

— Que deviendrons-nous s'il arrache l'armée d'Iken ? pleurnicha le savetier. Nos épouses ont leur famille ici. Nos enfants ne connaissent que cette ville, ce pays de Ouaouat.

— De quoi vivrai-je, si les troupes s'en vont ? s'inquiéta leur compagnon. Les marchands n'ont que faire de mes armes !

En son for intérieur, Bak les bénit tous les trois. Par ces quelques mots pleins d'émotion, ils avaient dit sans le savoir ce qu'Amonked avait le plus besoin d'entendre. Neboua les considéra avec dureté.

— Qu'allons-nous faire d'eux, lieutenant ?

— On pourrait les livrer à Horhotep, déclara Bak d'un ton grave, comme si c'était la pire conséquence possible de leur acte. Le lieutenant Horhotep, conseiller de l'inspecteur, est froid et impitoyable ; il insistera pour vous envoyer dans les mines du désert.

— Non ! protestèrent-ils en chœur, horrifiés.

— Que deviendraient nos familles ? cria le savetier.

— Ma femme ! Comment nourrirait-elle les enfants ? se lamenta l'armurier.

Neboua, les sourcils froncés, feignait de réfléchir.

— Je préférerais les remettre au commandant Ouaser. Ces gens sont d'ici. Le problème lui incombe.

— Laissez-les partir, dit Amonked, qui arrivait à côté d'eux et n'avait pas encore tout à fait repris son souffle. Je crois que cette tentative de meurtre leur a fait aussi peur qu'à moi. Ils ne commettront jamais plus de telles imprudences.

Bak ne savait ce qui le surprenait le plus : que l'inspecteur soit parvenu à les suivre ou qu'il ait rendu un jugement aussi clément.

— Es-tu certain que c'est ce que tu désires, inspecteur ?

— Relâchez-les.

Personne ne s'était encore jeté à genoux devant Bak, face contre terre. Il fut touché et embarrassé par cette démonstration de gratitude. Amonked, quant à lui, y parut insensible.

Neboua imposa une cadence rapide à la patrouille que Ouaser leur avait assignée pour les escorter vers le sud, jusqu'à la caravane. Les dix lanciers, qui surveillaient régulièrement le désert, étaient des jeunes gens coriaces, aux muscles durs et à la peau brunie par le soleil. Les gardes de la capitale, la coiffure nette, l'apparence impeccable, maintenaient la même allure non sans effort.

Bak supposa qu'Amonked se sentait plus vulnérable, après cet attentat manqué, et jugea le moment bien choisi pour le sonder. Il l'attira à l'écart de la colonne, assez près pour rester en sécurité, assez loin pour que nul ne les entende.

Ils suivaient une piste en hauteur qui, plus tard dans la journée, leur permettrait de couper par le désert afin d'éviter une courbe du terrain difficile et accidentée. A l'est, des îles de toutes tailles brisaient la surface scintillante des eaux. Les rives verdoyantes étaient parfois interrompues par l'embouchure de cours d'eau taris, couvert de limon noir fertile ou de sable. En dépit des obstacles, jamais le fleuve n'avait montré un cours plus harmonieux depuis qu'ils avaient quitté Kor.

Amonked scruta les alentours, les traits assombris par l'inquiétude.

— Crois-tu qu'il soit bien sage de marcher loin de la patrouille ?

Depuis leur départ d'Iken, il n'y avait personne sur la rive pour les regarder passer. Les arbres étaient assez denses pour abriter une armée, mais cette surveillance sans fin n'était-elle pas censée être remarquée et troubler par sa persistance ?

— Inspecteur, je désire parler de Nefret et de Baket-Amon. Si tu ne vois pas d'objection à ce que les autres nous entendent, nous pouvons les rejoindre.

— Notre mésaventure à Iken m'a rendu trop prudent, décida Amonked. Si quelqu'un essayait de nous attaquer maintenant, nous le repérerions à temps.

Bak se retenait de tourner la tête vers le fleuve, mais la tentation était grande. L'absence des villageois l'intriguait. Qu'est-ce qui les avait dissuadés de venir ? Certainement pas la bonté d'Amonked envers les trois archers improvisés. Ce devait être un événement d'une bien plus grande portée.

— Je sais que tu t'étais querellé avec Baket-Amon, commença-t-il.

— Oui, Thaneni me l'a rapporté, répondit Amonked

avec un petit sourire triste. C'était naïf de ma part de croire que tu ne le découvrirais pas, mais je n'aime pas perdre mon sang-froid ni admettre devant un inconnu que j'ai été déraisonnable.

— La séduction de Baket-Amon était devenue légendaire, or ta concubine est ravissante et extrêmement désirable. Tu te rends bien compte que cela suffit pour que de fortes présomptions pèsent contre toi.

— Nous nous sommes disputés à cause de Nefret, il est vrai. Mais tuerais-je pour elle ? Jamais !

— Parlons de cette dispute.

— Je t'assure que les mots prononcés sous le coup de la colère furent vite pardonnés et oubliés. De mon côté, à coup sûr. Également par Baket-Amon, si je suis l'excellent juge des caractères que Maakarê Hatchepsout voit en moi.

« Mentionnerait-il sa cousine afin de m'intimider ? » se demanda Bak

— Tu décuples mes soupçons en taisant ce qui s'est réellement passé.

— Je n'ai nul désir de m'étendre là-dessus, répliqua l'inspecteur, irrité.

— Veux-tu que la mort du prince demeure irrésolue ? Que l'idée de ta culpabilité s'insinue tel un poison dans tous les cœurs ?

Amonked regarda fixement dans le vide, les mâchoires crispées, puis il céda :

— Oui, Baket-Amon désirait Nefret. Je ne sais avec certitude combien de fois il vint chez moi à Ouaset — ni elle ni mon épouse ne me l'ont dit —, mais il finit par les importuner et, ensemble, elles me parlèrent de ses visites. Je doute qu'il ait réellement été épris de Nefret. D'après mon épouse, elle se montrait distante alors que toutes les autres étaient folles de lui. C'était un défi auquel il ne pouvait résister.

— A ma connaissance, il ne poursuivait jamais une femme sans y être encouragé.

— Mon épouse m'a assuré que c'était pourtant le cas. Et ses paroles sont toujours dignes de foi.

Amonked regarda durement Bak, comme pour voir s'il oserait mettre en doute cette dernière affirmation.

— Je conseillai donc au prince de partir et de l'oublier.

— Il accepta, je suppose.

— Il proposa de l'acheter. Comme une vulgaire servante, entrée dans ma maison et dans ma couche pour rembourser les dettes de son père. Je refusai sans mâcher mes mots. Une dispute s'ensuivit. Peu habitué à ce qu'on s'oppose à ses caprices, il... il me traita de vieillard égoïste, dit-il avec indignation, en redressant le menton.

« "Vieillard" et "égoïste", pensa Bak. Des termes blessants qu'aucun homme n'aime répéter lorsqu'ils s'appliquent à lui. »

— Pas vraiment la réponse mesurée que l'on attendrait d'un ambassadeur royal, convint-il.

— Certes pas.

— Cela te mit en fureur, j'imagine, et à juste titre.

— Je lui ordonnai de sortir de chez moi. Il refusa de partir sans entendre de la bouche de Nefret qu'elle ne voulait pas de lui. Je finis par menacer d'en référer à Maakarê Hatchepsout, et il partit fâché.

— Pour ne plus revenir ?

— Jamais plus.

Amonked regarda Bak dans les yeux et ajouta non sans amertume :

— Pourquoi tuerais-je un homme, quand il me suffit de prononcer le nom de ma cousine pour que mon désir le plus infime soit un ordre ?

C'était une facette de sa personnalité que Bak n'avait jamais imaginée, et cet aveu accrut son estime pour l'inspecteur. Il aurait aimé lui répondre, mais il ne trouva rien d'approprié. Aussi continuèrent-ils à marcher sans mot dire, et ce silence, tendu au début, devint bien vite étrangement agréable.

En fin d'après-midi, ils firent halte dans un poste de garde situé sur un tertre rocheux. Pendant qu'Amonked s'entretenait avec le sergent chargé de la surveillance, Bak scruta le sud, où la caravane poursuivait sa lente progression à travers les dunes balayées par le sable ; elle laissait derrière elle le fleuve et la colère de ceux qui résidaient sur ses berges.

Un soldat de faction désigna, à l'ouest, une demi-douzaine de silhouettes pareilles à des fourmis.

— Au début, j'ai cru que c'étaient des nomades qui se dirigeaient vers le fleuve pour y prendre de l'eau, mais ils ont suivi une route parallèle à celle de la caravane. Maintenant qu'ils ont le soleil dans le dos et sont donc moins faciles à distinguer, ils se rapprochent d'elle.

Bak mit sa main en visière pour les observer.

— Ils ne préparent rien de bon, c'est certain, mais qu'espèrent-ils gagner ? Nos archers viendraient à bout d'un si petit groupe en un rien de temps.

Les membres de l'expédition rejoignirent la caravane alors que le soleil sombrait vers l'occident. Les soldats de Ouaser se hâtèrent de repartir vers le fleuve, tandis que les compagnons d'Amonked remontaient la file des ânes. En tête du convoi, on déchargeait les bêtes et l'on installait le campement sur cette étendue désertique, bordée, loin à l'ouest, par un groupe de buttes de sable. Au milieu de l'effervescence générale, Sechou lançait des ordres avec compétence et autorité. Bak et Neboua quittèrent les autres et se dirigèrent vers lui.

Pendant qu'ils évoquaient la marche du lendemain, Rê se posa sur l'horizon avant de pénétrer dans le monde souterrain. Le roquet jaune auquel on avait attaché le sac de sandales attendait, couché au milieu des piles de ravitaillement, de pouvoir s'emparer d'un peu de nourriture. Il leva la tête, huma l'air, se redressa, puis il monta la pente douce et s'immobilisa pour renifler à nouveau. Soudain, il se mit à hurler, les poils hérissés. D'autres chiens surgirent de partout et filèrent en aboyant de toutes leurs forces. Neboua et Bak échangèrent un regard. Était-ce une gazelle ? Ou les nomades qu'ils avaient aperçus depuis le poste de garde ?

Ils s'apprêtaient à aller se rendre compte lorsqu'une demi-douzaine d'hommes apparut au sommet d'une dune. A contre-jour, on les distinguait mal, hormis leurs longues lances et leurs boucliers. Avant de plonger sous l'horizon, le soleil illumina le ciel d'un ultime éclat. Un instant, les silhouettes furent parfaitement visibles. Six pillards, l'un détaché des autres. Un homme vêtu d'un pagne rouge, une plume écarlate plantée dans les cheveux.

— Hor-pen-Dechret ! cracha Neboua.

— Le chien ! Il est revenu, marmonna Sechou d'un ton haineux.

— Voilà pourquoi nous n'avons vu personne le long du fleuve, remarqua Bak.

— Ce n'est pas étonnant, dit Neboua, qui fixait le groupe d'un air mauvais. Il pillait les hameaux et les maisons isolées le long de la rive ouest ; il emportait les bêtes et les récoltes pour ses gens, laissant les cultivateurs dans la misère. Puis il s'enhardit : il attaqua les caravanes et ramassa dix fois plus de butin en une seule prise. Pourtant il continua à s'approprier leurs biens.

— Il vient nous observer, évaluer les risques et les profits, dit Sechou d'un ton morne. Ce que je redoutais est arrivé. Cette riche caravane attire les pillards comme le miel les abeilles.

— Pour chaque homme que nous voyons, il y en a huit ou dix qui campent, hors de vue, dans le désert, affirma Neboua, sombre lui aussi.

— Il a sûrement entendu parler de la mission d'Amonked, objecta Bak. Ne serait-il pas plus sage de sa part d'attendre que l'armée quitte le Ventre de Pierres ?

— Tu ne le connais pas, grogna Neboua. Il est mû par la cupidité, non par le bon sens. S'il juge que cette caravane vaut la peine qu'il l'attaque — et sois sûr qu'il parviendra à cette conclusion —, il pensera aux profits d'aujourd'hui, pas à ceux de demain.

Bak se sentait gagné par leur inquiétude.

— Et les habitants ? Seront-ils de notre côté, si nous sommes attaqués ? Il est leur ennemi autant que le nôtre.

— Et ils le craignent autant qu'ils se méfient d'Amonked. Pour eux, un mal n'est pas pire que l'autre.

Bak lâcha un juron. C'était la plus longue étape, trois jours à travers le désert jusqu'à Askout. Neboua et lui, les deux sergents et vingt archers pouvaient facilement repousser une cinquantaine de pillards. Mais des attaques surprises contre la caravane en marche, ou par un groupe important, seraient impossibles à contrer. A moins que...

— Va chercher le lieutenant Merymosé et le sergent Dedou. Ces cinquante gardes doivent être entraînés immédiatement pour combattre à nos côtés.

12

Bak fixait, au loin dans le désert, les six hommes qui maintenaient la même allure que la caravane depuis le lever du camp, au petit jour.

— Je ne vois pas Hor-pen-Dechret parmi eux.

— Moi non plus, dit Neboua auprès de lui, sur un grand monolithe en granit qui dominait les dunes. Mais il n'est pas loin. Je le sens.

— Bizarre qu'aucune des patrouilles d'Iken n'ait remarqué de mouvement inhabituel ces derniers jours.

— Je parie que cette ordure est venue droit du désert.

Bak se retourna pour contempler la longue colonne d'ânes qui avançait lentement sur la piste. La brise matinale, dont le soleil avait dissipé la fraîcheur, était trop faible pour expliquer la pureté de l'air au-dessus de la caravane. Le sable épais et lourd ne produisait presque pas de poussière. Des arêtes et des tertres de granit surgissaient çà et là d'un tapis d'or apparemment sans fin.

Le lieutenant était inquiet. En traversant cette partie du désert, ils s'épargnaient au moins deux jours de route, toutefois ce gain de temps avait son prix. Le fleuve se trouvait à une bonne heure de marche pour un voyageur pressé, mais les ânes peinant sous le faix devraient cheminer de l'aube au crépuscule. Forcés de porter l'eau en plus de leur charge habituelle, ils ralentissaient la caravane tout en lui évitant des milliers de pas.

— On peut supposer que ces hommes constituent une

avant-garde, dit Bak à son ami qui descendait avec précaution de la pierre érodée. Ils surveillent notre progression, le temps que les troupes d'Hor-pen-Dechret arrivent de plus loin. Cela soulève deux questions : quelle sera l'importance de ces troupes ? Et combien de temps mettront-elles à nous rattraper ?

— Il sait sûrement que nous n'irons pas au-delà de Semneh, et il passera à l'attaque bien avant. A l'exception de Bouhen, c'est la seule garnison qui compte des effectifs complets. Quant au nombre d'hommes qu'il a rassemblés, seul Seth pourrait le dire. Il n'a jamais risqué d'attaque sans préparation.

— Cette longue étendue désolée me paraît le lieu idéal pour frapper.

— Je n'en vois pas de meilleur, approuva Neboua, passant la main dans ses cheveux plus rebelles que jamais. J'imagine qu'hier il est venu voir par lui-même les richesses que nous transportons et le nombre d'adversaires qu'il aura à affronter. Si ce qu'il a vu lui a plu — et comment en irait-il autrement ? —, il estimera que le risque en vaut la peine. Espérons qu'il pensera avoir besoin de plus d'hommes et qu'il ne frappera pas avant leur arrivée. Il aura vu vingt archers et cinquante lanciers, dont il ne peut savoir qu'ils manquent d'entraînement dans l'art de la guerre.

Bak le suivit tout en bas, et ils traversèrent les sables vers la caravane.

— La séance de cette nuit s'est mieux passée que je ne m'y attendais. Si l'on mesure le succès à l'enthousiasme, Merymosé aura un jour le grade de général. Les gardes sous ses ordres montrent un désir d'apprendre étonnant après la vie dorée qu'ils ont connue dans la capitale.

— Ils y ont tout intérêt. Leur existence en dépend.

Une pensée soudaine chassa la sévérité du visage de Neboua, où s'épanouit un large sourire.

— Te rappelles-tu les paroles d'Horhotep hier, avant que nous ne quittions Iken ?

Bak imita l'inflexion de sa voix et le cita mot pour mot :

— « Je suis convaincu que les pillards dont on nous rebat les oreilles ne sont que pure imagination. »

— Je me demande ce qu'il en pense à présent

— Il n'admettra son erreur qu'en toute dernière extrémité.

— L'as-tu remarqué, dans le noir, la nuit dernière ? Il observait l'entraînement.

— J'ai craint un instant qu'il n'ordonne à Merymosé de s'en aller, mais il n'a pas desserré les dents.

— Je parie qu'il s'est largement rattrapé auprès d'Amonked.

Bak eut un petit rire ironique, puis déclara :

— Je n'ai pas, comme toi, l'habitude d'entraîner des lanciers, toutefois je suis allé dormir satisfait. Ces quelques heures d'apprentissage ne leur donneront pas l'habileté de soldats aguerris, néanmoins ils pourront tenir tête à des nomades qui ignorent les finesses du combat.

— Ils se débrouilleront bien avec leur lance, mais ils auront besoin d'armes de rechange s'ils perdent ou brisent les leurs. Et il leur en faudra de mieux adaptées au combat rapproché : des cimeterres, des masses ainsi que des haches.

— Où veux-tu en trouver ? Il s'agit d'une caravane civile, pas d'un ravitaillement pour l'armée.

Neboua se rembrunit.

— Je dois tout inventorier, découvrir qui, parmi les âniers, fut autrefois soldat, qui a apporté des armes et qui n'en a aucune. Mieux vaut savoir le pire dès le départ qu'une fois que c'est trop tard.

La caravane marcha toute la matinée, et les nomades avancèrent au même rythme plus à l'ouest. Bak bavarda avec les âniers, les archers et les gardes de Merymosé pour se rendre compte de ce qu'ils vaudraient face à une éventuelle attaque. Le moral était bon, grâce à leur foi aveugle en Neboua qui les avait formés et à leur certitude que Bak arrêterait l'assassin, gagnant les bonnes grâces des villageois. Et peut-être leur aide, si besoin était.

Bak se sentait le dos au mur. Il avait été si sûr qu'un membre de l'expédition avait poignardé Baket-Amon ! Pourtant, ici, dans le désert, à vivre parmi eux, à poser des questions qui ne menaient à rien, il était taraudé par le doute. Imsiba n'ayant pas envoyé de messager, il ne devait pas être plus avancé que lui, contrairement à la prédiction d'Amonked. Piètre consolation, alors que toutes ses tentatives demeuraient stériles.

Midi vint puis passa et les bêtes avançaient toujours.

— Que font-ils des prisonnières ? interrogea Nefret, qui regardait fixement les petites silhouettes à l'horizon, les yeux agrandis par l'effroi. Les tuent-ils tout de suite ou abusent-ils d'elles avant ? Les réduisent-ils en esclavage ?

Mesoutou marchait derrière la chaise de sa maîtresse, les yeux dans le vide. Parfois, elle trébuchait, comme si ses pensées étaient ailleurs, en un lieu lointain et plus sûr.

Les quatre porteurs chargés de Nefret échangèrent un regard furtif, dont le sens apparut quand l'un d'eux leva les yeux au ciel. Ceux qui suivaient un chemin parallèle, avec la chaise de Thaneni, paraissaient excédés. Tous s'étaient lassés de la belle et de ses récriminations. Sennefer avait laissé la troisième chaise à Iken avec ses quatre porteurs et une bonne partie de ses effets personnels. Il ne pouvait avoir prévu l'arrivée d'Hor-pen-Dechret, mais il avait compris l'intérêt de voyager sans s'alourdir.

— Tu prends la menace de ces pillards beaucoup trop à cœur, dame Nefret, dit le lieutenant Horhotep, qui marchait à côté de la jeune femme et savait pertinemment que Bak pouvait l'entendre. Cela ne m'étonnerait pas qu'ils s'introduisent dans le camp la nuit pour voler, mais six hommes s'en prendraient-ils à une immense caravane ?

Il répondit à sa propre question par un rire moqueur.

Paouah, qui avançait avec Sennefer entre les deux chaises à porteurs, dit d'un ton dubitatif :

— L'ânier Pachenouro pense que ces hommes sont venus repérer nos points faibles afin de nous attaquer, bientôt, en plus grand nombre.

De son air sarcastique, Horhotep répliqua :

— Un ânier ? Un ânier de la frontière ? Où s'est-il initié à l'art de la stratégie ?

Le visage de Paouah s'enflamma. Les yeux brillants et pleins de défi, il s'apprêtait à riposter quand Thaneni secoua la tête pour l'exhorter au silence. Sennefer passa le bras autour de ses épaules et l'entraîna un peu à l'écart. Au moment où Bak les dépassait, il entendit le noble dire tout bas au jeune garçon :

— Tout le monde n'est pas doué de bon sens, Paouah, et ceux qui ne le sont pas écoutent rarement ceux qui le sont.

Amonked, à côté de Bak, ne montra pas s'il avait entendu cette réflexion.

— Hor-pen-Dechret... Avant de quitter la capitale, j'ai lu quelques rapports de Bouhen, dont plusieurs mentionnaient ce nom. Si j'ai bonne mémoire, le capitaine Neboua combattait sous les ordres du commandant Nakht quand ce misérable fut vaincu, et qu'il fut repoussé aux confins du désert avec le reste de son armée tribale.

Sa profonde connaissance des événements survenus dans le Ventre de Pierres ne surprenait plus Bak. De toute évidence, il avait lu bien plus que « quelques rapports ».

— Oui, inspecteur. C'est pourquoi Neboua s'inquiète, pourquoi il veut que nous soyons prêts à repousser un véritable assaut. Il sait par expérience à quoi s'attendre.

— Tu l'approuves, je vois.

— De tout mon cœur.

Horhotep ralentit le pas afin qu'ils arrivent à sa hauteur et regarda Bak avec froideur.

— Ne donnes-tu pas l'alarme alors que rien ne le justifie, lieutenant ? A moins que tu ne profites d'une pauvre poignée de nomades pour peser sur notre décision et influer sur l'avenir des forteresses dans cette partie du fleuve ?

Bak fixa Amonked dans les yeux et dit d'une voix dure :

— Inspecteur ! Si l'armée quitte le Ventre de Pierres, nul ne sera en sécurité, qu'il soit cultivateur, marchand, ânier ou ambassadeur. Hor-pen-Dechret est un criminel. Lui et ses partisans ne connaîtront plus de frein.

Amonked regardait tour à tour Bak et Horhotep, comme s'il ne savait en qui placer sa confiance.

— Je te suggère de discuter avec Neboua, dit Bak, mais également avec Sechou. Il connaît lui aussi de première main les pillards du désert.

— Très bien, acquiesça l'inspecteur. Le capitaine effectue en ce moment l'inventaire des compétences et des armes dont nous disposons. Je le verrai lorsqu'il aura fini et qu'il aura le loisir de parler.

Les lèvres d'Horhotep se crispèrent, scellant en lui le commentaire qu'il aurait voulu émettre.

— Oh, Thaneni, épargne-moi ce ton protecteur ! retentit la voix de Nefret, coupante et impatiente. Je ne peux pas m'empêcher d'avoir peur ! Quoi que vous en disiez, toi, Horhotep, Amonked ou n'importe qui d'autre, ces hommes me terrorisent !

— D'abord, c'étaient les gens du fleuve, et maintenant ceci ! soupira Amonked, agacé. Je comprends et je partage son anxiété, mais apprendra-t-elle un jour à souffrir en silence ?

« Tu ne connais pas ta chance, songea Bak, que Thaneni s'interpose si souvent pour essuyer le pire de sa colère. »

— Elle ne sera satisfaite que lorsque nous rentrerons

à Kemet. Elle me l'a bien fait comprendre. Mais j'imagine que je dois au moins tenter de l'apaiser.

L'inspecteur contempla longuement la concubine, comme s'il redoutait de l'approcher.

— Y a-t-il une femme dans ta vie, lieutenant ?

— Non, inspecteur.

— Tu ne connais pas ta chance.

Bak remonta la colonne à la recherche de Minkheper. Une remarque d'Horhotep éveillait sa curiosité, et il espérait en savoir plus grâce à lui. Il repéra la haute silhouette, à mi-chemin du train d'ânes.

— Capitaine ! appela-t-il en souriant. Pour un homme chargé d'étudier le fleuve, te voilà bien loin dans le désert !

— Je me demande ce qui m'a pris d'accepter cette maudite proposition, dit le marin en secouant un pied afin de chasser des cailloux de sa sandale. Je viens de bavarder avec un ânier, un ancien matelot habitué à ces eaux. Sais-tu ce qu'il m'a dit ? « Si la reine imagine qu'elle va bâtir un canal par ici, elle a encore plus de pierres dans la tête qu'Hapy n'en a jeté au fond du fleuve entre Semneh et Bouhen. »

Il marqua une pause, puis sourit avant d'ajouter :

— Inutile de préciser que je n'irai pas le lui répéter.

Bak éclata de rire.

— On raconte qu'elle ne manque pas d'esprit, toutefois je n'aimerais pas le mettre à l'épreuve en lui rapportant cette réflexion.

— Je ne mets pas la parole de ton ânier en doute, mais en ce moment je devrais être au bord du fleuve et examiner son cours de mes propres yeux.

— Je le voudrais bien ! Je serais à côté de toi, et je savourerais une bonne baignade, rafraîchi par la brise. Mais tant que je n'aurai pas capturé le meurtrier, je ne peux garantir qu'un membre du groupe qui s'en va seul et sans protection sera à l'abri d'un cultivateur furieux.

— Peux-tu répondre de notre sécurité ici, sur cette piste aride ?

— Rares sont les choses dont on peut répondre, dans la vie.

L'ombre d'un sourire effleura les lèvres du capitaine.

— D'après ce que j'entends, Hor-pen-Dechret représente une bien plus grande menace qu'Amonked pour la population. J'aurais cru qu'on nous serait reconnaissant d'être là et d'attirer ainsi l'attention sur nous.

— Près d'Askout, je compte m'entretenir avec un chef influent dans cette région. Peut-être parviendrai-je à le convaincre que les villageois ont intérêt à nous aider. Jusqu'alors, il faut attendre. Je n'ose quitter la caravane, de peur que les nomades passent à l'attaque. Chaque bras, chaque arme seront nécessaires.

— En quoi puis-je me rendre utile ?

— Vois avec Neboua : c'est lui qui sera le plus à même de te l'indiquer.

Le capitaine hocha la tête et voulut partir, mais Bak n'en avait pas terminé.

— Je me suis laissé dire que Baket-Amon fréquentait les maisons de plaisir proches des quais de Ouaset. Toi qui es marin, tu es sans doute allé dans ces mêmes établissements.

Minkheper le regarda d'un air bizarre, puis étouffa un petit rire.

— J'oublie toujours que, comme tous les membres de l'expédition, je suis soupçonné de meurtre. Chaque fois que tu m'interroges, je tombe des nues.

— Si tu es innocent, mes questions ne te troubleront pas, dit Bak en souriant pour atténuer la causticité de ses propos.

— « Si » ? répéta Minkheper en levant un sourcil. Tu n'as sûrement pas lieu de croire que je suis l'assassin !

— Vous êtes-vous croisés dans l'une ou l'autre des maisons du port ? éluda Bak, qui détestait qu'on tente de le sonder.

— Je suis heureux en ménage depuis des années, lieutenant, et j'ai trois concubines dans différents ports d'attache. Je n'ai pas à chercher ailleurs la distraction ou le plaisir.

Bak se rappela avec amusement sa récente conversation avec Amonked. L'inspecteur aurait été sidéré que le capitaine ait autant de femmes dans sa vie.

— Tu ne t'y arrêtes jamais pour une bière ou un jeu de hasard ?

Minkheper répondit en riant :

— J'admets que je me laisse quelquefois tenter par une partie d'osselets. Pas souvent, remarque. J'ai mon compte de compagnie masculine à bord ! Mais assez pour avoir entendu vanter les exploits du prince.

— Tu ne l'as jamais rencontré au cours de ces petites... escapades ?

— Si c'est le cas, à l'époque je ne savais pas qui il était. Je fais généralement relâche à Mennoufer plutôt qu'à Ouaset. Le port est grand et mieux équipé, le commerce plus rentable. Mon épouse vit là-bas avec mon premier-né et trois fillettes que j'adore.

Pour un homme qui naviguait sur la Grande Verte, il était logique de préférer ce port, situé plus au nord.

— Sais-tu si, à Ouaset, Baket-Amon a pu faire quoi que ce soit qui ait précipité sa perte ?

— Certains plaisantaient en disant qu'un jour, il risquait de tomber sur un mari jaloux. Autrement, je ne m'en souviens pas.

« Un mari jaloux, pensa Bak, morose. Une fois de plus, j'en reviens à Amonked. Pourquoi faut-il que tout désigne le cousin d'Hatchepsout ? »

Cependant, c'était un meurtrier bien improbable, et sa culpabilité lui semblait de moins en moins plausible chaque fois qu'il le voyait se disputer avec Nefret.

— A part le lieutenant Bak et moi, seuls le sergent Dedou et ses vingt archers sont bien armés, rapporta Neboua. Toutefois, leur réserve de flèches est limitée.

Le ton sec, droit comme un piquet, il ne pouvait dissimuler son irritation. Étant l'officier militaire le plus gradé de la caravane, il avait entrepris de préparer les hommes à une bataille éventuelle sans en référer à Amonked. L'appel de l'inspecteur l'avait pris au dépourvu, et Bak n'avait pu lui ôter l'idée qu'on lui demandait de rendre des comptes. Sitôt le pavillon dressé pour la nuit, alors qu'on nourrissait les ânes et qu'on préparait le repas du soir, Neboua, d'humeur exécrable, avait accompagné Bak chez l'inspecteur.

— Le lieutenant Merymosé et ses cinquante gardes disposent chacun d'une seule lance et d'un bouclier, sans aucune arme de poing, ce qui est insuffisant. De plus, ils manquent d'entraînement. Sur les vingt-huit âniers, seize sont d'anciens militaires habiles à l'arc ou à la lance, mais seuls neuf d'entre eux se sont munis de leurs armes. Un porteur qui a avec lui un panier d'herbes médicinales, de potions et d'onguents s'est offert à soigner les blessés, Thaneni a proposé son aide, et les autres porteurs sont prêts à les transporter à l'abri.

Amonked dans son fauteuil, son chien à ses pieds, regarda Thaneni d'un air agréablement surpris.

Bak était debout en face de lui avec Neboua. Horhotep se tenait près de son fauteuil, tandis que le scribe, Sennefer, Minkheper et Merymosé restaient un peu en retrait. Nefret écoutait, assise sur un tabouret bas près du pan d'étoffe qui divisait le pavillon ; Paouah, par terre à côté d'elle, serrait ses genoux contre sa poitrine. Bien que le froid nocturne ne se soit pas encore insinué, des flammes irrégulières montaient d'un brasero.

— Tu n'as pas fait mention du lieutenant Horhotep, observa Amonked.

— Il me reste à apprendre si le lieutenant a emporté des armes à Ouaouat et s'il sait s'en servir, répondit Neboua, impassible. Jusqu'à preuve du contraire, je dois supposer qu'il n'est pas plus rompu aux arts de la guerre que le lieutenant Merymosé, avant ces derniers jours.

— Veux-tu insinuer que je suis inapte ? interrogea Horhotep, rougissant jusqu'au cou.

— Je ne tolérerai aucune querelle.

Amonked avait à peine haussé la voix, mais son ordre était sans réplique. Neboua poursuivit, imperturbable :

— Comme tu l'as remarqué, le lieutenant Bak, le sergent Dedou et moi-même avons commencé à entraîner Merymosé et ses hommes. Avec le temps, ils deviendront de vrais soldats.

— J'aimerais prendre part à cette préparation, si vous le permettez, déclara Sennefer. J'ai la main assez sûre avec un arc, toutefois mes talents à la lance laissent à désirer. Hormis la lutte que j'ai apprise dans ma jeunesse, je ne connais rien aux méthodes du corps à corps.

Amonked approuva son beau-frère d'un hochement du menton.

— Je te suggère de suivre son exemple, lieutenant Horhotep. Si expérimenté que tu sois, un entraînement ne peut pas faire de mal.

— Oui, inspecteur.

Bak refréna son envie d'applaudir. Le regard haineux que le conseiller darda sur Neboua aurait décontenancé un homme de moindre envergure, mais celui-ci, surpris par l'attitude d'Amonked, ne laissa percer aucune émotion.

— Nos bâtons de commandement peuvent faire office de gourdins, ainsi que des bouts de bois trop courts pour servir de lances. Il est possible de fabriquer des armes à partir d'objets ordinaires ; par exemple, plusieurs âniers ont des pagnes de cuir, dans lesquels on taillera des lanières pour les frondes, et pour fixer les masses et autres armes de poing. Des lances peuvent être faites à partir d'étais, comme ceux qui soutiennent les tentes et le pavillon.

Nefret étouffa un cri, s'attirant un froncement de sourcils d'Amonked. Si cette perspective le contrariait, il n'en montra rien tandis que Neboua continuait à lui exposer ses plans.

— Le capitaine Minkheper propose d'apprendre aux

hommes à fabriquer ces armes rapidement et le mieux possible.

A nouveau, Amonked hocha la tête pour marquer son assentiment. Neboua se tut, indiquant qu'il avait terminé son rapport. L'inspecteur rompit le silence en posant la question qui était dans tous les cœurs :

— Si Hor-pen-Dechret nous tendait une embuscade avec une troupe nombreuse, pourrions-nous les repousser ?

— S'ils attaquaient demain la caravane en marche, j'en doute. Dans un ou deux jours, une fois mieux préparés, je crois que nous réussirions. Alors nous serions assez près d'Askout pour chercher de l'aide. C'est une petite garnison, mais quelques soldats bien armés et expérimentés feraient toute la différence.

— Et les gens de la région ? demanda Nefret, qui devint immédiatement le centre de l'attention générale. D'abord ils se montraient jour après jour, et maintenant ils ont disparu. Où sont-ils passés ? Rôdent-ils quelque part, tout près, afin de s'en prendre à nous, eux aussi ?

— Je doute que nous ayons à combattre sur deux fronts, la rassura Neboua. Quoique les gens d'ici appréhendent la mission d'inspection, ils haïssent Hor-pen-Dechret et ses bandits.

— Ils sont victimes d'individus de son espèce chaque fois que les maîtres de ce pays deviennent faibles ou négligents, souligna Bak afin que l'inspecteur en prenne bien conscience.

— Ils pourraient même décider de nous aider, quand Bak aura capturé l'assassin de Baket-Amon, remarqua Neboua.

— Et je le capturerai.

Ces paroles catégoriques lui avaient été soufflées, Bak en était sûr, par quelque dieu malicieux, récemment gratifié d'une belle offrande par le commandant Thouti, pour qui son succès allait de soi.

— Lieutenant Bak !

Un homme à la voix basse mais insistante le secoua par l'épaule.

— Réveille-toi, chef. Réveille-toi !

Bak roula sur le côté, s'assit et secoua la tête pour chasser le sommeil. La nuit était noire, et l'obscurité n'était guère atténuée par la lune mince, qui brillait au bas de la voûte céleste, et par de rares étoiles. Il distinguait à peine celui qui se penchait au-dessus de lui — un ânier.

— Que se passe-t-il ?

— Les bêtes sont nerveuses, chef. Sechou pense qu'il y a un intrus. Il m'a chargé de te prévenir.

Pestant tout bas, Bak se leva, trouva une lance et un bouclier. Il regarda Neboua et les archers qui dormaient comme des souches, emmitouflés dans du drap épais pour se prémunir contre le froid. Il songea à l'homme qui s'était glissé parmi eux pour dérober leurs sandales. On leur jouait peut-être un tour du même genre. Il décida que, s'il avait besoin d'aide, il serait toujours temps de les réveiller. L'ânier allant devant, ils traversèrent le campement. Ils enjambèrent des formes endormies, contournèrent des braseros où les cendres étaient froides depuis longtemps et se tracèrent un chemin hâtif dans l'obscurité. L'air de la nuit s'insinuait sous la tunique de Bak et le glaçait jusqu'aux os.

Il perçut bientôt l'agitation des ânes, qui s'ébrouaient et renâclaient avec inquiétude. Son guide le conduisit jusqu'à Sechou ; avec lui se trouvaient Pachenouro et deux âniers de garde — ils décourageaient l'approche de prédateurs, empêchaient les animaux de s'écarter et restaient sur le qui-vive, au cas où des pillards surviendraient. Ses yeux s'étant accoutumés à l'obscurité, il remarqua que seuls les hommes de garde étaient armés.

— Quelqu'un est entré, c'est sûr, marmonna Sechou.

— L'as-tu repéré ? demanda Bak.

— Non, il fait trop noir, dit un des âniers. On n'y voit rien.

— Êtes-vous bien sûrs que c'est un homme et non un chacal ? Ou peut-être des chiens ?

— La meute qui nous a suivis quelque temps n'effraierait pas les ânes.

— A mon avis, c'est un homme, chef, intervint Pachenouro. Probablement un des nomades qui nous épient.

— Si on ne veut pas qu'il s'enfuie dans le noir, nous aurons besoin de torches, dit Bak. Et, par Amon, apportez des armes et des boucliers !

Pachenouro et l'un des âniers s'empressèrent d'exécuter ses ordres. Pendant que Sechou et les autres restaient où ils étaient, Bak passa entre les bêtes, leur parla avec douceur et s'efforça de les calmer, souhaitant avec ferveur avoir un peu de lumière. Il ne comprenait pas le silence des chiens. Certes, ils n'étaient pas dressés à protéger la caravane mais, l'instinct aidant, ils auraient dû aboyer à la moindre provocation.

Il leva son bouclier pour se faufiler plus facilement entre deux ânes. Il entendit un bruit mat et sentit une légère vibration à travers la protection épaisse. L'âne à sa droite se mit à braire de frayeur. Le cœur de Bak bondit dans sa poitrine.

« Ma tunique blanche ! Une cible dans la nuit... »

Il se baissa et avança courbé, caché parmi les bêtes. Puis il retourna le bouclier et découvrit la flèche qui transperçait le cuir.

— A terre ! hurla-t-il. L'intrus est armé d'un arc !

— Lieutenant ! appela Pachenouro, une torche à la main.

Il distingua un sifflement. L'âne à côté de lui tomba à genoux, une flèche plantée dans le cou. Bak tenta de l'attraper par le licou pour le calmer, mais il rejetait la tête en arrière et ruait, fou de douleur, en poussant des braiments à fendre le cœur. Les animaux voisins, oubliant dans leur panique qu'ils étaient attachés, voulurent s'enfuir et leurs ruades frénétiques finirent d'affoler le reste du troupeau. Les chiens, si calmes auparavant, se mirent à aboyer.

— Calmez ces bêtes ! hurla Sechou.

— Mon lieutenant, tu n'as rien ? cria Pachenouro.

Bak détestait ce qu'il avait à faire. Il tira sa dague et trancha rapidement la gorge de l'âne blessé, lui imposant silence à jamais. Marchant toujours courbé, il s'empara du licou d'une femelle qui trépignait, menaçant d'écraser son petit, et la conduisit avec son ânon loin du cadavre. Il prit un autre animal et l'apaisa, puis un autre et un autre... Le temps que les âniers et lui restaurent le calme, le temps que Pachenouro le rejoigne avec sa torche, il savait déjà que le meurtrier était parti.

Neboua et les archers arrivèrent en courant, réveillés par le vacarme. Ils se mêlèrent au troupeau et cherchèrent l'intrus. Ensuite, Bak organisa une fouille minutieuse du campement. Il rassura ceux qui s'étaient réveillés, mais ne trouva personne qui ne fût des leurs. Le roquet jaune se recoucha parmi les vivres et l'équipement comme si rien de particulier n'était arrivé.

Neboua désigna des gardes supplémentaires pour patrouiller sur le périmètre du camp, puis lui, Bak et les autres retournèrent se coucher. La dernière pensée du lieutenant, avant de s'endormir, fut pour les chiens. Leur apathie, leur silence alors qu'un pillard du désert s'était insinué parmi les ânes.

Un nomade, un étranger venu de l'extérieur... Bak n'en était plus aussi sûr.

13

— Tu as raison, Bak. Les chiens auraient réagi à une présence étrangère. Quelqu'un, dans le groupe d'Amonked, se sent acculé.

Neboua frotta son menton bleui ; il n'avait pu se raser le soir précédent. La séance d'entraînement avait pris le pas sur la toilette. Bak regardait sombrement la longue file d'ânes qui reprenait la route du sud, la peur de la nuit oubliée.

— Pourquoi faut-il qu'Amon soit aussi capricieux ? Grâce à lui, j'ai levé mon bouclier au bon moment. Mais pourquoi a-t-il permis ensuite que l'âne soit touché, semant la panique dans tout le troupeau afin que l'intrus puisse s'enfuir ?

Neboua bâilla à s'en décocher la mâchoire et observa les nomades debout sur la crête d'une longue dune dorée. Les six hommes s'étaient rapprochés à l'aube et s'offraient à leur vue dans la claire lumière du matin.

— Aucun signe d'Hor-pen-Dechret. Mais je m'inquiète que ces sauvages se soient aventurés si près. Où en ont-ils trouvé le courage ?

Bak s'inquiétait tout autant. Il avait envie d'aller vers eux, d'exiger des réponses. Impossible, il le savait, car dès l'instant où il marcherait dans leur direction, ils disparaîtraient.

— Nous avons un besoin urgent d'informations, Neboua. Je répugne à quitter la caravane aujourd'hui, mais il le faut. En fin d'après-midi, quand la fraîcheur me permettra de couvrir cette distance rapidement, je partirai pour le village de Rona. Il sera certainement renseigné sur les intentions des nomades. Et, qui sait ? Je pourrais même le convaincre d'influencer son peuple en notre faveur.

— Tu n'iras pas seul, déclara Neboua d'un ton sans réplique.

— Je prends Pachenouro. Inutile de continuer à le faire passer pour un ânier, cela ne nous a avancés à rien, hormis à conquérir l'amitié de Paouah. Par ailleurs, il faut nous munir d'un cadeau précieux pour le vieux chef, mais qui ne risque pas d'attirer la convoitise des pillards.

— Ah oui ? Et quoi donc ? Nous n'avons rien apporté de Bouhen, à part nos armes.

— Peut-être Amonked pourra-t-il vivre sans un des nombreux bibelots qu'il a fait venir de Ouaset

— Et pourquoi pas Nefret ? Je parie qu'il se féliciterait d'en être débarrassé.

— Deux hommes seuls dans ce désert aride, où rôdent Amon seul sait quels prédateurs humains... L'idée même me consterne, dit Amonked d'un air grave.

— Si quelqu'un a vent de ce que complote Hor-pen-Dechret, c'est bien Rona, insista Bak.

— Ce misérable n'enfouit-il pas ses plans dans le secret de son cœur, pour que nul ne connaisse ses intentions ?

— Il le voudrait sans doute, mais le secret est impossible. En temps normal, les nouvelles voyagent plus vite le long du fleuve que la poussière par grand vent. C'est doublement vrai à présent, quand la vie des gens dépend de l'endroit où il se trouve et de ses projets.

Amonked posa la main sur la crinière en brosse de l'ânesse blanche près de laquelle ils cheminaient. Elle portait deux jarres d'eau et un grand panier contenant, sur un lit de paille, les deux ânons qu'elle avait eus pendant la nuit. A l'aube, Paouah avait découvert les minuscules nouveau-nés et avait obtenu d'Amonked le droit de s'occuper d'eux jusqu'à ce qu'ils soient assez vigoureux pour marcher près de leur mère.

Bak avait trouvé Amonked, l'enfant et les ânes loin derrière le groupe — et la plaintive Nefret. Horhotep restait à côté de sa chaise à porteurs, lui assurant, très probablement, qu'elle n'avait aucune raison de se tourmenter. Après que Bak se fut extasié comme il convenait devant les ânons, Paouah se remit à interroger Pachenouro sur les soins à prodiguer à ses protégés.

— Ne peux-tu attendre le matin ? demanda Amonked. Sechou dit qu'en maintenant une bonne allure aujourd'hui, nous camperons ce soir à faible distance du fleuve. Votre route serait beaucoup plus courte, et plus sûre.

— Lorsque nous partirons, nous serons à moins d'une heure de marche du prochain poste de surveillance et du fleuve.

Bak scruta l'étendue de sable, à l'ouest, qui semblait d'or cuivré sous les rayons du soleil, d'argent terni sous les longues ombres du matin.

— Sechou connaît plusieurs passages où les dunes sont hautes, reprit-il. Grâce à la diversion préparée par Neboua, nous devrions pouvoir quitter la caravane sans être remarqués.

— Tu es déterminé, je vois.

— Oui, inspecteur.

Amonked poussa un long soupir de lassitude.

— Fort bien, puisqu'il le faut. Que pourrions-nous offrir au vieux chef, à ton avis ? demanda-t-il en époussetant une trace de sable sur son pagne.

— Quelque chose qui n'attirera pas l'attention si nous sommes repérés par des hommes du désert ; il faut que, de loin, tout paraisse normal et naturel. Mais il faudrait aussi une chose qu'un vieillard fier et sans doute obstiné pourra contempler avec satisfaction, et qui impressionnera ceux qui voient en lui un meneur et un guide.

Amonked jeta un coup d'œil dubitatif sur l'ânesse,

comme s'il se demandait si elle et ses petits pourraient convenir, puis son regard tomba sur Paouah et il secoua la tête. Il gravit une pente douce, sur le côté, afin d'avoir une plus large perspective sur le train d'ânes, dont beaucoup transportaient ses effets et ceux de ses compagnons de Ouaset.

Bak, qui l'avait suivi, observa la caravane avec l'œil du soldat. Elle aurait éveillé la réprobation de n'importe quel général, mais, vu le peu de ressources dont ils disposaient au départ, il en fut satisfait. Neboua avait déployé les archers tout le long de la colonne, près des animaux. Les gardes, moins entraînés et donc moins indispensables, étaient répartis en seconde ligne. Grâce à des efforts sans borne jusque tard dans la nuit, Minkheper et ses assistants avaient non seulement fabriqué au moins une arme de poing pour chaque garde, mais suffisamment de lances pour équiper les âniers, en en ayant encore quelques-unes de reste. Une seule tente subsistait, conservée pour Nefret, et le pavillon serait le prochain à disparaître. Dire que la jeune femme était contrariée était en deçà de la vérité. C'est pourquoi Amonked la fuyait.

Bak était frappé par l'ironie du sort. Une attaque des pillards convaincrait l'inspecteur que l'armée devait rester dans le Ventre de Pierres. Cependant, s'ils étaient assaillis par une véritable horde, l'homme et sa mission connaîtraient une fin brutale, malgré les efforts de Neboua.

— Ceci le satisfera à coup sûr, dit Amonked, qui ôta un anneau de son majeur gauche pour le tendre à Bak. Ma cousine me l'a offert lors de son accession au trône. J'y tiens beaucoup, mais moins qu'à ma vie et à celles de tous ceux qui voyagent dans cette caravane.

Le large anneau d'or massif était lourd dans la paume de Bak. Son chaton en forme de scarabée pouvait servir de sceau. Un objet d'une valeur considérable.

— Es-tu bien sûr de vouloir t'en séparer, inspecteur ?

— Oui. Qu'il sache lire ou non, le chef reconnaîtra le

symbole de protection qui entoure le nom royal et sera dûment impressionné.

Bak regarda l'inscription de plus près : « Maakarê Hatchepsout », après quoi venaient les symboles de la vie, de la santé et de la prospérité. La beauté du scarabée, l'art avec lequel il était ciselé rendaient cette bague digne des personnages les plus illustres. Il était sidéré. La reine verrait d'un mauvais œil que son cousin ait donné ce somptueux présent au vieux chef d'un pauvre village de la frontière.

Se pouvait-il qu'il se trompe au sujet d'Amonked ? Cet homme au physique anodin, que tous croyaient l'instrument de sa puissante cousine, se révélait d'une intelligence et d'une pénétration inattendues. Il s'était préparé avec minutie en vue de sa tâche à Ouaouat, en compulsant de nombreux documents. Il ne sautait jamais aux conclusions lorsqu'il inspectait les forteresses. Certes, il était impressionné par les richesses que recelaient les entrepôts, mais cela ne signifiait pas pour autant qu'il méprisait ceux qui les gardaient en lieu sûr. Sans formuler ni critique ni louange, il semblait mesurer les limites d'Horhotep et approuver les efforts de Neboua pour que tous soient prêts en cas d'attaque. Et maintenant, il se séparait de cet anneau...

L'inspecteur était peut-être simplement un homme de valeur, que Bak apprendrait à apprécier, voire à respecter. Pour la première fois, il se surprit à espérer qu'Amonked fût innocent du meurtre pour une raison autre que sa parenté avec Hatchepsout.

Bak leva les yeux vers Nefret, assise sur un épais coussin dans la chaise à porteurs, son visage et son corps voluptueux abrités par un dais. Faute de pouvoir se baigner, elle avait mis un parfum aux effluves trop sucrés et entêtants.

— Je m'étonne de te trouver seule, dame Nefret. Ton admirateur le plus fervent te néglige.

Il avait vu Thaneni marcher auprès d'Amonked. L'absence du scribe lui offrait une occasion idéale pour mieux sonder la vie intime de la jeune femme — et de l'inspecteur. Si elle était la clef du mystère, elle pouvait, en toute ingénuité, conduire au meurtrier.

— Horhotep ? pouffa-t-elle. Il craint d'avoir perdu la confiance d'Amonked et il espère que, par mon intermédiaire, il pourra rentrer dans ses bonnes grâces. Il ne se rend pas compte que j'ai moi aussi perdu sa faveur, ajouta-t-elle d'un air désabusé.

« Pauvre Thaneni ! songea Bak. Il pourrait aussi bien être invisible, en ce qui la concerne. »

— Amonked ne t'a-t-il pas répété qu'il est las de tes plaintes incessantes ? Pourquoi ne te résignes-tu pas à ce voyage, en t'en accommodant de ton mieux ?

Les porteurs échangèrent un regard surpris, peu habitués à entendre tant de franchise d'un autre qu'Amonked. Nefret lissa les plis de sa robe et répondit avec embarras :

— J'avais cru que ce voyage... Eh bien, que nous serions davantage ensemble. Depuis le jour où il m'a fait entrer dans sa maison, il... Il passe rarement du temps avec moi. Seulement la nuit. Et alors, nous ne parlons pas beaucoup.

— Je vois, répondit évasivement Bak, empruntant à l'inspecteur son expression favorite.

Les porteurs réprimèrent un fou rire.

Bak comprenait. Amonked avait entraîné cette jeune beauté dans un voyage épuisant sans vraiment la connaître. Depuis combien d'années vivait-elle chez lui ? Quatre ? Cinq ? Peut-être plus. C'était une chose de goûter les plaisirs des sens et de quitter la chambre à l'aurore, mais une tout autre de partager chaque heure du jour et de la nuit en plein désert, dans un confort médiocre, quand planait la menace d'une attaque.

— Ouaset me manque ! Comme il me tarde d'y retourner ! Dormir dans une maison, sans insectes ni reptiles à redouter. Me baigner chaque matin dans un bassin calme. Passer mes jours à l'ombre d'un sycomore, à respirer le doux parfum des fleurs. Être servie par des domestiques qui accourent pour exécuter le moindre de mes ordres. Papoter avec Sithathor, l'épouse d'Amonked, sa sœur et sa mère.

— Et pendant que tu savoures les plaisirs de l'existence, lui, que fait-il ? demanda Bak, la remerciant en silence de lui ouvrir la porte sur leur intimité.

— Quand il est là, tu veux dire ? Il fait ce que font généralement les nobles : il nage, joue à des jeux de société, reçoit des invités. Mais surtout, précisa-t-elle, le nez plissé, comme si une telle besogne était de mauvais goût, il s'occupe des comptes de la maison et gère son domaine, ainsi que celui de Sithathor. Elle m'a dit que, grâce à lui, les revenus de ses terres ont triplé depuis qu'elle l'a épousé.

Bak ne put cacher sa surprise. Peu d'hommes étaient capables d'une telle réussite. Il avait appris à ne pas se fier aux apparences, mais, influencé par l'aspect quelconque d'Amonked et les vieux souvenirs de Noferi, il avait cru avoir affaire à un personnage falot. Il s'était mépris.

— En tant qu'intendant d'Amon, il lui arrive sans doute de travailler au service du dieu.

Elle leva des yeux exaspérés vers le ciel.

— Il passe des heures dans les entrepôts à consulter des rapports, vérifier des quantités, exécuter d'innombrables corvées dont il pourrait se décharger sur des subalternes. Quand il rentre, il a sur lui une odeur de papyrus poussiéreux, et quelquefois d'oignon, de grenier ou d'enclos.

Bak avait pris la fonction d'intendant pour une sinécure et croyait ce titre de pure forme. Une erreur de plus, semblait-il.

— Puisqu'il est le favori de notre souveraine, elle doit souvent le convoquer à la maison royale.

— Plus tant que ça, répondit Nefret, pensive. Je ne sais pourquoi. Sans doute parce qu'il est très absorbé par toutes ses tâches.

— Qui consistent, entre autres, à offrir des distractions masculines aux nobles amis de la cour, telles les parties de chasse et de pêche dont tu me parlais la dernière fois.

— Et aussi des courses de char, des spectacles de lutte, des jeux d'adresse et de hasard, énuméra-t-elle en chassant une mouche. Des activités qui plaisent à tous les hommes, paraît-il. Ou, du moins, à la plupart.

Bak lui posa en vain d'autres questions à ce sujet. Elle ne connaissait rien à ces occupations viriles et ne s'y intéressait pas. Sa vie était centrée tout entière sur le foyer.

— J'ai l'impression que tu t'entends bien avec l'épouse d'Amonked.

— Sithathor est merveilleuse ! acquiesça Nefret avec un sourire radieux. Elle est gentille et douce, et n'éprouve pas de jalousie à mon égard comme certaines épouses envers les concubines. Mais son grand regret est que je n'aie pu donner à Amonked les enfants qu'il désire.

— N'est-elle pas stérile ?

— C'est pourquoi il m'a prise dans sa maison. Je les ai déçus tous les deux.

Elle contempla ses mains et se mordit la lèvre.

Le père de Bak, en médecin qu'il était, aurait suggéré que, les deux femmes étant sans enfants, la faute en incombait probablement à Amonked. Mais aucun homme n'aimait à se considérer comme imparfait ; mieux valait ne pas lancer cette idée.

— Sithathor n'est pas belle et jeune comme moi, reprit Nefret, mais elle possède un charme auquel nul ne peut résister. Elle est aussi d'excellente famille. Tu sais qu'elle est la sœur de Sennefer ?

La concubine s'interrompit le temps qu'il le confirme d'un signe de tête.

— Elle parle à notre souveraine et côtoie la noblesse. Elle donne des réceptions somptueuses. Elle...

La jeune fille s'interrompit et remarqua avec un petit rire :

— Tu as compris, je crois, que je l'adore.

Un bref coup d'œil vers le soleil apprit à Bak qu'il était temps de conclure cette conversation. Pachenouro l'attendait.

— Amonked a admis qu'il s'était disputé avec Baket-Amon à cause de toi.

Nefret baissa la tête et se remit à lisser sa robe sur sa cuisse.

— Sithathor était fâchée contre moi et lui, j'ai bien vu qu'il avait honte de s'être querellé. Baket-Amon avait un double visage : il était charmant et séduisant, mais il ne pouvait tolérer aucun refus. Il me voulait, seulement, je ne voulais pas de lui, affirma-t-elle en redressant le menton d'un air de défi. J'avais juré de mourir plutôt que de partir avec lui, et Amonked savait que je disais la vérité.

Bak ne croyait pas un instant qu'elle se serait suicidée. Elle s'aimait trop pour cela.

— Aurais-tu tué le prince plutôt que de partager sa couche ?

— Non. Moi seule.

— C'est derrière cette formation que vous devez passer, indiqua Sechou en leur montrant une colline noire au sommet plat et aux versants abrupts, à faible distance. La dune qui la prolonge descend jusqu'au fleuve. A moins d'être postés derrière, les bandits ne s'apercevront jamais de votre départ.

Les premiers ânes, ainsi que le groupe d'Amonked, longeaient déjà la base de la formation. Bak et Pachenouro, armés de longues lances et de boucliers, se trouvaient à une cinquantaine de pas derrière, quand un cri perça le silence. Tout le monde se retourna vers l'arrière de la caravane, où un ânier et un garde échangeaient des coups de poing en s'insultant vertement. Les hommes abandonnèrent leur position et coururent voir la rixe. Quelques ânes continuèrent à avancer, d'autres s'arrêtèrent net, ajoutant au désordre.

— Qu'Amon soit avec vous, murmura Sechou, puis il se hâta d'aller rétablir l'ordre.

Neboua passa rapidement à côté d'eux et leur adressa un clin d'œil discret.

Bak et Pachenouro, suivis par deux des chiens errants, un moucheté et un gris, s'éloignèrent de la caravane. Bientôt, celle-ci fut cachée par la colline et par la haute dune, apparemment sans fin, qui s'était formée contre sa pente.

La marche à travers le désert se déroula sans incident, ce qui permit aux deux compagnons d'atteindre le fleuve bien avant la nuit. Un cultivateur sarclant son champ de melons leur indiqua le hameau du chef Rona. La longue plaine alluviale était le lieu le plus fertile entre Bouhen et Semneh. Son sol noir et lourd était découpé par des champs et parsemé de palmeraies. Sur la partie de l'oasis que les crues atteignaient plus rarement, une large bande de terre irrégulière offrait assez de végétation naturelle pour servir de pâturage. La richesse et la population plus dense de cette région expliquaient en grande part l'influence du vieillard.

Tandis que Rê glissait vers l'horizon flamboyant, Bak et le Medjai traversèrent une série de champs où poussaient des légumes, des plantes fourragères et des céréales prêtes à moissonner. Puis ils gravirent une petite falaise qui menait au village de Rona : une vingtaine de maisons en pierres sèches et en briques crues, nichées parmi un groupe d'acacias épineux. Une épaisse couche de sable envahissait les collines environnantes. Pour empêcher le désert d'avancer sur les terres, on avait bâti un mur sinueux, bien petit et fragile comparé à l'énorme péril qui menaçait les habitations.

Les chiens du village flairèrent des intrus et commencèrent à aboyer, faisant sortir hommes, femmes et enfants de toutes les maisons. Ils restèrent silencieux, le visage fermé et le regard méfiant, à la vue des étrangers armés.

— Je suis le lieutenant Bak, chef de la police medjai de Bouhen. Je dois m'entretenir avec Rona, votre chef.

L'anneau d'Amonked pesait lourd à son cou, au bout d'une lanière de cuir. Une marque de respect, non une monnaie d'échange.

Un vieil homme voûté, marchant à l'aide d'un long bâton, s'avança en boitillant.

— Je suis celui que tu cherches.

Il s'arrêta devant un banc qui dominait les champs et s'assit avec une raideur trahissant des articulations usées. Il fit signe à Bak de s'asseoir à ses pieds. Celui-ci préférait rester debout, sachant que la hauteur lui conférait un avantage, mais la prudence imposait de satisfaire le vieil homme. Il s'assit en tailleur, sa lance et son bouclier près de lui, tandis que Pachenouro s'agenouillait un peu en arrière, après quoi il entama le rituel en s'enquérant de la santé de Rona. Suivant l'usage consacré, ils discutèrent de la crue passée, de la promesse de récoltes abondantes et de l'inondation qui submergerait bientôt les champs assoiffés. Les villageois partirent par petits groupes, pour réapparaître sur les toits où ils préparaient le repas du soir tout en les regardant et, s'ils étaient assez près, en les écoutant.

Les civilités étant terminées, Bak déclara :

— Je parle au nom du capitaine Neboua, qui lui-même parle au nom du commandant Thouti, de Bouhen.

L'expression du vieux se durcit.

— N'essaie pas de me tromper, jeune homme. Tu parles au nom d'Amonked, inspecteur des forteresses de Ouaouat, nouvellement arrivé du pays de Kemet.

— Non.

Bak pensa à l'anneau sur sa poitrine, qui faisait un mensonge de ce déni.

— Ou si, peut-être, mais pas parce que c'est mon choix. Si j'avais pu en décider, il n'aurait pas été plus loin que Ma'am, où le vice-roi l'aurait convaincu que sa mission n'avait aucun sens.

Rona scruta longuement l'homme assis devant lui.

— Je connais ton nom, lieutenant Bak. Depuis ton arrivée dans le Ventre de Pierres, tu as prouvé que tu es l'ami de mon peuple. Un homme d'honneur.

— Le commandant Ouaser m'a vanté ta grande sagesse et ton influence.

Le vieillard ignora le compliment, et l'allusion implicite qu'il avait le pouvoir de les aider, pour peu qu'il le désire.

— Parle-moi de cet Amonked. Comprendra-t-il que nous avons besoin de l'armée ? Ou retournera-t-il à votre capitale et à votre reine porteur d'un message de destruction ?

— Je l'ignore. Au début, je pensais qu'il lui dirait ce qu'elle souhaite entendre, sans se soucier des conséquences. Maintenant que je le connais un peu, je sais qu'il recommandera ce qu'il croit sincèrement être la meilleure solution.

Voyant l'espoir naître sur le vieux visage, il leva la main pour nuancer ses propos.

— La meilleure à ses yeux peut différer de l'idée que, toi et moi, nous en avons.

Lentement, le vieillard hocha la tête.

— J'apprécie ta franchise. Maintenant, qu'attends-tu de moi ?

Bak voulut caresser le chien moucheté, qui s'était avancé petit à petit pour s'asseoir près de lui, mais l'animal évita sa main.

— Tu sais qu'Hor-pen-Dechret est revenu.

— Un cauchemar devenu réalité.

— Ses hommes épient la caravane. Nous croyons qu'il veut les riches objets qu'Amonked a apportés dans le Sud, ainsi que nos armes et nos nombreux ânes. Il ne s'intéresse pas encore aux terres et aux villages disséminés le long du fleuve.

— Cela viendra, dit Rona qui se pencha en avant, le poids de son corps soutenu par son bâton. Si l'armée quitte le Ventre de Pierres, il prendra ce qui lui plaît et dévastera le reste. Il détruira tout ce que nous avons bâti en son absence.

Bak refusa de se laisser entraîner une seconde fois sur ce chemin.

— Hor-pen-Dechret s'est montré, il y a deux jours, et a laissé derrière lui six hommes pour nous surveiller. Nous sommes certains qu'il projette d'attaquer, mais nous ne savons pas quand, où, ni combien de guerriers il lancera contre nous.

— Tu es un militaire, lieutenant, de même que le capitaine Neboua. Pourquoi n'avez-vous pas envoyé d'espions ?

Bak avait très envie de se lever et de dominer le vieux de toute sa taille. Au lieu de cela, il expliqua posément :

— Nous avons vu des hommes partir dans le désert pour ne jamais revenir, et nous ne voulons pas perdre les quelques soldats expérimentés sur lesquels nous pouvons compter. De plus, ajouta-t-il avec un sourire désarmant, le commandant Ouaser nous a assuré qu'il ne se passe rien entre Iken et Askout sans que tu le saches.

— On dit que tu as commencé à entraîner des hommes qui, lorsqu'ils sont partis de Kor, ne connaissaient rien au combat.

Le sourire de Bak s'élargit.

— Tu es assurément très bien informé.

L'ombre d'un sourire passa sur les traits de Rona. Il se pencha en arrière, regarda un toit tout proche d'où leur parvenait une odeur d'oignons, et leva la main en un signal que Bak ne sut interpréter.

— Tu partageras mon repas du soir, avec ton Medjai.

Sans ajouter un mot, il fixa le lointain, par-delà l'oasis. Juste au moment où Bak craignait que la vieillesse ne l'ait privé de sa faculté de penser, il exprima son inquiétude :

— Hor-pen-Dechret massacrera tous les habitants de ce village s'il apprend que je t'ai aidé. Et il l'apprendra, sois-en sûr.

— Si nous le tuons ou si nous l'envoyons en captivité à Kemet, il ne pourra plus massacrer personne.

Ni Bak ni Rona n'avaient besoin d'évoquer la mort et la destruction qui s'abattraient tout le long de la frontière si la caravane tombait aux mains des pillards. Car, alors, Hor-pen-Dechret se croirait invincible.

— Il est en train de former une coalition entre les tribus du désert, dit Rona.

« Une coalition ? pensa Bak. Pourvu que la réalité ne soit pas aussi sombre que ce mot ne le laisse présager... »

— Pendant que les femmes, les enfants, les vieillards et les infirmes restent derrière pour s'occuper des troupeaux, les combattants se rassemblent dans le désert au sud d'Askout, près de l'ancienne place forte de Chalfak, qui, comme tu le sais, est désormais inoccupée. Lorsqu'il estimera qu'il a réuni un groupe assez puissant, il attaquera ta caravane.

Rona leva la main pour refréner les nombreuses questions que Bak s'apprêtait à lui poser.

— Il prévoyait d'abord de frapper aujourd'hui, loin du fleuve. Il croyait que les hommes qui voyagent avec toi étaient peu armés et incapables de résister. Quand il a appris qu'on les entraînait et que vous vous étiez dotés de nouvelles armes, il a décidé de retarder l'attaque jusqu'à ce qu'il dispose de troupes supplémentaires.

Bak ressentit une ironie amère. Neboua et lui avaient sous-estimé le sens tactique du chef tribal.

— Combien d'hommes a-t-il rassemblés ?

— Aux dernières nouvelles, près de cent soixante. D'autres arrivent chaque jour.

Bak s'efforça de ne pas montrer combien il était ébranlé. Une fois et demie autant qu'en comptait la caravane, et d'autres encore en chemin !

— Il serait bon pour vous, comme pour tous ceux qui habitent le long du fleuve, que tes jeunes hommes viennent à notre aide.

— Nous ne ferons rien jusqu'à ce que la mort du prince Baket-Amon soit vengée, déclara Rona, sa voix ferme indiquant une décision irrévocable. Tu dois trouver son meurtrier et veiller à ce qu'il soit châtié.

— Parles-tu en ton nom, ou cet ordre inflexible vient-il d'ailleurs ? De Ma'am, j'en jurerais.

Rona inclina la tête pour le confirmer.

— Je parle au nom de la mère de son premier-né.

« C'est ce que nous supposions, pensa Bak. Bien en sécurité dans sa lointaine forteresse, l'épouse endeuillée cherche à assouvir sa soif de vengeance, au risque de détruire le peuple qui, un jour, pourrait considérer son fils comme son chef. »

— Ton peuple, bien qu'il soit loin d'être faible, souffre toujours des pillards du désert. N'éprouve-t-elle aucune pitié envers lui ?

Rona, les lèvres closes, refusa de prendre parti. Bak se leva, la mine grave.

— Je mettrai la main sur l'assassin de Baket-Amon... si je survis à l'attaque d'Hor-pen-Dechret.

Le vieillard agrippa son bâton pour se lever lui aussi.

— Vous passerez la nuit ici. Je ne permettrai pas que vous soyez victimes de ces maudits pillards avant même le début de la bataille, dit-il avec un sourire triste.

Bak ôta la lanière de cuir qui entourait son cou, défit le nœud et présenta l'anneau.

— Quand j'ai exprimé à Amonked mon désir de t'offrir un présent, il m'a remis ce symbole de son estime.

Rona examina l'anneau et, un moment, Bak craignit qu'il n'oublie de respirer.

— Dans toutes les années de ma longue vie, je n'ai rien vu d'aussi magnifique. Espère-t-il, par cette bague, me rendre redevable envers lui ? M'obliger à dire à mon peuple de se battre pour vous, puis de se résigner quand l'armée s'en ira ?

— Cette bague est une marque de sa considération, voilà tout. Il espérait que tu lui montrerais le même respect, or c'est ce que tu as fait. Tu nous as avertis de la multitude que nous aurions à affronter et tu nous as appris où elle se trouve. Pour ma part, j'aurais souhaité davantage, mais il semble que Dedoun ait conspiré contre moi.

« Dedoun, et l'épouse principale de Baket-Amon. »

14

Bak et Pachenouro quittèrent le village aux premières lueurs du jour et se dirigèrent rapidement vers le poste de garde le plus proche, où deux édifices rudimentaires, en briques crues, abritaient une demi-douzaine de soldats. Ils pensaient observer d'en haut l'approche de la caravane, mais cela ne s'avéra pas nécessaire. A moins de trois cents pas, hommes et bêtes se préparaient au départ, le camp déjà levé. Sechou les avait fait avancer jusqu'à la tombée de la nuit, sans aucune halte, et ils étaient arrivés près du fleuve bienfaisant.

Les deux policiers montèrent d'abord au poste, où les hommes de faction se perdaient en conjectures sur les nomades qui les observaient de loin. Le sergent de service fut consterné à la nouvelle du grand rassemblement qui s'opérait près de Chalfak. Il prit le miroir poli qu'il utilisait pour transmettre les messages vers le nord et le sud et, suivant les indications de Bak, adressa un avertissement à Askout.

Quand le groupe d'inspection eut gravi le tertre, Bak attira Amonked et Neboua à l'écart pour leur exposer la situation.

— Ainsi, il ne faut pas compter sur la population locale, conclut Amonked.

— Non, à moins que Bak n'arrête le meurtrier, ajouta Neboua. Rien de surprenant à ça ! Et même s'ils promettaient de nous aider, je n'y croirais pas avant de les voir en chair et en os. Rona peut toujours recommander ce qu'il veut ; si les gens pensent qu'il vaudrait mieux pour eux que tu sois mort, ils se boucheront les oreilles et feront ce qui les arrange.

C'était une évidence. Non sans agacement, Amonked demanda à Bak :

— As-tu une idée de l'identité du tueur ?

— Aucune.

Encore une vérité difficile à admettre, et dont il ne pouvait se vanter. Le ton d'Amonked devint plus cassant.

— Alors, ce misérable pourrait aussi bien se terrer à Bouhen.

— Tout mon instinct me dit que tu l'as amené de Ouaset et qu'il voyage avec nous à présent.

— Je préférerais, lieutenant, que tu te fondes sur la raison et non sur l'instinct.

— Ma vie a été menacée par deux fois. La première à Iken, où un homme m'a frappé dans le noir avec une dague, dit Bak en écartant l'encolure de sa tunique afin de montrer la plaie où une croûte s'était formée. Puis, à nouveau, la nuit où la nervosité des bêtes a éveillé les soupçons, et où deux flèches m'ont manqué de peu. J'aimerais croire que ces attaques se sont produites parce que je me trouvais au mauvais endroit au mauvais moment. Cependant, mon instinct me dit que deux agressions en deux jours ne relèvent pas d'une coïncidence. Hor-pen-Dechret ne me connaît pas et n'aurait aucune raison de souhaiter ma mort. Ces tentatives sont donc le fait de l'assassin, qui craint d'être découvert.

— J'étais loin de m'en douter. Pourquoi ne m'en astu pas avisé plus tôt ?

Une troisième vérité devait être dite.

— Parce que tu es le suspect le plus plausible.

— Je vois.

L'inspecteur le fixa, les traits aussi vides d'expression qu'un buste sculpté de son auguste cousine.

— Tu désires, je suppose, que je parle à mes compagnons de voyage afin que l'un d'entre eux se dénonce.

Bak crut sentir une pointe d'ironie.

— Je me contenterai du vrai coupable, inspecteur.

— Te faudra-t-il autre chose, lieutenant ?

Bak réprima un sourire. Cette fois, il en était sûr : Amonked plaisantait.

— Le convoi devrait atteindre Askout à la mi-journée. Au lieu de le laisser poursuivre la route pendant que tu procèdes à ton inspection, comme jusqu'à présent, je te suggère d'installer le campement à proximité. Les ânes se reposeraient et cela nous laisserait plus de temps pour nous préparer à la bataille. Les nomades ne sont guère qu'à un demi-jour de marche au sud d'Askout. Ne tentons pas Seth en continuant.

La caravane quitta la piste pour descendre le lit d'un cours d'eau asséché vers la vallée. Avançant en éclaireurs, Bak, Sechou et Neboua choisirent l'emplacement du camp, sur une petite hauteur herbue qui surplombait une mosaïque de champs. Au-delà, le fleuve s'écoulait en larges canaux paisibles autour de plusieurs grandes îles.

La forteresse d'Askout couronnait le sommet de l'île la plus à l'est. Plus petite que Bouhen, elle était de forme triangulaire pour mieux épouser les contours du terrain, une longue et étroite éminence de roc et de sable, parsemée d'arbres et de potagers. Les murailles à tourelles, d'un blanc moucheté, pouvaient avoir subi une multitude de réparations ou nécessiter une nouvelle couche de plâtre.

Cette petite garnison — une compagnie de cent soldats, plus les officiers et l'intendance — évoquait une longue période de paix, un relâchement de la vigilance, l'idée que le métier des armes ne s'étendait plus qu'à de rares expéditions punitives.

Bak tourna le dos au fleuve pour contempler le campement, où attendait Sechou. Les premiers ânes venaient à peine de sortir de l'oued, les oreilles dressées ; le clip-clop de leurs sabots s'accéléra à la vue et à l'odeur de verdure bien fraîche.

— J'offrirais une douzaine d'oies grasses à Amon pour affronter Hor-pen-Dechret sur-le-champ, déclara Neboua en parcourant des yeux le camp et le terrain environnant. Si seulement on pouvait trouver un moyen d'attirer ces vautours hors du désert !

Bak contemplait d'un air songeur l'embouchure de l'oued.

— Cette piste, dans ce lit asséché, me laisse entrevoir une possibilité presque trop belle pour être vraie.

— Tu veux parler d'une embuscade ?

— Je ne vois pas de meilleure solution pour rétablir l'équilibre des chances en notre faveur. D'après Rona, nous sommes déjà inférieurs en nombre, et chaque jour Hor-pen-Dechret rallie de nouveaux partisans. Même en comptant les renforts d'Askout, nous ne faisons pas le poids.

— Pour former une aussi vaste coalition, ce serpent a dû promettre d'immenses richesses à tous les chefs à dix jours de marche à la ronde. Je m'étonne néanmoins de leur réaction. D'ordinaire, ils sont plus indépendants, moins pressés de partager un butin durement gagné.

— Si nous pouvions jouer de leur rêve...

Bak éparpilla les graines d'une fleur sauvage, ses pensées filant à toute allure.

— Je n'ai pas encore tout fixé en détail, mais si nous pouvions les convaincre que, depuis le début, nous transportons de fabuleux trésors, qui partiront d'ici un jour ou deux...

Le regard de Bak tomba sur le premier des ânes chargés des biens d'Amonked. Il se rappela à quel point il s'était trompé en prenant l'inspecteur pour un riche personnage. Une erreur courante, en effet.

— Si nous poussions Hor-pen-Dechret à croire qu'Amonked, craignant pour sa vie, projette de voyager d'Askout à Semneh par le fleuve, sur un navire où nul ne pourra mettre la main sur ces trésors, je parie que nous attirerions ce bandit là où nous le voulons.

— Oui ! acquiesça Neboua avec un mince sourire. Dans des circonstances ordinaires, il ne nous attaquerait jamais tout près d'une garnison, sur un terrain où nous bénéficions d'un avantage stratégique. Mais, appâté par des richesses qu'il risque de perdre faute d'agir, il tentera le tout pour le tout. Comment le lui faire croire sans qu'il se doute de rien ?

— Pachenouro retournera chez Rona. La population ne nous aidera pas ouvertement, de peur de désobéir à la veuve de Baket-Amon ; en revanche, répandre une rumeur ne devrait pas soulever d'objection.

— Bien ! Très bien ! Je n'ai pas vu de navire amarré à Askout, remarqua Neboua. Nous n'aurons même pas à inventer de raison pour justifier qu'Amonked reste encore avec nous.

— Lorsque tu iras sur l'île avec le groupe, pour demander des hommes et des armes au lieutenant Ahmosé, qui commande la garnison, réclame également l'assistance du soldat chargé des transmissions. Tu enverras alors un message à Semneh afin qu'un vaisseau appareille pour le nord. Quand Hor-pen-Dechret l'apprendra, il sera conforté dans la conviction que la rumeur est fondée.

— Tu ne viens pas avec nous ?

— Je dois traquer un meurtrier, lui rappela Bak avec un sourire forcé. Quoi qu'il en soit, tu es plus gradé que moi et tu as toute l'autorité requise pour obtenir ce qu'il nous faut. Pendant que tu subjugues Ahmosé par ton importance, aie une pensée pour moi, qui quémande à genoux des informations.

— Tu as posé toutes les questions possibles et imaginables. Quelle nouvelle pierre espères-tu retourner ?

Le rire de Bak fut bref et désenchanté.

— Une pierre, Neboua ? Je serais heureux de me cogner l'orteil contre un caillou.

Neboua, Amonked et Horhotep grimpèrent dans la barque que le capitaine avait réquisitionnée pour le court trajet jusqu'à Askout. Tous les autres restèrent derrière afin de se préparer au combat. Bak détestait voir Neboua partir seul avec les deux fonctionnaires de Ouaset, mais Amonked avait sûrement fini par comprendre qu'Horhotep le harcelait par pure malveillance.

Bak tourna les talons et pénétra dans le campement rectangulaire aménagé par Neboua au milieu d'une haie de boucliers, que d'autres, empruntés à Askout, viendraient bientôt compléter. Les bêtes, libérées de leur charge, étaient conduites jusqu'au fleuve par groupes de vingt afin de se baigner et de s'abreuver. Les âniers organisaient les paquets, les paniers et les jarres de sorte à pouvoir recharger rapidement, mais en outre, toutes ces piles disposées de manière stratégique créeraient des obstacles en cas d'attaque. Les archers et les gardes formaient des îlots d'activité autour des feux de camp. Les sentinelles avaient pris leur poste. Deux hommes s'étaient dissimulés à mi-hauteur de l'oued et surveillaient les nomades qui épiaient la caravane. On distribuait des vivres et de la bière. L'odeur de levure du pain en train de cuire embaumait dans tout le campement. On aurait dit une fourmilière, où d'innombrables petites tâches étaient bien vite exécutées. Chacun avait hâte de reprendre l'entraînement et la fabrication des armes. Seuls Nefret, sa servante et le chien d'Amonked ne pouvaient se rendre utiles en rien.

Après un repas très tardif de pain et de poisson séché, Bak traversa, sa cruche de bière à la main, un camp en effervescence. Il trouva Sennefer assis sur un tabouret bas, près de la tente que Thaneni avait laissée à Nefret quand le pavillon avait été démantelé. Le noble taillait des lames effilées dans du silex. Nefret, debout à côté de lui, paraissait exaspérée. Probablement parce qu'il continuait à frapper la pierre à petits coups secs pendant qu'elle parlait.

— Ils m'ont privée du pavillon et du peu d'intimité

qui me restait. Je suppose que bientôt ils réclameront les piquets de ma tente !

Voyant Bak approcher, elle redressa le menton avec colère et partit d'un air digne, Mesoutou sur les talons. Sennefer interrompit sa besogne pour contempler sa silhouette qui s'éloignait. Le lévrier d'Amonked, attaché afin qu'il n'aille pas courir avec les chiens sauvages, posa le museau sur son genou et leva vers lui ses grands yeux sombres, avides d'affection.

— Nefret est une belle femme, remarqua Bak en approchant un autre tabouret pour s'asseoir près de lui.

— Oui, elle est belle.

Sennefer détacha son regard de la concubine et se reprit si vite que Bak entrevit à peine la tristesse de ses traits.

— Elle aurait besoin d'une bonne fessée — ou d'une demi-douzaine d'enfants. Ou peut-être des deux. Malheureusement, son père l'a trop gâtée et Amonked ne ferait pas de mal à une mouche. Et elle n'est pas féconde.

Bak brisa le bouchon de la cruche et but une rasade du breuvage épais, au goût amer.

— Elle t'aime, tu sais.

Il détestait trahir un secret, mais le désespoir le poussait à cette extrémité.

— Moi aussi.

Bak fut stupéfié, moins par la nature de cette révélation que par l'aveu lui-même. Avec un sourire désabusé, le noble se remit à tailler le silex, faisant voler un éclat.

— C'est vrai : je l'aime depuis des années. Bien sûr, elle ne le sait pas et elle ne le saura jamais. Mon père me pressait d'épouser une femme de sang royal, et il m'a fallu du temps pour décider que c'était Nefret que je voulais.

Un coup sec, et un autre éclat vola dans les airs.

— Mais alors, il était trop tard. Amonked l'avait prise pour concubine avec le consentement de ma sœur.

Le chien s'écarta de lui et, la queue entre les jambes, vint vers Bak. En gémissant tout bas, il poussa sa main du bout du nez. Le policier lui gratta la tête.

— Savais-tu que Baket-Amon avait tenté de l'acheter ?

— Je suis l'une des rares personnes au monde à qui mon beau-frère se confie. Comme il ignore mes sentiments à l'égard de Nefret, il me parle librement de leurs rapports. Souvent à mon grand regret.

Bak éprouva de la compassion pour lui. Une telle situation était intenable.

— As-tu ressenti de l'animosité envers le prince ?

— Pourquoi ? Il avait essuyé une rebuffade. S'il s'était obstiné...

Sennefer frappa trop fort et tailla de travers.

— Cela aurait été différent. Mais il n'a pas insisté. Il n'en avait pas besoin. Il lui suffisait de faire un signe pour être entouré d'une nuée de jeunes femmes plus belles les unes que les autres.

— Comme lorsque tu ouvrais ton domaine à Amonked et aux autres favoris de la reine, pour des parties de chasse ?

— Le prince y faisait preuve de retenue, dit Sennefer avec un bref sourire. Il craignait d'empiéter sur le territoire d'un autre, or il était trop intelligent pour s'attirer l'inimitié d'un haut fonctionnaire, d'un noble ou d'un grand militaire.

— Se montrait-il aussi prudent lorsqu'il était ton hôte personnel ?

— Une de mes servantes semblait le contenter.

Sennefer posa sur ses genoux les pierres qu'il avait travaillées et prit une outre en peau de chèvre sur le sable, près de son tabouret.

— Quant à elle, elle était enchantée. Sa mort lui causera un vif chagrin.

— Si ce n'est pendant les parties de chasse, où l'as-tu vu dans son humeur la plus... expansive ?

— J'ai passé quelques soirées avec lui, dans la capitale, à visiter divers lieux de plaisir.

Il but à longs traits, sourit.

— Je dois admettre que j'avais du mal à suivre. Les

femmes s'accrochaient à lui tant elles voulaient attirer son attention. Au début, j'ai douté de ma propre vigueur, comme si j'avais vieilli avant l'âge, mais finalement j'ai compris que je n'aimerais pas être mû par une telle ardeur.

— Je sais de quoi tu parles. Je l'ai vu dans une maison de plaisir à Bouhen, quelque temps avant sa mort.

Bak se remémora cette nuit-là avec tristesse, puis il songea que, à bien y réfléchir, Baket-Amon avait été heureux. Pouvait-on demander mieux que de finir sa vie le cœur joyeux ?

— La propriétaire m'a confié qu'il était toujours très demandé, car c'était un magnifique amant, qui, contrairement à d'autres, ne se montrait jamais brutal.

— Je le crois volontiers. Pour un homme si porté sur le plaisir des sens, il était singulièrement mesuré. Il s'était tracé une limite à ne jamais franchir, se rappela Sennefer, qui réfléchissait, les sourcils froncés. Ce n'est guère qu'une impression, d'après certaines choses qu'il avait dites... Rien de particulier, mais... Tu m'as demandé un jour si, à ma connaissance, quelque chose dans son passé avait pu revenir le hanter.

« Me narguer », avait dit Baket-Amon, mais Bak se garda de rectifier de peur de rompre le fil de ses pensées.

— En vérité, je ne sais rien de concret. C'est une simple supposition, qui repose sur quelques paroles anodines. Je crois qu'un événement bouleversant, survenu autrefois, l'avait amené à abhorrer les pires excès de la chambre à coucher. Quant à la nature de cet incident, je n'en ai aucune idée.

Plus tard, cherchant Minkheper dans le campement, Bak essaya de contenir son agitation. L'incident auquel Sennefer avait fait allusion n'avait probablement aucun rapport avec la mort de Baket-Amon. Pourtant, son instinct lui disait qu'il avait enfin trouvé la piste qu'il cherchait.

Son instinct. Voilà qui ne serait pas au goût d'Amonked.

— Frappe-le fort ! hurlait Minkheper. Ne l'étourdis pas ! Mets-le hors de combat !

Le jeune garde aux muscles saillants recula de quelques pas, s'élança sur le pieu épais planté dans le sol et abattit dessus un lourd bâton taillé dans un des piquets du pavillon. Si le pieu avait été un homme, cette massue improvisée lui aurait fracassé le crâne.

— C'est comme ça qu'on s'y prend !

Minkheper regarda les vingt gardes qui l'encerclaient, avec le sergent Roï et le lieutenant Merymosé. Tous étaient venus apprendre les rudes méthodes de combat pratiquées par les marins.

— Rappelez-vous : chaque fois que vous n'y mettrez pas toutes vos tripes, vous verrez l'ennemi se relever, prêt à revenir dans la bagarre. Pourquoi ne pas vous éviter cet effort supplémentaire ? Faites que chaque coup compte.

Les hommes hochèrent la tête, discernant le bon sens de ces conseils.

Minkheper aperçut Bak et le salua d'un signe de main.

— Nous avons à peu près fini pour aujourd'hui, lieutenant. Tu aimerais ajouter quelque chose ?

— Comment se débrouillent-ils ?

Le capitaine donna une claque vigoureuse sur l'épaule du jeune garde.

— Ce grand gaillard frappe comme une mauviette. Espérons qu'ils seront moins timorés face à l'ennemi.

Merymosé s'avança vers Bak, un sourire hésitant aux lèvres.

— La nuit dernière, pendant l'entraînement du sergent Dedou, je t'ai vu montrer aux hommes comment utiliser le bâton de commandement pour maîtriser la foule. Pourrais-tu nous faire une démonstration, lieutenant ? Lors d'un assaut, les gens du désert ressemblent plus à une horde déchaînée qu'à une armée.

— Le lieutenant nous a expliqué quelques-unes de tes astuces, mon lieutenant, dit un homme plus âgé. On aimerait en savoir plus.

Les autres gardes lui firent écho. Bak, qui ne s'étonnait plus depuis longtemps de leur soif d'apprendre, accepta aussitôt. Il choisit le sergent Roï, que sa mauvaise volonté rendait aussi raide et gauche qu'un ivrogne récalcitrant, et lui mit un bâton dans la main droite. Puis il en ramassa un autre de la longueur appropriée.

S'en servant tel un prolongement de son bras, il leur fit voir comment tenir à distance un agresseur muni d'une dague ou d'une lance et le forcer à lâcher prise, comment faucher les jambes d'un adversaire, le repousser, l'obliger à avancer ou à trébucher.

Puis il empoigna le bâton aux deux extrémités et leur apprit à repousser un individu dans la foule. A élever l'arme à l'horizontale au-dessus d'un homme, puis à la passer derrière lui pour l'emprisonner.

Il leur enseigna une multitude d'autres méthodes qui transformaient cet objet banal en une arme redoutable. Roï se révéla extrêmement doué. A la fin, quand Bak lui tendit le bâton, il répéta chaque geste, chaque technique, prouvant qu'il avait bien compris. Et dès que Bak lui eut proposé de contribuer à la formation du soir, Roï perdit toute indifférence envers la vie du campement.

Bak leva sa cruche vide en l'honneur de Minkheper.

— Tu es un homme de ressources, capitaine. Patient et doué dans bien des domaines. Non seulement tu sais utiliser au mieux ce dont tu disposes, mais tu comprends comment les hommes se battent lorsqu'ils ne sont guidés ni par la logique ni par l'entraînement.

— Si j'ai appris une chose pendant mes années en mer, c'est à protéger mon équipage et mon bateau.

Merymosé, qui apportait trois cruches de bière, se frayait un chemin entre les hommes assis par terre, qui mettaient la touche finale aux lances, aux cimeterres et aux frondes qu'ils venaient de confectionner. Derrière lui le sergent Roï, chargé d'un panier, distribuait de la bière aux apprentis armuriers.

En tendant une cruche à Bak, le jeune officier lui confia :

— Roï est métamorphosé, lieutenant ! Je craignais qu'il devienne insupportable de suffisance, mais il savoure avec modestie le respect tout neuf que tu lui as donné.

— Je ne lui ai rien donné. Il l'a gagné tout seul.

Minkheper accepta une cruche et cassa le bouchon.

— Ton bâton en main, tu es un adversaire formidable, lieutenant.

— Si seulement je pouvais élucider le meurtre de Baket-Amon aussi facilement !

Dans sa contrariété, Bak frappa trop fort sur le bouchon et l'argile séchée éclata en mille morceaux.

— Mon enquête aboutit aux lieux de plaisir du port de Ouaset. Ensuite, je suis dans l'impasse.

— J'aurais voulu t'aider, dit Merymosé sur un ton de regret. C'était un homme généreux et bienveillant, et je l'admirais sans réserve. Après cette unique fois où je lui ai servi d'assistant, j'espérais qu'il me réclamerait. J'aurais voulu le seconder, écrire sa correspondance, voire l'accompagner dans ses sorties. Mais ce n'est jamais arrivé.

— Et tu ne l'as jamais rencontré par hasard dans une maison de plaisir ?

Merymosé eut un rire amer.

— Tu es sans doute issu d'une famille aisée, lieutenant. Moi qui ne possède que les vêtements que j'ai sur le dos et les armes dans mes mains, je dois me contenter d'établissements modestes, dans les quartiers excentrés.

— Mon père était médecin, répondit Bak en souriant. Faute d'argent, moi aussi j'ai passé mes jeunes années dans de tels endroits, peut-être bien les mêmes que ceux que tu fréquentais.

— Désolé, lieutenant, dit le jeune officier en rougissant. Je ne voulais pas...

— Il n'y a pas de mal, assura Bak, avant de goûter sa bière — trop épaisse et tiède pour désaltérer. De toute manière, d'après ce que j'ai appris jusqu'à présent, tu es trop jeune pour m'aider.

— As-tu progressé depuis notre dernière conversation ? s'enquit Minkheper.

— Pas autant que je le voudrais. Dommage que tu ne sois pas un aussi bon vivant que le prince, remarqua Bak avec un sourire dépité.

— Comme je crois te l'avoir dit, j'ai une épouse que j'aime, d'autres jeunes femmes dans quelques ports et...

Minkheper s'interrompit le temps de boire une gorgée, puis grimaça.

— ... Et une cuisinière qui brasse une bière bien meilleure que celle-ci. Meilleure, en fait, que dans n'importe quel lieu de plaisir.

Quelqu'un poussa un juron, détournant l'attention du capitaine. Un ânier, qui s'était coupé avec un éclat de silex en voulant le fixer sur un cimeterre.

— Mon frère cadet s'est ruiné dans sa quête effrénée des plaisirs. Une leçon pour tous ceux qui seraient tentés de suivre la même voie. Moi, en tout cas, je n'ai aucun désir de gâcher ma vie.

Dès l'instant où il eut parlé, il le regretta.

« Une tragédie familiale, devina Bak. Un déshonneur. »

Il se leva pour contempler le fleuve par-delà le mur de boucliers, par-delà les champs. Au loin, Neboua tirait la barque réquisitionnée hors de l'eau, sous le regard d'Amonked. Horhotep attendait, plus haut sur la rive, trop imbu de son importance pour lui prêter main-forte. Il pria afin que la mission de son ami, ces quelques dernières heures, ait été plus fructueuse que la sienne.

— Le lieutenant Ahmosé est un homme de bon sens, dit Neboua, éclaboussant ses épaules que l'eau rendait luisantes. Il nous aidera dans toute la mesure de ses possibilités, avec les ressources dont il dispose.

Bak s'agenouilla dans le fleuve et y plongea la tête pour se rafraîchir. Un braiment attira le regard de Neboua vers l'aval, où Pachenouro, Paouah et deux âniers s'ébattaient dans les flots avec un petit troupeau.

— Je ne vois pas quel autre choix s'offrait à lui, dit Bak.

— Il connaît Hor-pen-Dechret de réputation et sait comment il a dévasté la région. Aussitôt que je lui ai parlé de la coalition... Inutile de te dire qu'il préfère se battre alors que nous sommes à ses côtés, que seul avec une petite compagnie de lanciers.

— Comment Horhotep s'est-il comporté ?

— Il a gardé le silence, pour changer, répondit Neboua avec satisfaction. Il commence enfin à comprendre qu'il devra prouver sa valeur.

Le policier remercia Amon pour les petites faveurs qu'il leur avait accordées.

— Amonked a-t-il eu le temps d'inspecter la forteresse ?

— Nous avions une guerre à préparer. Il ne l'a même pas suggéré.

Bak se leva et passa les mains sur ses cheveux pour en exprimer l'eau. Il déclara d'un air grave :

— Nous ne pouvons plus faire de plans à l'aveuglette, Neboua.

— D'accord. Nous devons réunir des informations de première main sur nos ennemis. Leur envoyer un espion sera risqué, mais nous n'avons pas le choix.

Bak savait à quoi pensait son ami : peu d'hommes au sein de la caravane étaient capables de remplir cette mission avec succès. L'un d'eux était supérieur à tous les autres.

— Je vais parler à Pachenouro.

Tous deux regardèrent le Medjai, dans l'eau avec les ânes.

— Je ne t'ai pas demandé comment cela s'était passé pour lui. Rona a-t-il accepté de nous aider ?

— N'as-tu pas entendu la rumeur, mon ami ?

Ébauchant un sourire, Bak s'éloigna du bord et le courant l'attira.

— Amonked a apporté de la maison royale un coffre de bois rempli à ras bord de bijoux précieux. Maakarê Hatchepsout elle-même l'a placé entre ses mains et lui a ordonné de le remettre personnellement au puissant roi kouchite Amon-Psaro. Craignant pour sa vie et pour le trésor, il attend un navire parti de Semneh afin de poursuivre son voyage vers le sud.

Neboua rit de bon cœur de cette version quelque peu enjolivée de l'histoire qu'ils avaient échafaudée.

Bak se glissa dans l'eau et nagea dans le sens du courant. Le fleuve lui procurait une agréable fraîcheur. Au couchant, le ciel se parait d'ors resplendissants tandis que le crépuscule chassait la chaleur du jour. Trop vite, Bak atteignit son but et entraîna Pachenouro à l'écart.

— Je viens de discuter avec Neboua. Il nous faut en savoir plus sur les plans d'Hor-pen-Dechret, aussi, nous voudrions que tu découvres son campement et que tu espionnes son armée.

— Avec plaisir, chef ! Mais la langue du désert occidental ne ressemble pas à celle de mon peuple. Comment comprendrai-je ce qu'ils disent ?

Bak, qui avait réfléchi au problème, répugnait à énoncer la seule solution à laquelle il était parvenu.

— Paouah est né dans le désert, mais il a vécu à Ouaset ces quatre ou cinq dernières années. Se rappelle-t-il bien sa langue maternelle ?

— Nous n'avons pas évoqué de tels détails.

— Allons lui poser la question.

Ils dépassèrent les ânes, qui sortaient de l'eau un par un pour brouter les herbes folles et les broussailles poussant en abondance le long des berges. Thaneni et un ânier étaient assis, nus, sur un rocher plus en aval, pendant que leurs vêtements séchaient ; ils ne quittaient pas des yeux quatre crocodiles étendus sur la plage ensoleillée, un peu plus loin. Paouah, debout sur les hauts-fonds, tentait de harponner un poisson. Ne voulant pas gâcher la pêche du jeune garçon, Bak s'arrêta à quelques pas de lui avec Pachenouro.

— Paouah, connais-tu encore le langage du désert ?

— Je ne sais pas, chef. Cela fait longtemps que je n'en ai pas eu besoin. Pourquoi ? Qu'attends-tu de moi ? demanda-t-il, intrigué.

— Je pensais t'envoyer espionner les pillards avec Pachenouro. Mais tu devras être capable de nous répéter ce qu'ils auront dit.

Le gamin écarquilla les yeux et tout son visage s'illumina.

— Oh, s'il te plaît ! S'il te plaît, laisse-moi y aller ! Les mots me reviendront, j'en suis sûr.

— Le voyage de nuit sera pénible, l'approche du campement sera dangereuse. Vais-je risquer ta vie pour apprendre ensuite que tu n'étais pas à même de remplir ton rôle ?

— Je n'ai pas peur ! s'exclama le jeune garçon. J'ai risqué bien pire quand j'étais serviteur dans une maison de plaisir à Ouaset. J'ai vu deux assassinats. Je ferais tout, oui, tout pour aider Amonked et Sennefer. Je leur dois la vie. S'ils ne m'avaient pas pris, j'aurais depuis longtemps fini dans le ventre des poissons.

— Paouah !

L'enfant se plaqua la main sur les lèvres, horrifié, et regarda autour de lui pour s'assurer que personne d'autre ne l'avait entendu.

— De grâce, chef ! Et toi aussi, Pachenouro ! Donnez-moi votre parole que vous ne le direz jamais à personne. On ne sait pas que j'ai tout vu. Je vous en prie !

— Je ne le répéterai à personne, promit Bak.

Il doutait que le gamin ait à avoir peur, toutefois comme il vivait encore à Ouaset, mieux valait éviter que cela s'ébruite. Le Medjai promit lui aussi de garder le silence.

— Laisse-moi aller avec Pachenouro, chef. Je n'aurai jamais une plus belle occasion de remercier Amonked et Sennefer.

Bak l'observa longtemps, avec attention. Il ne doutait pas qu'il ferait de son mieux, mais se rappellerait-il les mots appris sur le sein de sa mère ?

Sans lui, la mission était vouée à l'échec.

Avec lui, elle pouvait réussir.

— Très bien, tu iras.

15

Bak s'éveilla à plusieurs reprises au cours de la nuit, à cause du froid mordant et de son inquiétude pour ses amis. Il savait le Medjai compétent, habile à se déplacer dans le noir sans se faire voir ni entendre ; et celui-ci n'aurait pas accepté de prendre Paouah s'il ne croyait l'enfant vif et intelligent. Néanmoins, chaque fois que Bak se réveillait, il priait afin qu'ils reviennent sains et saufs.

Puis il pensait au meurtrier. Un homme avec lequel il parlait tous les jours et que, très probablement, il appréciait. Les noms se suivaient en une ronde sans fin, jusqu'à ce qu'il s'assoupisse de nouveau.

Le froid dissipa définitivement son sommeil alors que les lueurs de l'aube commençaient à poindre à l'orient. Un archer avait déjà ranimé le feu et s'imprégnait de sa chaleur, assis devant le foyer en briques crues. Les deux chiens qui avaient accompagné Bak et Pachenouro au village de Rona s'étaient allongés tout près. Bak s'agenouilla à côté d'eux et tendit ses mains vers les flammes. Il se demandait comment Neboua et les autres pouvaient continuer à dormir.

Il commençait à se réchauffer quand les chiens relevèrent la tête, les oreilles dressées, et remuèrent la queue. Bak se retourna pour voir Pachenouro et Paouah, souriants, approcher en contournant les silhouettes endormies. Tous deux étaient vêtus de pagnes de cuir et, sur les épaules, d'une toison laineuse de mouton, grise de poussière afin de les rendre moins visibles dans l'obscurité. Soulagé et reconnaissant, le lieutenant se leva pour les accueillir.

Pendant que l'archer apportait du lait et des restes du repas de la veille, Bak réveilla Neboua. Ils s'installèrent autour du foyer et partagèrent des pains plats durcis et du poisson bouilli froid.

— Le campement était facile à trouver, raconta Pachenouro. Dans le désert, encerclé de petites dunes au sud de Chalfak, comme Rona l'avait dit. Tout le monde le long du fleuve connaît son emplacement. Les feux de camp se voient de n'importe quelle éminence. Nul n'oserait attaquer un groupe aussi nombreux, aussi ils ne s'embarrassent guère de précautions.

— N'ont-ils pas de sentinelles ? demanda Neboua d'une voix bourrue, due à la contrariété de s'être levé si vite.

— Si, mon capitaine, mais des hommes trop naïfs pour se méfier. Celui qui nous a parlé était bon et franc, entraîné sans enthousiasme dans cette aventure.

Bak tenta de prendre un air sévère et n'y réussit pas tout à fait.

— Ne t'avais-je pas ordonné d'observer de loin, sans les infiltrer ?

— Nous sommes tombés nez à nez, chef. En prenant la fuite, nous aurions éveillé sa méfiance. Il m'a pris pour un muet accompagné de son fils, un simple d'esprit inoffensif, dit-il en souriant à Paouah.

Celui-ci ne put se contenir plus longtemps.

— J'ai réussi à comprendre, chef ! Pas tout, mais suffisamment.

— Vous pouvez remercier Amon, dit Bak en adressant un clin d'œil à Neboua. Le capitaine et moi avons passé la moitié de la nuit à genoux devant l'autel personnel d'Amonked.

— C'est vrai ? demanda l'enfant, les yeux écarquillés.

Le rire de Neboua lui fit percevoir sa naïveté.

— Je suis certain que tu t'es bien débrouillé. Mais qu'avez-vous appris ?

Pachenouro rompit un morceau de pain, trempa les deux morceaux dans le lait et les lança aux chiens, qui n'en firent qu'une bouchée et le regardèrent avec espoir. Le Medjai n'aimait pas qu'on le bouscule, Bak l'avait compris depuis longtemps.

— Nous avons d'abord fait croire à la sentinelle que nous n'étions pas particulièrement curieux, que nous n'avions pas de but ni de destination précis. Quand elle nous a laissés continuer notre chemin, nous nous sommes faufilés tout autour du camp. Veillant à ne pas être découverts une seconde fois, nous avons tenté une approche par une autre direction. Nous voulions les voir, les entendre parler de la bataille qui les attend.

— Continue, maugréa Neboua en ôtant les arêtes d'un morceau de poisson.

— On n'y voyait pas grand-chose. Malgré les feux qui brillaient, les hommes étaient des ombres qui allaient et venaient. Impossible de les compter. A en croire la sentinelle, ils sont plus de quatre cents.

Bak resta pétrifié, un morceau de pain trempé à mi-chemin entre le bol de lait et ses lèvres.

— Le double de nos effectifs, en incluant les soldats d'Askout !

Le Medjai écarta les mains et haussa les épaules d'un air désolé, pour rappeler qu'il ne faisait que répéter l'information.

— L'homme affirmait l'avoir entendu de la bouche d'Hor-pen-Dechret, alors qu'il conférait avec un important chef de tribu.

— Espérons qu'il exagérait, dit Bak d'un air sombre.

— Nous comptons y retourner cet après-midi afin de juger par nous-mêmes, annonça Pachenouro, aussi tranquillement que s'ils partaient pêcher sur le fleuve.

Bak ne pouvait refuser cette proposition, si dangereuse qu'elle soit.

— Cette fois, tu avertiras Amonked, recommanda-t-il à Paouah d'un ton sévère. Il a été très ennuyé hier soir, quand il a appris que tu t'étais éclipsé sans un mot.

— Sont-ils bien armés ? interrogea Neboua.

— La sentinelle prétendait n'avoir jamais vu en même temps une telle quantité de lances, d'arcs et de flèches, de boucliers et d'armes de poing.

— Hum !

— Quels sentiments leur inspire l'affrontement imminent ? demanda Bak.

— Ils s'enivrent de paroles pour se donner du courage, répondit le Medjai tandis que deux archers approchaient afin de se chauffer et d'écouter. Paouah a distingué une demi-douzaine de dialectes. A mon avis, c'est un groupe disparate, que seul réunit l'appât du gain. Ils n'ont pas pensé qu'ils ne recevront qu'une part infime, une fois qu'ils auront tout divisé entre eux. Sans compter qu'Hor-pen-Dechret se réservera le plus gros du butin.

— S'ils viennent de toutes sortes d'endroits et n'ont pas eu le temps de s'entraîner, ils ne formeront pas une unité organisée, comme une véritable armée.

— C'est bien mon impression, chef.

— Nous n'avons toujours pas abordé le fond du problème, s'impatienta Neboua. Quand comptent-ils attaquer ?

— Au début, ils pensaient attendre que la caravane approche de Chalfak, répondit Pachenouro en esquissant un sourire. Cependant, ils ont entendu une rumeur à propos d'un trésor, qui sera embarqué sur un navire qui parviendra bientôt à Askout. Hor-pen-Dechret veut marcher vers le nord aujourd'hui même et nous attaquer ici, dans la vallée ; les chefs plus âgés et plus avisés l'exhortent à la patience. Ils se disputaient, lorsque nous sommes partis. S'ils viennent aujourd'hui — car je crois que la cupidité l'emportera —, ils frapperont une ou deux heures avant le coucher du soleil.

— Ils seront fatigués après une longue journée de marche, souligna Neboua, et nous avons élaboré quelques stratagèmes qui feront peser la balance en notre faveur.

— Ainsi, une bataille est imminente. J'espérais qu'on n'en arriverait pas là.

Amonked s'assit sur un tabouret près de sa natte en désordre, devant la tente de Nefret. La jeune femme, pâle et effrayée, les regardait par l'entrebâillement.

— Nous allons tous mourir, gémit-elle.

Personne n'y prêta attention. Sechou, qui se tenait devant l'inspecteur avec Bak, Neboua et Pachenouro, ne dissimula pas son inquiétude.

— Je connais Hor-pen-Dechret depuis longtemps. Il ne renonce pas facilement, surtout à un riche butin.

— Je sais, Sechou, je sais, répondit Amonked avec une pointe d'agacement. A Bouhen, tu m'avais conseillé de ne pas emporter tant d'effets, et je n'ai pas voulu t'écouter.

Horhotep, debout devant la tente, regardait le quatuor de Bouhen d'un air hargneux.

— Je ne peux tout simplement pas croire qu'un petit chef tribal ait l'audace de défier la maison royale de Kemet.

— Tu as bien tort, lieutenant, répliqua Neboua.

Avisant trois âniers qui approchaient, chargés de silex, de lanières de cuir et de diverses pièces de récupération, il leur indiqua d'un geste Sennefer, qui avait installé son armurerie de fortune un peu plus loin.

— Il faut nous abriter dans l'enceinte d'Askout, reprit le conseiller. Prenons avec nous les bêtes et tout ce qu'elles transportent pour que ces misérables pillards ne trouvent rien à voler.

— Et pour qu'Hor-pen-Dechret nous assiège ? ironisa Neboua avec un rire dur. Je ne crois pas. La forteresse est réduite à un petit effectif et peu armée depuis de longues années. Les entrepôts renferment des réserves suffisantes pour les hommes et les animaux, avec tout juste de quoi aider de rares caravanes. Nous serions affamés en attendant des secours, même si ce n'était que pour quelques jours.

Horhotep rétorqua avec un sourire hautain :

— Alors, hâtons-nous de nous rendre à Semneh, où nous serons en sûreté.

— Ne comprends-tu pas combien il est difficile de défendre une caravane déployée dans le désert ? interrogea Bak sans prendre la peine de cacher son mépris. Nous pourrions repousser une centaine d'hommes, voire deux cents. Mais deux fois plus ? Non !

— Nous nous ferions massacrer, intervint Paouah, qui était resté silencieux après la réprimande infligée par son maître.

Le conseiller le regarda d'un air courroucé.

— En ce cas, dame Nefret et Amonked doivent se réfugier à Askout, ainsi que Sennefer et Minkheper.

— Tous les hauts personnages, tu veux dire, railla Neboua.

Horhotep releva le menton, feignant l'indignation.

— Pas du tout. Je pense à ceux d'entre nous qui sont venus de Ouaset. Thaneni, Paouah, Mesoutou. Les porteurs. Il n'y a aucune raison pour que nous soyons entraînés dans une querelle locale.

— Une querelle ?

Bak en aurait éclaté de rire si la situation avait été moins périlleuse. Amonked regarda son conseiller droit dans les yeux et décida d'un ton dur :

— Nefret ira avec Mesoutou, et elles prendront mon chien avec elle. Thaneni et Paouah peuvent y aller s'ils le désirent.

— Pas moi ! déclara Paouah d'un air de défi.

— Pour ma part, j'ai l'intention de rester, poursuivit Amonked. Et j'estime que tout homme ayant reçu une formation militaire devrait saisir cette occasion de prouver son mérite.

— Oui, inspecteur, répondit Horhotep, les joues en feu.

Bak réprima l'envie de féliciter l'inspecteur en lui donnant une claque entre les omoplates. Il doutait qu'Amonked sache affronter un ennemi sur le champ de bataille, mais il avait assurément le courage de ses convictions.

Plus il le connaissait, plus il avait de peine à voir en lui un meurtrier.

— Inutile de t'inquiéter, lieutenant. Mon épouse s'occupera d'elle comme de sa propre sœur.

Bak sourit au lieutenant Ahmosé, commandant de la forteresse d'Askout. Celui-ci, grand et mince devait avoir une quarantaine d'années.

— J'espère que tu as épousé une femme patiente. Nefret se plaint constamment.

— Elle vit dans la maison d'un noble fortuné et elle est mécontente de son sort ? Que dirait-elle si elle habitait dans un trou perdu comme celui-ci ! remarqua Ahmosé en riant.

Bak observa la pièce spacieuse où ils s'étaient installés. Elle était enduite de plâtre blanc et la colonne rouge qui supportait le plafond avait l'éclat de la peinture fraîche. Excepté par ses proportions plus modestes, la salle d'audience qui se trouvait de l'autre côté de la porte soutenait sans peine la comparaison avec celle de Bouhen. Ses six colonnes octogonales venaient, elles aussi, d'être repeintes, et les murs comme le plafond s'égayaient de motifs aux couleurs vives. Des arômes de volailles braisées et de pain frais filtraient de l'étage supérieur. Des officiers et des sergents s'affairaient en tous sens, ne parlant que d'armes et de batailles. Quatre soldats, assis par terre avec des scribes, dictaient des lettres à des êtres aimés dans la lointaine Kemet, tandis qu'une quinzaine d'autres attendaient leur tour. Des lettres imposées par la certitude qu'ils braveraient bientôt la mort sur le champ de bataille.

— Askout est isolée de tout, convint Bak, cependant

cet édifice est splendide, et je présume que tes appartements le sont aussi.

— Je les entretiens par égard pour mon épouse et ses servantes. Je n'aimerais pas finir tout seul mon temps ici.

Bak le concevait pour le moins. Ahmosé se carra contre sa chaise, un siège très simple dont le dossier bas semblait fort peu confortable. Rien à voir avec les fauteuils luxueux de Thouti et de Ouaser.

— Pour amener cette jeune femme aujourd'hui, tu dois juger que le conflit est imminent.

Bak recula son tabouret de sorte à caler son dos contre la colonne. Il relata alors tout ce qu'ils avaient appris depuis la visite de Neboua, la veille. Absorbés par des préoccupations plus impératives, tous oublièrent les voix qui résonnaient dans la salle d'audience.

— Quant à l'affrontement lui-même, continua Bak, nous avons conçu un plan qui nous paraît réalisable. Tu connais le terrain beaucoup mieux que nous, c'est pourquoi je suis venu t'exposer notre idée, pensant que tu sauras discerner les difficultés qu'elle présente et suggérer des améliorations.

— Je ferai tout mon possible pour vous aider.

Flatté, l'officier se pencha en avant, le coude sur le genou, le menton dans la paume.

— Nous supposons qu'au moins la moitié des hommes d'Hor-pen-Dechret aura traversé l'oued pour attaquer la caravane lorsque les derniers s'y engageront, du côté du désert.

Ahmosé acquiesça :

— Le trajet depuis Chalfak n'est pas difficile, mais le groupe, d'abord dense et compact, s'éparpillera peu à peu avec de nombreux retardataires.

— C'est exactement ce que nous avons pensé, dit Bak, grattant machinalement la cicatrice sur son épaule. Pendant que Neboua et sa troupe contiendront la première charge, je conduirai une attaque surprise dans l'oued. Nos archers les harcèleront d'abord d'en haut, puis nos lanciers suivront. Ceux qui parviendront à s'enfuir, nous les refoulerons vers la vallée, où ils rejoindront la bande principale en train d'attaquer la caravane.

— Si tes troupes viennent du nord tandis que les miennes approchent par le sud et que les hommes de Neboua défendent la barricade de boucliers, l'ennemi sera pris dans un triangle, que nous pourrons resserrer autour de lui jusqu'à sa reddition.

Ahmosé s'adossa contre sa chaise et hocha la tête.

— Simple et direct. Un bon plan.

— Maintenant, voyons si nous pouvons l'améliorer.

— Veux-tu un autre pigeon ? proposa l'épouse d'Ahmosé.

Proche de son mari par l'âge, elle était petite et grassouillette, mais son caractère enjoué et son sourire radieux lui donnaient un immense attrait.

Bak, qui comprenait de mieux en mieux pourquoi Ahmosé tenait à la garder auprès de lui, tapota son ventre bien rempli.

— Je ne peux plus avaler une bouchée. Je n'ai rien mangé d'aussi succulent depuis mon départ de Kemet.

Elle sourit, heureuse du compliment. Il arrangea la natte sur laquelle il était assis et parcourut des yeux la cour du premier étage, si vivante avec ses acacias et ses fleurs en pots, un petit veau blanc orphelin de naissance, un métier à tisser et une meule. Cette femme était une excellente maîtresse de maison, à n'en pas douter.

— Comment dame Nefret se fait-elle à sa nouvelle existence ?

Elle interrogea son époux du regard. Un signe du menton l'encouragea à la franchise. Elle répondit avec un petit rire :

— Elle ne s'est pas encore tout à fait remise de m'avoir vue préparer le repas avec mes servantes.

— Elle ne connaît rien du monde tel qu'il est réellement, expliqua Bak en souriant. Tu rendrais service à Amonked si tu la présentais aux autres femmes d'Askout et lui montrais comment elles vivent. Elle comprendrait alors combien elle a de la chance de mener cette existence choyée.

L'épouse du commandant parut dubitative.

— Ahmosé et moi vivons beaucoup mieux que la plupart des gens sur cette île.

— Il serait bon qu'elle le voie par elle-même, insista Bak, qui finit sa bière avant d'ajouter : Pas la peine de t'appesantir sur les aspects pénibles ; présente-la simplement aux femmes et bavarde avec elles comme tu le fais normalement. Elle réfléchira toute seule et en tirera ses propres conclusions.

L'épouse quitta la cour, image même de l'indécision.

— Elle agira comme il convient, assura son mari en écartant sa natte d'un coin ensoleillé.

Bak l'espérait avec ferveur, non seulement pour Nefret mais pour elles toutes. Les hommes de la garnison allaient bientôt marcher vers la bataille. Elles auraient grand besoin d'une distraction. Il jeta un rapide coup d'œil vers le soleil. Midi passé. Il devait retourner à la caravane, où l'on effectuait les préparatifs de dernière minute. De toute évidence, Ahmosé sentait lui aussi que le temps était compté. Bak tint néanmoins à le questionner.

— Tu sais que Baket-Amon est mort et que je dois mettre la main sur son meurtrier.

— Bien sûr.

L'officier prit une poignée de dattes dans une assiette, qu'il poussa ensuite sur le sol vers son invité.

— Et, toi, tu sais sans doute que même si tu le capturais dans l'heure qui vient, nous devrions affronter Horpen-Dechret sans l'aide des habitants de la région. Trop peu d'entre eux arriveraient à temps.

— Je me suis résigné à me passer d'eux, mais cela ne résout pas mon problème pour autant, observa Bak, se frottant les mains avec du natron pour les nettoyer. Connaissais-tu le prince ?

— Il ne venait jamais à Askout. Il n'en avait pas besoin. Rona veille sur la population de cette vallée comme sur ses propres enfants. J'ai toujours eu affaire avec le vieil homme. Je le respecte et je me plais à penser que ce sentiment est réciproque.

L'âge d'Ahmosé indiquait qu'il faisait partie de la vieille garde, où l'on était nommé en raison d'une noble ascendance ou grâce à des appuis. Des hommes tels qu'Horhotep, qui livraient leurs batailles dans les couloirs de la maison royale. Son attitude, toutefois, évoquait l'armée nouvelle, composée de soldats extrêmement entraînés, ne comptant que sur eux-mêmes pour sortir du rang et peu enclins à se croire supérieurs à tous les autres.

— Que sais-tu de la réputation du prince ?

Ahmosé sourit.

— Avant de venir à Askout, je vivais à Ouaset où j'étais officier de liaison entre la maison royale et le régiment d'Amon. Les anecdotes piquantes atténuaient l'ennui de mes après-midi. Son nom revenait fréquemment et, depuis, j'en ai entendu bien d'autres à son sujet.

Bak avait appartenu à ce régiment, toutefois il n'avait aucun souvenir d'Ahmosé. Rien de surprenant à cela puisque, étant dans les chars, il passait l'essentiel de son temps aux écuries et sur le terrain de manœuvres.

— Connaissais-tu Amonked, à cette époque ?

Le sourire d'Ahmosé s'élargit.

— Je servais dans une bâtisse minuscule, derrière la maison royale, où j'écoutais les lions rugir dans la ménagerie de notre souveraine. Je n'ai jamais eu accès à de tels sommets.

Bak aurait aimé servir avec cet officier plein de bon sens, qui ne nourrissait ni illusions ni prétentions.

— Depuis le début de mon enquête, on me vante les prouesses de Baket-Amon au lit et à la chasse. Ces deux passions dominaient sa vie. Je soupçonne que ce que je cherche a quelque chose à voir avec l'une ou l'autre. Quelque chose qui s'est produit autrefois.

— Voyons... Il y avait une histoire qui circulait... Qu'était-ce donc ?

Ahmosé appuya sa tête contre le mur et ferma les yeux. Bak resta muet et attendit en priant.

— C'était il y a environ trois ans. Alors que j'habitais encore à Ouaset...

Ahmosé ouvrit brusquement les yeux et claqua des doigts.

— Oui, je m'en souviens ! Ce n'était qu'une rumeur, note bien. Je ne sais quelle part de vérité il y avait là-dedans.

— Crois-moi, la plus vague des rumeurs est encore préférable à ce que j'ai.

— D'après mes souvenirs, Baket-Amon avait tué un homme pendant une de ses sorties nocturnes. Je ne suis pas certain du lieu où c'est arrivé. Probablement à Ouaset, puisque je l'ai entendu là-bas, mais cela aurait pu survenir n'importe où. Même ici, à Ouaouat. L'histoire était peut-être fausse. Ou alors on l'a étouffée. Pour autant que je sache, elle n'a jamais eu de conséquences...

Si le prince avait tué un homme... Oui, la vengeance était un mobile plus que suffisant. Mais pourquoi attendre trois années ? Amonked et chacun des membres de son groupe connaissaient Baket-Amon à Ouaset. Ils auraient eu de multiples occasions de l'assassiner là-bas, avec bien moins de risques de se faire prendre que dans le petit poste-frontière de Bouhen.

Une idée le frappa soudain. Le meurtre dont parlait la rumeur pouvait-il être un de ceux dont Paouah avait été témoin ? Les chances étaient infimes, Bak le savait, néanmoins la possibilité existait.

— Je rends grâce à Amon que vous soyez de retour !

Bak passa un bras autour des épaules de Pachenouro, l'autre autour de Paouah, et les entraîna vers le campement des archers. Le feu était éteint, et les vingt hommes de Bouhen n'étaient visibles nulle part.

— Je redoutais que vous n'ayez été capturés.

— On a bien failli ! s'exclama Paouah, qui dansait de

joie. Seule la présence d'esprit de Pachenouro nous a sauvés.

— Tu exagères, dit le Medjai en abattant sa main sur la nuque du gamin.

— Pas du tout ! protesta Paouah, dont les mots se pressaient sur les lèvres. Hor-pen-Dechret avait organisé une battue, et nous étions le gibier. Si on n'avait pas trouvé un bouquet de joncs au bord du fleuve, et si Pachenouro n'avait pensé à en couper deux pour que nous puissions respirer en nous cachant sous l'eau, c'est sûr, on se serait fait prendre.

— Cet enfant accorde une importance excessive à mes actes et à mon bon sens, mais par ailleurs il dit la vérité. Ils nous attendaient, et nous l'avons échappé belle. Si deux chiens n'étaient venus avec nous, si leurs aboiements ne nous avaient avertis, nous serions tombés droit dans leurs bras.

— Comment expliques-tu qu'ils vous attendaient ?

— La sentinelle de cette nuit a dû signaler notre présence. Chef, où sont-ils tous passés ? interrogea Pachenouro en regardant autour d'eux.

Le campement était à moitié désert. Ceux qui restaient vaquaient à leurs occupations habituelles, mais leur voix et leurs rires trop sonores trahissaient leur nervosité.

— Dans l'éventualité où les nomades frapperaient aujourd'hui, nous avons préféré poster les hommes dans l'oued longtemps avant leur arrivée. Sont-ils en route ? interrogea-t-il en scrutant le Medjai.

— Et les pillards qui surveillaient la caravane ? s'inquiéta Paouah. Ne les préviendront-ils pas de notre embuscade ?

Bak tendit à chacun de ses espions une cruche de bière.

— Ils ne bougeront plus.

— Ils sont morts plus tôt qu'ils ne s'y attendaient ? devina Pachenouro.

— Oui, très tôt. Peu après votre retour, ce matin.

Amonked et Neboua arrivèrent en contournant une

barrière de jarres d'eau. Le soulagement de l'inspecteur en voyant Paouah sain et sauf fut évident. S'asseyant par terre auprès du jeune garçon, il le couva des yeux avec un mélange d'affection et de fierté. Neboua s'assit sur le cercle de briques qui formait le foyer.

— Cachés sous l'eau, nous n'entendions rien, dit Pachenouro, ne voyant pas la nécessité de reprendre du début et de se répéter. Quand les nomades se sont éloignés en longeant le bord du fleuve, nous nous sommes abrités derrière un tronc qui dérivait, si bien que nous avons pu sortir la tête de l'eau, et écouter.

Il jeta un coup d'œil à Paouah, qui prit la relève.

— Ils se disputaient au sujet du lieu et du moment où ils attaqueraient. La moitié pensait qu'ils devaient nous guetter dans le désert, mais le reste jurait qu'Hor-pen-Dechret était presque un dieu et qu'on ne contestait jamais ses ordres, quels qu'ils soient.

— Ainsi, ils se disputent entre eux, constata Neboua. Parfait !

Songeant à tous les hommes postés dans l'attente de la bataille, Bak demanda :

— Où ont-ils concentré leurs forces ? Campent-ils toujours près de Chalfak ou sont-ils en chemin vers le nord ?

— Nous avons quitté le fleuve pour nous enfoncer dans le désert dès que nous l'avons pu en toute sécurité. Oui, la décision avait bien été prise. Impossible de ne pas voir leur armée dépenaillée, affluant du nord à travers les sables !

— Ils viennent à nous comme nous l'espérions, dit Bak.

— Une armée dépenaillée, répéta Neboua. Veux-tu dire qu'ils sont en haillons, ou qu'ils avancent en désordre ?

— Les deux.

Pachenouro, qui avait été soldat avant de s'engager dans la police, savait exactement où Neboua voulait en venir.

— J'ai vu peu de signes de cohésion. Quiconque tombe est abandonné. Pendant l'heure où nous les avons observés, plus de vingt-cinq hommes ont décidé de quitter les rangs et se sont éloignés, tout simplement.

— Serait-il juste de dire que l'alliance est fragile ? demanda Neboua.

— Elle ne tient que par Hor-pen-Dechret.

Neboua et Amonked s'en furent chacun de son côté régler ce qu'ils avaient à faire avant l'appel aux armes, tandis que Bak donnait de nouveaux ordres à Pachenouro et à Paouah. Le Medjai serait le premier guetteur, placé à un endroit stratégique d'où il signalerait l'approche ennemie ; l'enfant porterait les messages trop longs pour être communiqués au moyen d'un miroir. Impatients de s'atteler à leur tâche, tous deux se levèrent pour partir.

Bak retint Paouah.

— Le prince Baket-Amon était-il client de la maison de plaisir où tu vivais, à Ouaset ?

Sans même s'en rendre compte, il retint son souffle, plein d'espoir. Paouah lança un regard d'excuse à Pachenouro, qui s'était arrêté un peu plus loin pour l'attendre.

— Je ne crois pas, chef. Un si haut personnage aurait-il fréquenté un lieu aussi modeste ?

Déçu malgré lui, Bak le laissa partir.

« Et si Paouah se trompait ? se demanda-t-il. Non, c'est impossible. Le prince n'était pas le genre d'homme que l'on oublie. »

16

— Ces infâmes pillards ne remarqueront-ils pas, dès qu'ils auront quitté l'oued, que les ânes ne sont plus dans la caravane ? demanda Sennefer.

Bak observa les animaux qui trottaient, trois ou quatre de front, sur le chemin du fleuve. Une demi-douzaine d'âniers les pressaient d'avancer en les empêchant d'empiéter sur les champs voisins. Chacun des hommes portait un bouclier, une lance et un assortiment d'armes de poing à sa ceinture. Quand les premières bêtes plongèrent dans l'eau, Bak revint vers le rocher où Sennefer et lui avaient laissé leurs armes.

— Mais si : ils les verront immédiatement, sur l'île. Avec de la chance, et pour peu que les dieux nous sourient, bon nombre d'entre eux se verront déjà faire fortune dans les marchés des oasis et ils se sépareront du gros de la troupe afin de s'en emparer. Le lieutenant Ahmosé a déjà posté des archers dans les rochers.

— Diviser pour gagner.

Bak esquissa un sourire, et précisa :

— Nous tenons aussi à ce que les ânes ne soient pas blessés.

— Paouah en sera reconnaissant. Il s'inquiète pour eux, surtout pour les ânons. Ne devrions-nous pas partir ?

Le soleil, à mi-parcours entre le zénith et la terre, teintait de jaune pâle les nuages effilés.

— Rien ne t'oblige à venir avec moi, tu sais. Tu pourrais rester au côté d'Amonked.

— D'après Horhotep, une embuscade relève de la « sale guerre », c'est une pratique indigne de vrais soldats. J'ai bien envie de juger par moi-même, répondit Sennefer avec un sourire en coin.

Les deux hommes ramassèrent leur arc et leur plein carquois, leur longue lance et leur bouclier, puis de plus petites armes adaptées au combat rapproché. Bak se munit, en outre, d'un bâton de la taille et du poids de son bâton de commandement. Ainsi parés, et ramenés à la réalité par ces rappels brutaux de la bataille imminente, ils s'enfoncèrent dans l'oued.

Bak était assis sur un grand rocher plat, surplombant une pente raide faite de pierres brisées, tombées au fil des ans de l'abrupt derrière lui. Ainsi installé, à mi-chemin de l'oued sur le versant nord, il était visible de tous les membres de sa petite troupe d'archers et de lanciers. Pachenouro se dissimulait en face, à une centaine de pas plus à l'ouest, sur un tertre coiffant l'escarpement. De là, il pouvait surveiller le désert où paraîtrait l'armée d'Horpen-Dechret. Équipé d'un miroir poli, il donnerait l'alarme en silence si le chef tribal postait des guetteurs sur les falaises, ou quand l'ennemi entrerait en force dans l'oued. Bak disposait d'un second miroir afin de relayer l'information aux hommes placés sur la pente opposée, et pour qui le Medjai était invisible. Paouah, réfugié dans une crevasse à la base de l'escarpement, transmettrait de vive voix les messages plus compliqués.

Bak tourna la tête à droite et à gauche, vérifiant pour la centième fois que tous étaient bien en position. Au signal de Pachenouro, chacun disparaîtrait, mais pour l'instant ils restaient debout, accroupis ou assis près de la cachette qu'ils s'étaient choisie : qui un bloc de pierre, qui un tas d'éboulis, qui une fissure dans la face rocheuse. Autant d'abris trop précaires au goût de Bak, mais dont il faudrait s'accommoder.

Par l'intermédiaire de Paouah, le Medjai avait rapporté que les nomades avançaient disséminés sur des milliers de pas le long de la piste et commençaient seulement à se rassembler devant l'oued. Malgré son impatience d'en finir, Bak ne put s'empêcher de rire. Horpen-Dechret devait être furieux d'attendre la moitié de son armée, en train de traînasser.

Contrairement aux hommes de Bak, qui devaient chuchoter de peur que leurs paroles ne portent jusqu'à l'ennemi, la modeste troupe de lanciers et d'âniers de Neboua devait rire et parler fort comme si tout était normal, derrière la barricade de boucliers. Ils attendaient que la horde déferle par l'embouchure de l'oued ; seulement alors, ils prendraient leurs positions parmi les hautes piles de vivres et de matériel disposées de manière à entraver l'assaut. Quant aux troupes du lieutenant Ahmosé, restreintes mais mieux entraînées, elles étaient sans doute tapies dans les champs voisins, écrasant les plantations d'un pauvre cultivateur.

Une forte brise ébouriffa les cheveux de Bak et sécha la sueur sur son corps. Des moineaux allaient et venaient au-dessus de lui, portant des insectes aux oisillons nichés dans les anfractuosités. D'une main, il abrita ses yeux pour scruter l'horizon. Rê, suspendu dans le ciel, terminerait sa course d'ici deux heures. Les nomades devaient agir vite, ou la nuit tomberait avant l'issue du combat.

Malgré un ennemi deux fois plus nombreux qu'eux, Bak restait confiant, sûr que la force combinée des âniers, des gardes et des soldats l'emporterait. Amon souriait souvent à ceux qui tentaient l'impossible. Or que faisaient-ils d'autre, ces quelques derniers jours ?

Il regrettait, cependant, que la population du fleuve ait refusé de prendre les armes à leur côté. Amonked menaçant de briser leur existence et la veuve de Baket-Amon cherchant consolation dans la vengeance, le respect que Neboua et lui s'étaient acquis avec le temps s'avérait de peu de valeur. Du moins le vieux Rona l'avait-il aidé à rétablir l'équilibre. La rumeur d'un trésor facile à prendre avait attiré l'ennemi tout près, sinon dans leurs bras.

Lui-même parviendrait-il un jour à capturer le meurtrier ? Il était sur la bonne piste, il le sentait. A en juger par les deux tentatives de meurtre auxquelles il avait échappé, celui qu'il cherchait en était persuadé. Pourtant, il n'avait toujours aucune idée de son identité. De tous les hommes venus de Ouaset dans le groupe d'inspection, nul n'avait laissé transparaître le moindre sentiment de culpabilité. Son instinct le trahissait-il ? Le meurtrier n'était-il pas des leurs, les agressions n'étaient-elles que pures coïncidences, le crime avait-il été perpétré pour une raison qu'il ne soupçonnait même pas ?

Le lieutenant Ahmosé avait mentionné certaine rumeur concernant un meurtre, naguère. L'histoire était-elle née de l'imagination, puis avait-elle été déformée et amplifiée à force d'être répétée ? Mais si elle était vraie, il pouvait fort bien s'agir de l'incident qui avait éveillé chez le prince ce dégoût envers la cruauté. Quels termes Sennefer avait-il employés ? Ah oui ! « Les pires excès de la chambre à coucher. »

Le meurtre n'avait pas eu lieu à Ouaouat. Vu la vitesse à laquelle les rumeurs s'y propageaient, une histoire aussi grave aurait été impossible à étouffer. Nofery l'aurait entendue et, avec sa curiosité sans borne, elle aurait découvert la vérité. Bak ne pensait pas non plus à une partie de chasse officielle. Là encore, la nouvelle aurait volé comme le vent, et Hatchepsout aurait banni Baket-Amon de la maison royale. Après tout, il n'était qu'un misérable étranger, un prince insignifiant, indigne du pardon après ce crime odieux.

L'incident devait être arrivé à Kemet, quelque part le long du fleuve. Comme le prince passait le plus clair de son temps à Ouaset, on pouvait raisonnablement supposer que cela s'était produit là-bas. La capitale comptait bien des maisons de plaisir, toutes différentes, chacune offrant une infinie variété de divertissements. Dont certains étaient loin d'être sains.

Paouah avait été vendu au propriétaire d'un tel établissement, et soumis, au dire de Thaneni, à d'innommables cruautés. Amon seul savait tout ce que l'enfant avait subi avant d'être acheté par Sennefer.

Sennefer avait acheté Paouah ! Bak se releva d'un bond, orienta son petit miroir afin d'intercepter les rayons du soleil et lança à l'enfant le signal de le rejoindre.

— Saurais-tu me décrire le prince Baket-Amon ? demanda tout bas le policier.

Il demeurait impassible et refrénait son espoir. Paouah s'efforçait de reprendre haleine après avoir traversé l'oued en courant, puis gravi l'escarpement.

— Non, chef. Je ne l'ai jamais vu, répondit-il à mi-voix.

— Absolument jamais, alors qu'il était un visiteur assidu chez Amonked ?

— J'accompagne toujours mon maître lorsqu'il sort et, chez nous, quand je n'ai pas de tâche à exécuter, je reste à ma place avec les autres serviteurs.

Bak retint un cri de joie tout en se maudissant de son aveuglement. Il avait oublié la véritable position de l'enfant dans la maison.

— Il était grand, Paouah. Lourd, d'apparence imposante. Il se vêtait comme un homme fortuné du pays de Kemet, mais à sa peau foncée, on devinait qu'il venait de Ouaouat. Il portait souvent un pendentif en or représentant Amon à tête de bélier, et il...

Le gamin écarquilla les yeux sous l'effet de la stupeur et d'une peur naissante, beaucoup plus intense que lorsqu'il avait avoué avoir été témoin de deux meurtres. Une peur proche de la panique.

— Je... Je ne peux pas le dire, chef.

— Ou plutôt tu ne le veux pas.

— Non, chef. Si ! Enfin...

Paouah regarda dans la direction d'où il était venu ; l'envie de fuir se lisait sur son visage.

— Chef, je dois retourner près de Pachenouro. Les hommes du désert peuvent déboucher de l'oued à tout moment.

Bak empoigna le jeune garçon par les épaules — elles étaient lisses et luisantes de sueur.

— Il enverra le signal s'il a besoin de toi. Dans le cas contraire, tu peux aussi bien les attendre ici.

Paouah se contorsionna pour tenter de s'échapper. Bak n'osait le lâcher, de crainte qu'il ne disparaisse à jamais dans les profondeurs du désert dont il était issu. Sa réaction confirmait qu'il savait quelque chose de grave.

— J'ignore ce que tu redoutes, Paouah, mais tu as ma parole qu'il ne t'arrivera rien de mal.

— Il faut que je retourne près de Pachenouro !

— Plus nombreux seront ceux à qui tu révéleras le secret enfoui dans ton cœur, plus tu seras en sûreté. Commence par moi, ici et maintenant.

La volonté de l'enfant céda, en même temps que la force de ses jambes. Il se laissa tomber sur le rocher et Bak s'assit à côté de lui, assez près pour le retenir s'il essayait de fuir.

— A présent, raconte-moi ce que tu sais de Baket-Amon.

— Il... Il venait souvent chez Thoutnofer, dit Paouah d'une voix tremblante. Nous ne connaissions pas son nom. Thoutnofer l'appelait toujours « le bélier de Ouaouat », et c'est ce surnom que nous aussi nous lui donnions.

Il se mit à pleurer à chaudes larmes. Il essuya ses yeux d'un revers de main, laissant des traînées sur ses joues, et dit avec maladresse :

— Je suis triste qu'il soit mort. Il... Il était gentil.

Bak scruta l'oued en tendant l'oreille. Il ne vit aucun signe de Pachenouro sur la falaise opposée. Il posa la main sur le dos du gamin et l'interrogea avec plus de douceur.

— Était-il impliqué dans les meurtres dont tu parlais hier ?

Le jeune garçon fixa ses mains, qu'il serrait très fort sur ses cuisses.

— Oui, chef.

— Que s'est-il passé, Paouah ? Comment est-ce que tout a commencé ?

— A cause de Meretrê. Le bélier de... Le prince aurait pu l'acheter dix fois — et j'ai maintes fois prié Hathor pour cela, mais je n'ai pas été exaucé.

Il se mordit la lèvre, battit des paupières pour refouler ses larmes.

— Elle était à peine devenue femme et aucun homme ne l'avait touchée. Une friandise de choix, comme Thoutnofer aimait le répéter. Il la gardait en réserve et appâtait les clients par sa jeunesse et sa beauté. C'était mon amie, ma sœur, dit-il en se remettant à pleurer. Nous étions censés connaître le même destin. Elle me manquera toujours.

Il ferma les yeux de toutes ses forces comme pour effacer ses souvenirs. Bak pressentait un secret plus profond, qu'il lui fallait coûte que coûte découvrir.

— Quel était ce destin, Paouah ?

— Ça n'a pas d'importance !

Un éclair de lumière passa sur la poitrine de Bak, qui tourna aussitôt la tête vers la cachette de Pachenouro. Un autre éclair de lumière, plus long, destiné à être vu par tous les soldats postés sur le côté nord de l'oued. Ceux-ci disparurent, comme ravis par les dieux. Bak saisit son propre miroir et répéta le signal pour alerter les hommes sur le versant d'en face. Ils se dissimulèrent aussitôt.

— Ils arrivent ! murmura Paouah.

Bak l'attrapa par le bras, le poussa vers le sommet de la pente puis dans l'ombre profonde d'une avancée rocheuse, où ils ne pouvaient être vus d'en bas. Il appuya ses armes contre la paroi. Les moineaux tournoyaient au-dessus d'eux en poussant des pépiements stridents à l'adresse des intrus.

— Est-ce qu'on te gardait en réserve, Paouah, de la même manière que Meretrê ?

Tout espoir d'un répit disparut. Le jeune garçon baissa la tête, dissimulant sa honte, et répondit d'une voix à peine audible :

— Tous les deux, nous étions sans cesse exhibés pour éveiller l'appétit des riches clients.

Bak marmonna un juron. Une fille de douze ans à peine, un garçon de huit ou neuf ans. Un lot à vendre au plus offrant. « Cela peut-il être le secret de l'enfant, la raison de sa terreur ? s'interrogea Bak. Non, il est loin de chez Thoutnofer, à l'abri de cette dépravation. »

— Sennefer ne vous a pas achetés, n'est-ce pas ?

Il doutait que le noble soit de cette sorte, mais la question devait être posée.

— Oh, non, chef ! Il m'a trouvé quand je me suis enfui.

« Ainsi, Thoutnofer est toujours propriétaire de ce garçon, pensa Bak. A moins que Sennefer ou Amorked ne soit allé chez cette ordure pour lui faire une offre impossible à refuser. »

— Meretrê a-t-elle pris la fuite avec toi ?

Malheureux comme les pierres, Paouah secoua la tête, le regard rivé sur ses mains. Bak se sentait le cœur serré.

— Il faut me le dire, Paouah.

Les larmes se mirent à couler pour de bon ; les sanglots entrecoupaient les paroles de l'enfant.

— Une nuit... C'était il y a trois ans. Un homme est entré chez Thoutnofer. Il était assez tôt, mais les affaires marchaient bien. Les pièces étaient remplies de gens en quête de plaisir. Meretrê et moi, nous étions exhibés. L'homme était jeune et bien tourné. Il s'appelait Menou. Il était venu auparavant, mais jamais il n'avait été si... Si arrogant. Si exigeant. Il attira Thoutnofer à l'écart. Ils s'installèrent dans un coin tranquille et discutèrent, quittant à peine Meretrê des yeux. Quelquefois, ils s'échauffaient, puis ils se parlaient comme de vieux amis. Pour finir, un accord fut conclu. Thoutnofer leva la main et lui fit signe.

Les sanglots l'étouffèrent ; son corps frissonnait de

désespoir. Il se laissa tomber par terre et serra ses jambes contre sa poitrine, les étreignit comme pour apaiser les spasmes. Bak s'agenouilla près de lui. Il aurait voulu le prendre dans ses bras pour le consoler, mais il ne le pouvait pas. Paouah était assez grand pour se vexer d'être traité comme un enfant.

Le laissant pleurer tout son soûl, Bak jeta un coup d'œil à l'extérieur de leur abri. Hormis les moineaux, qui s'étaient remis à nourrir leur progéniture, rien ne bougeait. Alors il entendit un son, puis des mots, aussi évanescents qu'un nuage de fumée. Il s'abrita les yeux pour regarder vers l'amont. Sortant du désert éblouissant, une petite silhouette, puis deux, cinq, dix, descendirent le sentier le long du lit asséché.

Les nomades parlaient entre eux, se vantant de leur force pour affermir leur courage. En même temps, ils restaient sur le qui-vive et regardaient de part et d'autre, puis se retournaient comme pour s'assurer qu'ils n'étaient pas seuls, que les autres suivaient. On ne leur avait peut-être pas dit que les espions envoyés par Horpen-Dechret avaient péri, mais ils devaient savoir que les membres de la caravane étaient prêts à résister, soutenus par les soldats de la garnison.

Les yeux bouffis mais presque secs, Paouah s'approcha de Bak et chuchota :

— Combien de temps encore avant qu'on passe à l'attaque ?

— Pachenouro donnera le signal quand le dernier d'entre eux sera à notre portée. Nous avons encore un moment. Ils sont beaucoup trop dispersés pour ne pas en pâtir.

Gardant le regard fixé sur les hommes qui approchaient tandis que d'autres apparaissaient derrière, il reprit le fil de ses questions.

— Menou acheta quelques heures en compagnie de Meretrê. Baket-Amon survint-il alors pour s'interposer ?

— J'aurais bien voulu ! dit le jeune garçon avec ferveur.

— Que s'est-il passé ?

Paouah tenta de se rebeller :

— Ne puis-je te le dire plus tard, quand nous aurons affronté ces misérables barbares ?

Bak prit le garçon par le menton et le força à le regarder dans les yeux.

— Paouah, si tu n'étais allé avec Pachenouro espionner le camp ennemi, nous ne serions pas ici aujourd'hui, avec de bonnes chances de remporter la victoire. Néanmoins, j'ai une furieuse envie de te retourner sur mon genou et de te flanquer une fessée.

Paouah s'empourpra et avala péniblement sa salive.

— Plus de faux-fuyant, tu m'entends ? dit Bak en le lâchant.

Des larmes lui montèrent aux yeux, mais dans sa colère et sa fierté, il parvint à les ravaler.

— Menou l'emmena au fond de la maison. Thoutnofer m'ordonna de continuer à aller et venir, à me montrer sous mon meilleur jour. J'obéis. Pendant tout ce temps, je m'efforçais de ne pas penser à Meretrê et ne pensais à rien d'autre. Et pendant tout ce temps, Thoutnofer se vantait de la fortune que Menou avait échangée contre elle. Une maison — pas très grande, répétait-il sans cesse, mais un bon investissement dans une cité aussi populeuse que Ouaset. Je le haïssais. J'aurais voulu le tuer. Mais je ne pouvais rien faire.

Le premier groupe de pillards arrivait immédiatement sous leur abri, ce qui permit à Bak de voir Hor-pen-Dechret distinctement pour la première fois. Le chef marchait d'un pas fier à la tête de son armée. Il était grand et mince, et son corps luisait d'huile. Il portait un pagne de cuir teint en rouge, clouté de cercles de métal. Un large collier de perles multicolores ornait sa poitrine, des bracelets de cuir ceignaient ses poignets et ses chevilles, et une plume écarlate était plantée dans ses cheveux sombres, courts et bouclés. Il était armé d'une grande lance et d'un bouclier à chevrons rouges.

Son armée suivait par petits groupes, sans ordre particulier. Si leur chef évoquait un pur-sang, alors eux étaient des ânes. Des hommes vêtus avec simplicité, de cuir, de lin ou de laine, des tenues sans ornements, souvent élimées ou rapiécées. Des hommes arrachés à leur épouse, à leurs enfants, à leur troupeau, portant sur le dos tout ce qu'ils avaient apporté, et dans bien des cas, tout ce qu'ils possédaient.

Bak avait envie d'attaquer sur-le-champ, d'abattre de ses mains celui qui avait attiré ces gens du désert en leur faisant miroiter la gloire et la richesse. Il se contint. Cette armée devait être écrasée afin de mettre un terme pour toujours au rêve d'une alliance tribale.

Paouah, la voix rauque d'émotion, se remit à parler :

— Le temps passa. Combien d'heures, je ne le sais pas. Une, peut-être deux ou plus encore. Quand il ne resta plus que quelques clients, Thoutnofer me dit d'aller reprendre mon travail de serviteur. En allant vers le fond de la maison, je passai devant la seule pièce dont la porte était en bois. De l'autre côté de cette porte résonna un cri terrible. Celui d'une femme désespérée. Je sus, avant même d'ouvrir, que c'était Meretrê...

Sa voix se brisa, hachée par les sanglots. Bak posa avec douceur la main sur son épaule. Déjà il devinait ce qui avait dû se passer.

De grosses larmes roulaient sur les joues de Paouah.

— Elle était là, sur la natte, en sang à force d'avoir été battue. La vie s'écoulait d'elle. Un chiffon sale étouffait ses cris. Menou, cette bête immonde, était à califourchon sur elle, le poing rougi, des traînées sanglantes sur tout son corps.

Respirant avec peine tant il pleurait, Paouah leva vers Bak un regard fou de colère et de douleur.

— Je voulais tant l'aider, mais je n'en eus pas le courage. Je m'enfuis en hurlant vers l'entrée de la maison.

— C'était le mieux à faire, dit Bak en essayant de le calmer. Tu devais trouver de l'aide.

— Le bélier de... Le prince venait d'arriver. Je ne me rappelle plus mes paroles, mais il courut avec moi jusqu'à la pièce où Meretrê gisait, impuissante. Il vit dans quel état elle était, et il vit ce monstre répugnant s'écarter d'elle. Il l'empoigna par le bras, le jeta contre le mur en l'étourdissant à moitié, puis il alla près de Meretrê. Elle rendit le dernier soupir dans ses bras et son ka quitta son corps. Il la reposa tout doucement sur la natte et, en se tournant, il s'aperçut que Menou tentait de s'échapper. Il bondit sur lui, l'attrapa par le cou et serra, serra...

Au-dessous d'eux, les nomades passaient en un flot irrégulier. De temps en temps, montait un mot dans une langue que Bak ne comprenait pas. Il se remettait difficilement de ce qu'il venait d'entendre, bien qu'il eût pressenti une grande part de la terrible vérité.

— Tu as tout vu ?

— Oui, chuchota Paouah.

— C'est alors que tu t'es enfui de chez Thoutnofer ?

— Le... Le prince m'avait dit de quitter cet endroit ignoble, de courir de toutes mes forces, expliqua le jeune garçon en essuyant ses yeux gonflés. J'ai couru jusqu'au port et je me suis caché sur un navire d'agrément qui était à quai, dans l'espoir qu'il m'emporterait bien loin. En effet, il avait Mennoufer pour destination. Sennefer, dont c'était le bateau, m'a surpris au moment où j'essayais de sortir en cachette. J'avais faim, j'avais peur... Il m'a pris en pitié et m'a emmené dans sa maison, où il a dit à tout le monde qu'il m'avait acheté.

— Lui as-tu révélé que tu avais été témoin de ces deux meurtres ?

— Je lui ai parlé de Meretrê et j'ai dit qu'un homme dont je ne connaissais pas le nom l'avait vengée. C'est tout.

Le gamin respira un grand coup et sourit bravement.

— Le prince Baket-Amon m'a sauvé la vie. Si j'étais

resté chez ce maudit Thoutnofer, je serais mort, comme Meretrê.

Quant à cela, Bak n'avait aucun doute.

Sur la piste en contrebas, les groupes devenaient plus épars, le nombre de traînards grandissait. Bak sentait croître sa nervosité. La moitié avait passé, à coup sûr, peut-être davantage. Pourtant, toujours aucun signal de Pachenouro. Le Medjai avait-il été repéré et capturé ? L'armée en haillons s'en sortirait-elle indemne, ce qui rendrait difficile l'affrontement final dans la vallée et compromettrait peut-être leur victoire ?

Sachant qu'il avait souvent tendance à s'inquiéter trop tôt, il reporta son attention sur son jeune compagnon.

— Pourquoi es-tu terrorisé à ce point, Paouah ? Sais-tu qui a assassiné Baket-Amon ?

— Non, mais tu as dit toi-même que le meurtrier se cache parmi ceux qui sont venus avec nous de Ouaset. Ne verra-t-il pas en moi une menace ?

— Sais-tu autre chose que tu ne m'aies pas révélé ?

— Non, chef.

Bak doutait que Paouah soit en danger, mais il comprenait son anxiété.

— Parle-moi de Menou. Du moindre détail qui te revient, même insignifiant.

— Il était sûrement riche, dit le gamin, s'agenouillant près de Bak et regardant avec lui les nomades défiler sur le sentier. Chaque fois qu'il venait chez Thoutnofer, il choisissait le meilleur cru du Nord. Il misait de très grosses sommes sur les jeux de hasard, même quand il ne jouait pas. Et il prenait les femmes les plus désirables, les plus chères.

— Avait-il déjà fait du mal à l'une d'elles, avant Meretrê ?

— Elles revenaient quelquefois couvertes de bleus, et aucune ne voulait retourner avec lui, après.

— Thoutnofer aura à répondre de bien des crimes, dit

Bak. Que peux-tu m'apprendre encore au sujet de Menou ?

— Il portait toujours de beaux vêtements et des bijoux. Parfois, quand il n'avait rien d'autre, il offrait un bracelet ou un collier contre une nuit de plaisir.

— Un homme qui échange ses biens personnels n'est pas toujours aussi riche qu'il le paraît. Cela pourrait-il être vrai, en ce qui le concerne ?

— Je n'y avais jamais pensé, mais... Oui ! La maison qu'il a donnée en échange de Meretrê effaçait aussi d'autres dettes envers Thoutnofer.

Les bribes d'une conversation récente revinrent à Bak, des paroles spontanées, regrettées l'instant d'après. Il espéra sincèrement qu'il se trompait.

— Comment Menou était-il, physiquement ? T'en souviens-tu ?

— Je ne l'oublierai jamais. Je le revois jusque dans mon sommeil. Une bête, un monstre de la nuit, mais si beau que les dieux l'auraient envié.

L'expression de Bak lui fit comprendre qu'il attendait des détails plus spécifiques.

— Il était mince, de taille moyenne, et il avait environ trente ans. Ses yeux étaient bleu-vert et ses cheveux roux luisaient comme de l'or sous la lumière des lampes.

La tristesse s'insinua dans le cœur de Bak.

— Était-il originaire du Nord ?

— Comment le sais-tu ? interrogea Paouah, stupéfait.

— « Mon frère cadet s'est ruiné dans sa quête effrénée des plaisirs », dit Bak, citant le capitaine Minkheper.

Il avait trouvé celui qu'il cherchait.

Un éclair de lumière perça l'ombre, signalant que les derniers nomades étaient entrés dans l'oued. L'heure était venue de frapper.

17

Bak adressa un signal lumineux aux hommes postés en face, pour les avertir de prendre leurs armes et de se préparer à la bataille. Puis il ordonna à Paouah :

— Rapporte à Sennefer ce que tu m'as appris et à quelle conclusion cela m'a conduit. Relate-lui toute l'histoire sans rien omettre, puis, ensemble, allez en informer Neboua et Amonked.

— Mais, chef ! Je veux rester auprès de toi, combattre l'armée d'Hor-pen-Dechret, protesta Paouah, effondré.

Bak enfila un protège-poignet en cuir, assujettit son carquois sur son épaule et ramassa son arc.

— La mission que je te confie est beaucoup plus importante, Paouah, expliqua-t-il avec une pointe d'impatience. Si toi et moi venions à disparaître, nul n'apprendrait jamais le nom du coupable. Il faut que les autres le sachent. Parmi tous ceux qui connaîtront la vérité, il y en aura bien un qui survivra.

— Tu parles comme si tu t'attendais à une défaite.

Ayant saisi sa lance, son bouclier et son bâton, Bak descendit la pente, suivi par l'enfant.

— Je suis sûr de la victoire, mais il ne s'agit pas d'une simple escarmouche. Des hommes vont mourir.

— Chef...

Bak posa ses armes sur le gros rocher plat, ne gardant que son arc et son carquois.

— Plus de discussion. Maintenant, fais ce que je dis.

Un nomade les repéra et les montra du doigt à ses compagnons. Les autres levèrent la tête vers la falaise, mais ne s'inquiétèrent pas outre mesure de ceux qu'ils prirent pour un chasseur et son serviteur. Deux ou trois levèrent leur arc comme pour les viser. Bak s'accroupit et attira Paouah près de lui. Les nomades décidèrent de réserver leurs flèches à des cibles plus redoutables.

— Recommande à Sennefer, Neboua et Amonked de ne rien dire à Minkheper. Je m'en chargerai moi-même après la bataille.

Bak, enfiévré à la perspective du combat, frotta le miroir sur son pagne pour polir la surface déjà brillante.

— En rejoignant la caravane, Sennefer et toi, prenez soin de marcher au sommet de la falaise. Tenez-vous à l'écart des pillards. Exécution !

— Mais...

— Paouah ! Les hommes qui désobéissent sur le champ de bataille, on les envoie dans les mines du désert. C'est un sort que je ne souhaite à personne.

Le jeune garçon avala sa salive, prenant la menace au sérieux sans pouvoir dissimuler son plaisir d'être traité en homme. Il se tourna en pivotant sur un talon, puis gravit la pente vers le rocher derrière lequel Sennefer s'était tapi.

Bak adressa un signal aux archers de l'autre côté de l'oued, que Pachenouro répéta à l'intention des soldats postés sur le versant nord, où Bak se tenait. Les archers se levèrent, comme surgis de nulle part, et firent voler leurs flèches. Plusieurs hommes tombèrent, sur la piste. Un nomade lança un cri d'alarme.

Bak banda son arc et décocha un trait. Un homme s'écroula, le dos transpercé. Les archers réarmèrent et à nouveau une pluie de flèches tomba sur les pillards, terrassant plus d'une douzaine d'entre eux. Les autres se dispersèrent en hurlant de peur et de désarroi, trop nombreux pour trouver refuge derrière les rares rochers éboulés. Une troisième vague de flèches, puis une quatrième firent de nouvelles victimes.

Bak se tourna vers Sennefer. Le noble, qui l'observait de son abri, lui fit signe qu'il avait compris ce qu'il devait faire. Un instant plus tard, Paouah et lui fonçaient sur la pente rocheuse et disparaissaient dans l'ombre d'une crevasse.

Certain qu'ils accompliraient leur mission quitte à en mourir, Bak concentra son attention entière sur les nomades. Ses talents à l'arc ne lui avaient jamais inspiré une grande fierté, toutefois il toucha un homme, puis un autre et un autre encore. Les archers, plus experts, abattaient l'ennemi comme s'ils fauchaient un champ de blé mûr. Les boucliers ne suffisaient pas à protéger les pillards contre les traits qui fusaient des deux côtés. Ceux qui tombaient gémissaient et pleuraient pour qu'on les aide, certains blessés, d'autres agonisants, sans que nul ne vienne les secourir.

Les archers ennemis opposaient une résistance farouche. Ils couraient, esquivaient, décrivaient de brusques écarts tout en tirant. Deux des soldats de Bak furent touchés, l'un au flanc, l'autre au bras, mais pas assez grièvement pour renoncer à se battre.

En bas, un chef aux cheveux tressés de ruban rouge lança un ordre dans une langue inconnue. Plus de vingt guerriers se regroupèrent autour de lui. Pendant que les uns encerclaient le groupe de leurs boucliers, les autres, bien protégés à l'intérieur, ripostaient contre leurs assaillants.

Un des archers de Bak s'effondra, une flèche dans la poitrine, puis resta immobile et silencieux. Un autre tomba à genoux, le bras inerte. Un troisième rampa derrière un rocher en traînant la jambe. Malgré la douleur, il tourna son arc et continua à tirer jusqu'à ce qu'il eût vidé son carquois, touchant deux ennemis.

Trois des siens en moins, sur vingt. Beaucoup trop en si peu de temps. Il fallait coûte que coûte briser la formation ennemie. Bak courut vers son meilleur archer, qui avait presque utilisé toutes ses flèches.

— Houy, abats le chef, l'homme aux cheveux tressés.

Le soldat considéra le bloc humain d'un air dubitatif.

— Je vais essayer, chef.

Bak se remit à courir, s'empara du carquois du mort et fonça vers l'homme au bras cassé. Comprenant son intention, celui-ci lui tendit son carquois désormais inutile. Bak le remercia d'un bref sourire et retourna à toute allure près de Houy, qui s'était abrité jusqu'à la taille dans un trou creusé par l'écoulement des rares intempéries survenues dans la région.

Une flèche siffla, déchira sa cuisse gauche. Il se laissa tomber tant bien que mal dans le trou et jeta les deux carquois à l'archer. Le sang jaillissait, mais à l'examen la blessure se révéla trop superficielle pour causer de l'inquiétude. Vite, il déchira l'ourlet de son pagne, fit un tampon et le noua par-dessus pour arrêter l'épanchement. Chaque mouvement de sa jambe provoquait une brûlure — un faible prix à payer. Il remercia Amon de lui avoir épargné bien pire.

Dans les deux carquois, le nombre de flèches diminuait. Il n'y en eut plus qu'une douzaine, puis qu'une demi-douzaine. A chaque fois que Houy en prenait une, il marmonnait des jurons d'une manière lente et régulière, une sorte d'incantation qui suivait le rythme de ses efforts.

Pachenouro envoya un signal : le dernier des traînards était entré dans l'oued. Le temps était venu de refermer le piège sur eux, les coupant du désert qu'ils connaissaient si bien. Bak relaya le message, cette fois par un sifflement tellement clair et sonore que l'écho se répercuta dans l'oued tout entier.

Houy arma son arc et le tint d'une main ferme, en fixant les hommes massés les uns contre les autres, en contrebas. Soudain, il libéra la corde. La flèche fendit l'air droit devant elle et toucha un guerrier à peine visible. Celui-ci trébucha, rompant brièvement la barrière de boucliers. Lançant une imprécation telle une prière, Houy fit voler la dernière flèche héritée de son camarade défunt. Une tête disparut d'entre les autres, un corps s'écroula. On apercevait du rouge dans ses cheveux. Le mur de boucliers vacilla, puis le bloc se disloqua, laissant chacun livré à ses propres ressources. Ils abandonnèrent leur chef à terre et descendirent l'oued en courant.

Houy s'essuya le front avec soulagement. Bak le félicita d'une claque sur l'épaule et s'extirpa du trou. Les pillards se repliaient vers la vallée pour rejoindre la caravane, contre laquelle ils pourraient livrer bataille avec quelque chance de succès. Ils répliquaient de leur mieux contre leurs assaillants. Les estropiés avançaient avec eux en trébuchant. Les blessés graves et les morts restaient là où ils étaient tombés.

Quelques rescapés tournèrent le dos à leurs compagnons et remontèrent l'oued vers le désert pour recouvrer la sécurité et la liberté. Ils furent vite arrêtés par le sergent Dedou et des archers qui avaient bloqué la piste, mettant un terme à tout espoir de fuite.

Bak siffla à nouveau. Ses lanciers — la moitié des gardes d'Amonked — sortirent de leur cachette et rejoignirent les archers sur les pentes, doublant la taille de la petite armée de Kemet. Excepté quelques hommes qui encerclèrent les déserteurs et les blessés en état de marcher, ils pressèrent et harcelèrent l'ennemi afin de le pousser vers la vallée.

Là-bas, si tout se passait bien, ils chargeraient les troupes d'Hor-pen-Dechret, interrompant le combat et semant la consternation parmi les pillards.

Bak conduisit ses troupes dans la vallée. Maints d'entre les fuyards traversaient les hauts pâturages, d'autres se sauvaient à travers champs, s'enfonçant jusqu'aux genoux dans les plants de céréales et de légumes. Des hommes à l'expression résolue sortirent en masse du village ou arrivèrent des fermes et des hameaux voisins, accompagnés de chiens.

Chacun d'eux s'était muni d'une lance, d'une faux, d'une arme improvisée. Bak ne se faisait pas d'illusion.

Ils ne venaient pas à la rescousse, mais pour sauver leurs cultures.

— Restez en dehors des champs ! cria-t-il en espérant que ses hommes, grisés par leur succès dans l'oued, voudraient bien l'entendre.

Il lança un nouvel ordre, et les archers s'élancèrent vers une avancée de terre qui saillait de l'escarpement tel un doigt tendu. Dix archers ennemis, le dos tourné, criblaient le campement.

A travers l'herbe piétinée, Bak mena ses lanciers à l'assaut. Même s'il s'efforçait de rester lucide, il sentait vibrer en lui la même exaltation.

Devant eux, les nomades qui s'étaient engouffrés dans la vallée se précipitaient vers le gros de l'armée d'Horpen-Dechret ; de loin, celle-ci paraissait prête à attaquer la caravane retranchée derrière sa barricade. Les cris excités et les vantardises faiblirent, puis moururent. Une vague de consternation et de désarroi monta en crête, puis retomba. Alors une voix rageuse, parlant une langue du désert, s'éleva au-dessus de toutes les autres. Horpen-Dechret haranguait son armée, l'exhortait à songer à la victoire future au lieu de contempler la défaite passée.

Bak pensait qu'ils auraient chargé depuis longtemps et seraient dans le feu du combat. Ils avaient dû attendre le reste de leurs troupes, qui traversaient l'oued. Ou s'étaient-ils reformés après avoir été repoussés ?

Il reporta son regard sur la saillie rocheuse où il avait vu les archers ennemis. Il n'en restait aucun et ses propres hommes escaladaient la pente pour les remplacer. Satisfait que cette menace ait été éliminée, il scruta les champs vers le nord. Un linge blanc drapé sur une branche d'acacia lui apprit que le lieutenant Ahmosé et ses troupes étaient en position.

A l'ouest, Rê descendait vers l'horizon, laissant la caravane à l'ombre de l'escarpement. Encore une heure de lumière, bien que la bataille dans l'oued ait semblé aussi longue qu'un jour entier. Les guerriers du désert devaient se décider à agir, avant que la pénombre ne les force à battre en retraite.

Bak siffla pour ordonner la charge. Ses hommes n'attendaient que ce signal ; impatients d'en découdre, ils coururent vers le campement. Au nord résonna l'écho cuivré d'une trompette : Ahmosé lançait également ses troupes. Les soldats jaillirent d'un champ de blé, comme soulevés de terre par les dieux, et se précipitèrent sur l'ennemi.

Un cri farouche retentit et les guerriers du désert se ruèrent en avant, poussant des hurlements sauvages pour paraître plus effrayants. Ils furent soudain bloqués par la haie de boucliers hérissée de lances, qui firent des ravages dans le premier rang. Ceux qui étaient derrière pressèrent les meneurs d'avancer et la barrière céda. Les boucliers tombèrent ou furent balayés sur les côtés, et la petite troupe de Neboua se replia afin de se regrouper. Tous se préparèrent à affronter l'ennemi parmi de hautes piles de jarres, de sacs, de paniers, de vivres et de matériel, sans oublier les meubles d'Amonked et, pour faire bonne mesure, des montagnes de foin — tout ce que les ânes avaient pu transporter au cours du voyage.

Plus de la moitié des troupes adverses avait franchi les boucliers. Les cris effrayants étaient plus sporadiques, bien des voix s'étaient tues à jamais. Bak et ses hommes fondirent sur le flanc arrière gauche tandis que les troupes d'Askout attaquaient le flanc droit. Les bruits de la mêlée emplissaient l'air : choc sourd du bois contre le bois, peaux de bouclier bien tendues résonnant sous le fer, halètements, jurons, imprécations, cliquetis du bronze qu'on entrechoque, cris et gémissements.

Une poussière impalpable montait aux pieds des combattants. L'odeur du sang et de la sueur prenait à la gorge. Oubliant la brûlure dans sa cuisse, le sang qui suintait sous son bandage de fortune, Bak parait les coups de sa lance et de son épée.

Il se battait avec âpreté, baigné de sueur malgré la fraîcheur du soir. Ses lanciers, mêlés aux soldats d'Ahmosé, déployaient une adresse et un enthousiasme dont nul n'aurait rêvé quelques jours plus tôt. Il était fier d'eux. Ils pourraient regagner la capitale la tête haute avec Amonked.

Bak perçut derrière lui une respiration saccadée. Il fit volte-face, juste à temps pour détourner la lame d'une dague. Du bois de sa lance, il frappa l'ennemi au niveau de la taille. Le guerrier s'accrocha à la hampe. Bak tentait de la dégager quand, brusquement, l'homme lâcha prise et s'effondra. Sechou leva sa masse en un salut triomphal et partit se mesurer à un autre adversaire.

Marmonnant à la hâte une prière de gratitude, Bak reprit sa progression. Derrière la barricade effondrée, sa longue lance le gênait à cause des obstacles accumulés sur son chemin. La plupart des soldats avaient déjà abandonné les leurs au profit d'armes de poing. Les pillards avaient été forcés de les imiter. Cet encombrement était une idée de Neboua, qui avait eu là un trait de génie. Ce qui constituait un inconvénient minime pour les membres de la caravane semait le trouble chez les gens du désert — et distrayait leur attention par d'innombrables objets de convoitise.

Bak ficha sa lance dans le sol près d'un monceau de foin, tira le bâton de sa ceinture et se jeta dans la mêlée.

S'en servant telle une massue, il fit tomber la hache qu'un guerrier s'apprêtait à brandir, fractura le bras d'un deuxième, assomma un troisième. A mesure qu'ils tombaient, d'autres les remplaçaient, plus réticents à l'approcher. L'un d'eux projeta une dague que Bak arrêta grâce à son bouclier. Au cri d'avertissement lancé par Horhotep, il se retourna juste à temps pour abattre la masse d'un guerrier menaçant. Un second coup de bâton l'en débarrassa pour de bon. Un nomade s'approchait du conseiller dans l'intention de le pourfendre de son cimeterre. Bak le désarma en lui brisant le poignet, puis le faucha d'un grand coup sur les mollets.

Horhotep leva la main pour le remercier et, l'instant d'après, plongea sa dague dans le flanc d'un ennemi avant qu'il ne fracasse le crâne d'un ânier. Le sang jaillit. Le conseiller se plia en deux pour vomir, puis replongea dans la bataille. Bak fut agréablement surpris. Mis à l'épreuve, Horhotep se révélait être un officier plein de bravoure.

Il jeta un coup d'œil vers le soleil. « Près d'une demi-heure encore. Comment le temps peut-il s'écouler si lentement ? » Ses bras et ses jambes étaient de plomb, son souffle laborieux. Il était en sueur.

Un appel à l'aide le fit courir vers le sergent Dedou et un ânier ; ceux-ci s'efforçaient d'arracher une demi-douzaine de cuves de bière à des nomades qui avaient lâché leurs armes afin d'emporter ce butin. La victoire fut facile.

Dans les remous de la foule, il repéra Merymosé, au coude à coude avec Sennefer et Thaneni. Ils soutenaient l'attaque concentrée d'une poignée de nomades menés par un guerrier paré de peintures et de plumes, qui semblaient résolus à rapporter les chaises à porteurs en guise de trophées. Bak fut soulagé que le noble ait pu rejoindre la caravane sain et sauf, et pria afin qu'il survive à la bataille, ainsi que le jeune officier et le scribe. Thaneni était lent, mais utilisait sa lance avec une redoutable précision.

Un pillard émergea d'un groupe en train de combattre et se précipita sur Bak, sa lance en avant. Le policier s'écarta, le désarma d'un coup de bâton et le poussa vers le sergent Roï, qui l'estourbit d'un coup de masse, adressa à Bak un bref sourire, puis bondit pour repousser un guerrier armé d'une hache. Roï aussi se montrait valeureux.

— Bak ! Derrière toi ! hurla Neboua.

Bak pivota, détourna la lance dirigée vers son ventre et leva son bâton pour assommer son ennemi. Par malheur, son pied glissa et il tomba sur le dos, perdant son bâton, bloquant la moitié de son bouclier de tout son poids. Un rictus aux lèvres, son attaquant s'approcha afin d'achever sa besogne. Alors que la lance était suspendue au-dessus de sa poitrine, l'homme écarquilla les yeux de surprise, laissa glisser l'arme entre ses doigts et tomba sur Bak avec une violence qui lui coupa le souffle. Un long poignard dépassait de son dos.

Minkheper se pencha et récupéra son arme.

— Ça va aller, lieutenant ?

Bak hocha la tête.

— J'ai envers toi une dette dont je crains de ne jamais pouvoir m'acquitter.

Le capitaine repoussa le cadavre sur le côté, puis tendit la main à Bak et l'aida à se relever.

— Pas de dette d'honneur, je t'en prie ! Cette seule idée me rend malade. Cette bataille ne va-t-elle donc jamais finir ? soupira-t-il, essuyant son front en sueur avec un sourire las. Je suis rompu.

— Même Neboua paraît fatigué, remarqua Bak en montrant son ami d'un signe de tête.

Le capitaine, Amonked et un garde luttaient contre un groupe disparate de nomades décidés à faire main basse sur un entassement de chaises, de tabourets et de meubles en jonc tressé. L'un d'eux, assis par terre, pressait son flanc ensanglanté au milieu d'une cascade de lin fin que déversait un des coffres de Nefret.

— Je vais tenter de les sortir de cette impasse, décida Minkheper, qui s'en fut dans leur direction.

La longue lame de son poignard dégouttait de sang, lui donnant l'apparence de ce qu'il était en réalité — un meurtrier.

Bak ramassa son bâton et son bouclier. Sa dette envers Minkheper pesait lourd sur son cœur. Comment pourrait-il déférer le capitaine devant Thouti ou, plus vraisemblablement, le vice-roi, et l'accuser du meurtre de Baket-Amon ? Comment pourrait-il réclamer la mort d'un homme qui lui avait sauvé la vie ?

Quand le soleil s'écrasa sur l'horizon, les combats avaient diminué à l'intérieur du campement. Les nomades songeaient plus à la rapine qu'à risquer leur vie pour une guerre déjà perdue. La bataille s'était déplacée vers les pâturages. Les guerriers suffisamment valides pour battre en retraite se trouvaient confrontés non seulement aux membres de la caravane et aux troupes d'Ahmosé, mais aux cultivateurs qu'Hor-pen-Dechret avait terrorisés pendant tant d'années.

Bak se traça un chemin à travers les obstacles, contourna les morts et les blessés. Quelques-uns de ses propres hommes gisaient parmi les pillards, tombés en grand nombre durant la bataille. Amis et ennemis le regardaient passer, les rares visages qu'il connaissait avec un sourire douloureux, les autres d'un air suppliant ou avec l'indifférence née de l'épuisement. Il appela l'un des porteurs d'Amonked, qui circulait entre eux avec des cataplasmes et des bandages, et lui recommanda de les soulager de son mieux.

Pensant poursuivre lui aussi la bataille sur la plaine, Bak se sépara de son bâton à regret et saisit une lance appuyée contre une haute pile de sacs, dont le grain s'écoulait par des trous percés au cours des combats. Il se retourna — pour découvrir Hor-pen-Dechret, bloquant l'étroit passage. Ils se regardèrent, stupéfaits l'un comme l'autre de cette rencontre inattendue. Le chef tribal n'était plus le fier guerrier à la démarche altière. La sueur tachait son pagne et ses bracelets de cuir ; son large collier était de travers et sa plume éclatante pendait dans ses cheveux. Bak ne doutait pas qu'il paraissait tout aussi négligé et fourbu.

Sitôt remis de sa surprise, il bondit vers le chef ennemi en pointant sa lance. De la sienne, Hor-pen-Dechret para l'attaque et se fendit en avant. Bak recula vivement tout en levant son bouclier pour détourner la pointe de bronze mortelle. Son adversaire vit dans ce geste l'aveu de la défaite. Il sourit triomphalement, prêt à la mise à mort. Du moins le croyait-il.

Sans laisser à l'ennemi le temps de réfléchir, les deux hommes se jetèrent l'un sur l'autre. Bak fit dévier de toutes ses forces la lame du guerrier sur le côté, et elle s'enfonça dans une pile de jarres. Trois des lourds récipients se brisèrent en déversant leur eau, puis une trentaine d'autres roulèrent, heurtèrent les chevilles de Bak et d'Hor-pen-Dechret, qui perdirent l'équilibre. Tous deux lâchèrent leur lance et leur bouclier dans une vaine tentative pour rester debout.

Ils se relevèrent et pataugèrent jusqu'à l'extrémité du camp. Chacun cherchait frénétiquement des armes intactes parmi celles qui étaient tombées lors du premier assaut. Les rares boucliers restants étaient fendus ou cassés. Toutes les lances étaient brisées. Bak, épuisé, appréhendait la perspective d'un corps à corps, cependant il n'avait pas le choix. Il tira sa dague.

Hor-pen-Dechret dégaina également la sienne et se précipita sur lui. Bak esquiva. Tous deux se déplacèrent vers la droite, puis vers la gauche, comme s'ils exécutaient une danse ; ils feintaient, éprouvaient la rapidité de l'autre, sa force, sa vigilance. Plus d'une fois leurs lames s'entrechoquèrent, chacun luttant pour maintenir l'arme adverse à distance. Hor-pen-Dechret était le plus musclé, mais Bak puisait en lui une force et une astuce dont il ne se savait pas capable.

Quand la tension fut trop forte, ils s'écartèrent pour tourner à nouveau l'un autour de l'autre, haletants, trempés de sueur. Les jambes de Bak étaient lourdes et sa danse se fit traînante. Le chef tribal paraissait tout aussi exténué, mais ses mouvements restaient plus légers et plus vifs. Bak sut que, s'il ne vainquait pas très vite, il perdrait la bataille. Et la vie.

Cherchant désespérément une arme qui lui permette de maintenir son adversaire à distance, il recula parmi les boucliers gisant à terre. C'est alors qu'il repéra une lance à la pointe cassée. Au moment précis où Hor-pen-Dechret s'élançait vers lui, il la ramassa et en assena un coup sur son ennemi. Le bras rompu, le chef des pillards laissa échapper sa dague en posant sur Bak un regard incrédule.

Puis il tomba à genoux dans une attitude de supplication.

En compagnie d'Amonked et de Neboua, Bak regardait les troupes d'Askout encercler les derniers vestiges de l'armée tribale. Les habitants de la région observaient la scène, les yeux brillant de satisfaction. Une centaine de nomades s'étaient sortis indemnes de l'affrontement, plus de la moitié étaient blessés, les autres avaient péri. On avait étendu ces derniers tous ensemble, afin de les ensevelir à la lisière du désert au point du jour.

— Quel carnage ! constata Amonked avec tristesse. Que deviendront leurs familles ?

— Certaines s'en tireront, les autres mourront de faim. Comme toujours, répondit Neboua.

Son ton était froid, mais la crispation de sa voix trahissait ses sentiments.

Amonked en tête, ils s'approchèrent de quatorze corps alignés sur le sol — archers, gardes et âniers —, quatorze membres de la caravane tombés sous les coups de l'ennemi. Agenouillé tout au bout, Paouah se courbait au-dessus de la dépouille de Thaneni. Le scribe avait succombé après avoir reçu un coup de lance, vers la fin de la bataille.

Le jeune garçon leva la tête, sans songer à cacher ses larmes.

— J'aimais Thaneni comme un frère. Il va tant me manquer...

Amonked s'accroupit à côté de lui, l'enlaça par les épaules et dit d'une voix altérée par l'émotion :

— Nul ne pourra jamais le remplacer. Il était ma main droite. Non pas un serviteur, mais mon ami.

Bak se détourna. Les caprices des divinités demeuraient pour lui totalement incompréhensibles. Autrefois, Thaneni avait frôlé la mort de si près ! Contre toute attente, il avait survécu à un accident terrifiant. Et voilà qu'il s'était éteint loin de son foyer, au cours d'une bataille, pour avoir refusé de se mettre à l'abri pendant que ses compagnons risquaient leur vie. Un être courageux à l'excès. Où était la récompense pour tant de droiture et de vaillance ?

— Tu sais, n'est-ce pas ?

Debout au bord du fleuve, Minkheper tourna la tête vers Bak qui était arrivé derrière lui.

— C'est toi qui as assassiné Baket-Amon.

— Quelqu'un s'est rappelé mon frère, je présume ?

Bak ignora la question. Il avait promis le silence à Paouah et respecterait son serment.

— Menou méritait de mourir. Pas le prince.

— C'est vrai.

Minkheper fixa les reflets dorés d'une torche sur les rides légères de l'onde, provenant de l'île où l'on avait laissé les ânes.

— Mon frère, beaucoup plus jeune que moi et favorisé en tout par notre père, menait une vie de dépravé. Il fut la honte de mes parents, puis la mienne. Une mort violente l'attendait inévitablement.

Glacé par le froid nocturne et par la fureur sourde qui perçait dans la tristesse de Minkheper, Bak croisa les bras sur sa poitrine.

— Prenait-il toujours plaisir à faire mal ?

Minkheper s'accroupit et laissa l'eau couler autour de sa main, caresser ses doigts telle une amante sur le point de perdre son bien-aimé.

— Il avait depuis toujours une langue cruelle, dont il se servit d'abord pour blesser ma mère et mon père, puis, plus tard, son épouse, Iset. A ma connaissance, elle fut la première sur laquelle il leva la main. Après... Ma foi, à mesure que les années passaient, le feu intérieur qui le consumait lui ôta toute humanité.

Bak tenta de déchiffrer l'expression du marin, mais la nuit était trop noire.

— Tu connaissais sa cruauté et tu n'as rien fait pour la juguler ?

— Je n'ignorais pas qu'il se montrait grossier envers nos parents et, quand Iset réclama le divorce, j'appris pourquoi. Sans la moindre vergogne, il jouait, se soûlait et couchait avec d'innombrables femmes. Pour le reste, dit Minkheper en se levant avec un sourire amer, ma seule excuse est que j'étais trop souvent au loin pour savoir la vérité.

« A mon retour à Ouaset pour régler ses affaires, je découvris que nous n'avions plus rien. Il avait dilapidé l'héritage de nos parents, y compris une propriété que lui et moi possédions en commun. Si Baket-Amon ne lui avait déjà ôté la vie, je l'aurais tué de mes mains.

— T'a-t-on expliqué que le prince l'avait étranglé parce qu'il venait de battre une jeune fille à mort ?

— Oui, Thoutnofer me l'a dit.

Tournant le dos au fleuve, ils remontèrent le sentier enténébré vers le campement, où de grands feux dont les flammes montaient vers le ciel éclairaient ceux qui s'occupaient des blessés. On était depuis longtemps à court d'onguents et de bandages, mais Neboua et Ahmosé avaient réquisitionné dans les villages alentour des rouleaux d'étoffe et des plantes médicinales.

— La mort de Menou était justifiée aux yeux des hommes et des dieux, reprit Bak. Néanmoins, tu as tenu à le venger. Pourquoi, au nom d'Amon ?

— En tant que fils aîné, j'étais tenu de tuer son meurtrier pour ne pas faillir à l'honneur.

— Et peu importait si cette cause était inique ?

Le ton de Bak restait neutre, dénué de toute critique ; mais il n'en était pas moins sévère.

— Oui.

Le chagrin envahissait son cœur. Minkheper était un homme de Kemet au même titre qu'Amonked, Neboua ou Thouti. Pourtant, il s'était cru obligé d'obéir aux divinités d'une terre lointaine, qui exigeaient la vie d'un homme bon en échange de celle d'une brute. Maât, en revanche, requérait que justice soit faite, mais n'exigeait jamais la mort d'un homme sans solide raison.

— A Bouhen, Baket-Amon ignorait-il ton intention lorsqu'il s'est retrouvé en ta présence ?

— Non, il savait ce qui arriverait si nous nous rencontrions, répondit Minkheper avec un profond soupir. Le lendemain du jour où j'appris la vérité sur la mort de mon frère, je rendis visite au prince. Je l'avertis que l'honneur m'imposait de le tuer la prochaine fois que je poserais les yeux sur lui.

Il poussa un nouveau soupir, lourd de tristesse.

— Nous nous séparâmes en bons termes — avec regret, même, sachant que nous aurions pu être aussi proches que des frères en des circonstances plus heureuses.

— Ce fut une chance pour lui que tu navigues sur des mers lointaines la plupart du temps.

— Nous passâmes les années suivantes loin l'un de l'autre. Dans les rares occasions où, par hasard, nous nous trouvions dans la même ville, nous nous donnions le plus grand mal pour nous éviter. Puis, le destin, ou peut-être les dieux — les tiens ou les miens, je ne le saurai jamais — nous amenèrent tous deux à Bouhen, dans cette maudite maison. Que cela me plaise ou non, il m'incombait de venger mon frère, et Baket-Amon ne fit rien pour m'en empêcher.

Un silence pesant les accompagna dans l'obscurité jusqu'au bout du campement.

— Tu as essayé par deux fois de me tuer, remarqua Bak.

— J'avais appris ta réputation de chasseur d'hommes. Je devais tâcher de me protéger.

— Pourtant, aujourd'hui, tu m'as sauvé la vie.

Le sourire amer de Minkheper était bien visible, dans le halo du feu tout proche. Ses cheveux brillaient comme sous l'effet d'un soleil intérieur.

— Je croyais que je voulais survivre, parvenir au grade élevé d'amiral vers lequel mes efforts tendaient depuis tant d'années. Mais à la fin, lorsqu'il m'a fallu choisir entre garder la tête haute ou la courber de honte, je n'ai pu me résoudre à tuer un homme pour qui j'éprouve de l'amitié et du respect.

18

— Regarde-les ! s'exclama Neboua, les mains posées de part et d'autre d'un créneau, observant les prisonniers rassemblés au pied du mur à tourelle. On pourrait penser qu'ils sont las de se battre, mais les voilà qui se querellent déjà entre eux.

Bak, du créneau voisin, considéra les deux hommes qui se hurlaient des insultes, chacun encouragé par ses partisans – des gens qui faisaient partie de la même tribu. Ce genre de comportement ne l'étonnait plus depuis longtemps.

— Hor-pen-Dechret devait avoir une langue de miel pour maintenir l'unité de cette coalition.

— Même s'il restait libre, il n'en formerait plus de sitôt. Les hommes du désert le traitent encore avec respect, car dans l'ardeur du combat il a prouvé sa valeur, cependant ils se montrent plus réservés face à ses paroles.

— Ils ont appris une leçon précieuse.

— Malheureusement, ils ont la mémoire courte.

Les deux amis suivirent la querelle dans un silence paisible, satisfaits par l'issue de la bataille de la veille. La brise du nord atténuait la chaleur du soleil matinal. Une odeur de poisson en train de sécher montait d'une terrasse, de l'autre côté de l'enceinte.

Les nomades, accablés par la défaite, s'étaient accroupis à l'ombre de la muraille ou déambulaient sur la bande de sable où ils étaient retenus captifs — l'un des rares endroits relativement plats du rocher sur lequel se dressait la forteresse d'Askout. Encerclés de gardes pour prévenir toute fuite, ils appréhendaient leur châtiment, se tourmentaient pour leur famille restée loin dans le désert. La tension était exacerbée, les sentiments à fleur de peau. Pour aviver encore leur désarroi, on avait laissé parmi eux les blessés en état de marcher, alors que les plus gravement atteints avaient été transportés à l'intérieur du fort, vers un destin inconnu.

Des voix résonnèrent sous la porte massive, puis le lieutenant Ahmosé et Amonked apparurent sur les remparts. Ce dernier, peu accoutumé aux longues échelles utilisées sur les défenses extérieures afin de couper facilement tout accès en cas d'assaut, posa le pied au sommet avec un soulagement manifeste. Ahmosé le suivit avec une agilité qui attestait de nombreuses années passées dans les garnisons de Kemet. Ils empruntèrent le large chemin de ronde pour rejoindre Bak et Nebioua sur la tour imposante, qui formait l'angle le plus aigu du triangle dessiné par la forteresse.

Amonked leva son bâton de commandement pour les saluer, admira le panorama qui s'offrait à lui et sourit comme si le monde était parfait.

— Vous serez peut-être obligés de me faire descendre de cette maudite tour à l'aide d'une corde, mais la vue qu'on a d'ici est assez spectaculaire pour que l'humiliation en vaille la peine.

Son sourire jovial disparut, remplacé par le sérieux qui seyait davantage à un inspecteur. Il constata la position stratégique de la forteresse, l'immense étendue visible alentour et l'eau coulant de tous côtés — une douve fournie par les dieux. L'île n'était guère qu'un gigantesque caillou où des poches de terre supportaient des arbres, des buissons et quelques potagers conquis de haute lutte sur la nature. Un lieu facile à défendre et difficile à prendre. Pourtant, comme Bouhen et les autres forteresses du Ventre de Pierres, elle était tombée plus d'une fois par le passé quand la négligence des puissants y avait laissé des troupes affaiblies, vouées à l'abandon.

A l'ouest, sur la berge d'en face, on distinguait la caravane, réduite par la distance. Les ânes avaient quitté leur refuge et broutaient les herbes piétinées au sud du campement. Les piles de vivres et de matériel dressées telles des embûches pendant les combats avaient été redistribuées en vue de la prochaine étape, la longue marche jusqu'à Semneh.

— Avez-vous terminé, le lieutenant Horhotep et toi, inspecteur ? s'enquit Neboua.

Bak réprima un sourire. Depuis qu'il s'était battu aux côtés d'Amonked, toute trace de rancœur avait disparu chez le capitaine, et son emploi du terme « inspecteur » était une véritable marque de respect.

— Oui, et d'ailleurs je dois admettre que je suis impressionné. Bien qu'une bonne moitié de l'espace entre ces murailles soit inutilisée — un véritable dépôt d'immondices ! —, la petite troupe cantonnée ici a su tirer le meilleur parti du reste.

— Nous faisons de notre mieux, inspecteur, répondit Ahmosé d'un ton compassé.

Amonked regarda les prisonniers, tout en bas, et son sourire s'effaça.

— Qu'allons-nous faire d'eux ?

Bak interrogea Neboua d'un coup d'œil. Il ne savait si la question était sincère ou de pure forme. Le capitaine haussa les épaules, aussi perplexe que lui. Bak supposa que l'inspecteur sollicitait réellement leur avis.

— Je crois que la menace d'une coalition est éliminée pour un certain temps. Hor-pen-Dechret a perdu tout crédit. Grâce à lui, il n'est guère probable qu'un autre chef avide de richesse et de pouvoir rassemble autant de nomades que nous en avons affronté hier. Mais pendant combien de temps pouvons-nous baisser la garde ? Je ne hasarderai aucune prévision.

— Dans un proche avenir, les tribus refuseraient, intervint Neboua. Trop d'hommes sont morts ou blessés, laissant des familles seules et sans ressources. Des femmes, des enfants, des vieillards qui devront désormais être nourris par les moins démunis d'entre eux.

Amonked contemplait toujours les hommes dont il tenait le destin entre ses mains.

— En principe, nous devrions envoyer à Ouaset tous ceux qui sont en état de voyager, afin qu'ils servent la maison royale et le temple d'Amon.

— Il nous faudrait au moins une compagnie de lanciers pour les escorter durant le voyage, objecta Ahmosé. Or, nous ne pouvons les garder ici en attendant l'arrivée de renforts d'une lointaine garnison. Nous n'avons pas de vivres en surplus, et la prochaine cargaison de blé arrivera bien après les moissons à Kemet. En outre, nous n'avons rien à troquer avec les villageois pour obtenir les fruits et les légumes frais dont nous aurions besoin pour les nourrir.

La mosaïque de champs le long du fleuve inspira une idée à Amonked :

— Les captifs ne pourraient-ils aider au moment des moissons, et gagner ainsi leur subsistance ?

Neboua éclata de rire.

— Les cultivateurs les réduiraient en esclavage et les laisseraient crever de faim !

— Et à Semneh ? suggéra l'inspecteur, sans se laisser démonter.

— Comme les autres forteresses, elle est située sur une terre stérile, expliqua Ahmosé. Ce qu'elle ne reçoit pas de Kemet, elle doit l'obtenir par le troc, auprès des marchands de passage.

— Et nous ne pouvons les prendre avec nous dans la caravane, souligna Bak.

Ayant grandement matière à réflexion, Amonked tourna le dos à ses conseillers pour faire les cent pas sur le chemin de ronde, la tête baissée, les mains derrière le dos. Bak frotta le bandage sur sa cuisse, ce qui ne soulagea guère la démangeaison de la plaie en train de cicatriser. Il savait bien ce qu'il aurait fait, mais la décision ne lui appartenait pas. Neboua et Ahmosé aussi restèrent muets — une véritable épreuve, à en juger d'après leur expression.

Amonked rejoignit bientôt les trois officiers.

— J'en connais certains, à la maison royale, qui ordonneraient de les passer au fil de l'épée. Ils argueraient que nous avons livré bataille et remporté une victoire équitable. Nous avons gagné le droit de leur couper les mains et de les compter.

Ni son visage ni sa voix ne trahissaient ce qu'il pensait de cette idée. Bak avait entendu des vétérans grisonnants évoquer les centaines et les centaines de mains exposées à la vue de grands généraux, dans l'attente d'une récompense : l'or de la vaillance, une part sur le butin ou des captifs réduits à la servitude. C'était concevable lors d'un conflit majeur où des rois s'affrontaient sur le champ de bataille, mais, en l'occurrence ?...

— Nous ne sommes pas en guerre, fit-il valoir. Ce n'était qu'une rébellion locale, menée par un pillard. Couper des mains serait disproportionné, de même que l'exécution de tous ces hommes.

« Qu'ai-je donc dit à Paouah, quand nous attendions l'ennemi ? "Il ne s'agit pas d'une simple escarmouche. Des hommes vont mourir." Et beaucoup sont morts. Des deux côtés. »

Qu'était-ce qui apparut alors dans le regard d'Amonked, sinon du soulagement ?

— Pouvons-nous les libérer ?

Bak réprima un sourire.

— A part les tuer, inspecteur, ce qui obligerait leurs femmes et leurs enfants à errer dans le désert, seuls et craintifs, puis à mourir de faim, je ne sais pas ce que nous pourrions en faire d'autre.

— Laisse-les partir, dit Neboua avec sa franchise habituelle. Je ne vois pas la nécessité d'exterminer des familles entières à seule fin de me vanter d'une petite victoire.

Ahmosé se hâta d'appuyer cette suggestion :

— J'ai suffisamment de vivres pour qu'ils puissent se nourrir en chemin, et assez d'hommes pour les escorter jusqu'au désert.

— Qu'il en soit ainsi.

Amonked, qui ne semblait pas avoir conscience de leur soulagement, se pencha entre deux créneaux et fixa une douzaine d'hommes assis à l'ombre, un peu à l'écart. Le chef vaincu de la coalition avec les survivants de sa tribu.

— Et Hor-pen-Dechret ?

— En voilà un dont je couperais volontiers la main, grogna Neboua, regardant sombrement son ennemi de toujours.

— Impossible de le libérer, déclara Ahmosé. Il s'est enfui une fois, et voyez à quoi cela nous a menés. Aussi sûrement que Rê se lèvera demain, je sais qu'il reviendrait.

— Je propose que tu l'emmènes à Kemet, suggéra Bak. Sa présence dans la maison royale devrait apaiser notre souveraine, bien que nous n'ayons ni asservi ni abattu les autres.

On disait que Maakarê Hatchepsout aimait voir des hommes puissants à genoux devant elle, face contre terre. Un ragot qu'il jugea peu opportun de répéter à son cousin.

Les yeux d'Amonked pétillèrent de malice, comme s'il lisait dans ses pensées.

— Laissez-le seul une heure, sans amis ni alliés pour le soutenir, puis conduisez-le devant moi dans le bureau du commandant Ahmosé.

— Hor-pen-Dechret. L'Horus du désert.

Raide et compassé, Amonked était assis sur le fauteuil à dossier bas d'Ahmosé, rendu aussi confortable que possible grâce à d'épais coussins fournis par l'épouse du lieutenant. Faute d'accoudoirs, il posait une main sur sa cuisse replète, l'autre tenait son bâton de commandement.

— Ne trouves-tu pas ce surnom un peu prétentieux ?

Le prisonnier rejeta la tête en arrière d'un air hautain.

— Pour toi, peut-être. Toi qui ne comprends rien au désert et à ceux qui prospèrent dans son immensité.

Loin de tomber à genoux, le nomade se tenait droit, fier et insoumis. Il traitait le cousin d'Hatchepsout d'égal à égal. On lui avait permis de se baigner et de passer des vêtements propres. Dans un instant de bonne humeur ou par dérision, l'un de ses deux gardes, qui restaient à quelques pas derrière, lui avait donné une plume brune pour remplacer la rouge qu'il avait perdue. Son bras cassé, maintenu dans l'écorce d'un arbre, était bandé tout contre sa poitrine. La fracture était nette, d'après le médecin de la garnison. Une fois qu'elle serait réduite, le bras recouvrerait sa vigueur.

Hor-pen-Dechret tourna les yeux vers Neboua, Ahmosé et Bak, debout à la droite d'Amonked. Avec un sourire impudent, il adressa un signe de tête au lieutenant, saluant son vainqueur et, en même temps, minimisant son exploit.

— Je vais libérer tous ceux que tu as attirés par de vaines promesses de richesse et de gloire, reprit Amonked, aussi altier qu'un prince de sang destiné à monter sur le trône. Sans toi, je doute qu'ils forment une autre coalition.

— Rends-moi ma liberté et je veillerai à ce qu'ils y renoncent.

Amonked haussa un sourcil ironique.

— Implores-tu la clémence, Hor-pen-Dechret ?

— Jamais ! répliqua le nomade en relevant le menton. Je me propose de servir d'intermédiaire entre mon peuple et le tien.

— Tel un ambassadeur ? dit Amonked, égayé par cette idée. Ne comprends-tu toujours pas que tu es notre prisonnier ?

— Je suis un faucon du désert. La captivité me serait intolérable.

Amonked fit disparaître toute trace d'amusement de

ses traits et fixa le fier nomade debout devant lui. Quand le sourire effronté d'Hor-pen-Dechret commença à se crisper, il déclara enfin :

— Je compte t'emmener à Ouaset, où tu comparaîtras devant Maakarê Hatchepsout. Si elle juge bon de t'épargner... Ma foi, elle se montre parfois imprévisible et je ne saurais présumer de sa décision. Toutefois, je puis t'assurer au moins ceci : pour peu qu'elle soit impressionnée par ton apparence et ton attitude viriles, non seulement elle t'accordera la vie, mais tu seras un hôte choyé au sein du palais.

L'espoir renaquit sur les traits d'Hor-pen-Dechret.

— Divertie par ton arrogance démesurée, il se peut même qu'elle t'emmène avec elle chaque jour dans la salle du trône, à l'instar de son chien favori.

Les deux gardes ricanèrent. Hor-pen-Dechret laissa éclater sa fureur. Avec un grondement de rage, il bondit vers Amonked. Avant même que les gardes aient pu intervenir, Bak le repoussa, Neboua empoigna son bras valide, le lui tordit derrière le dos et le contraignit à s'agenouiller.

— Je ne permettrai pas qu'on me ridiculise ! hurla le chef nomade. Prenez ma vie ! Pendez-moi à la proue de votre plus grande nef de guerre ! Traitez-moi en guerrier que je suis !

— Il faut offrir à notre reine un trophée à exhiber, en souvenir de la bataille que nous avons livrée, dit Neboua.

Amonked se pencha en avant afin de bien se faire comprendre.

— Veux-tu que, dans son courroux, parce que j'aurais eu la présomption de vous libérer, les rebelles et toi, elle envoie ses armées dans le désert afin de faire périr les hommes, d'emmener les femmes et les enfants en captivité, et de conduire les troupeaux à Kemet où ils seront sacrifiés à nos dieux ?

— Vous avez ce misérable Minkheper, qui a assassiné le prince Baket-Amon. Que lui faut-il de plus ?

Sous son attitude bravache s'insinuait une morne résignation.

— Minkheper sera escorté à Ma'am, où il comparaîtra devant le vice-roi. La veuve du prince assistera à son châtiment. Après quoi elle jurera allégeance à notre souveraine.

— Ainsi, je reste seul.

— Tu vas devoir payer pour tes forfaits, Hor-pen-Dechret.

— Plutôt mourir que d'être le petit chien de votre reine, ou de n'importe quelle femme !

— Si tu ne te soumets pas, tu subiras le supplice du pal. Une agonie lente et atroce.

Réduit au silence par l'autorité de ces paroles, le chef tribal scruta Amonked. Il ne lut sur ses traits aucune chance de pardon, aucune faiblesse. Alors, accablé, il détourna les yeux. Bak ressentit de la pitié pour le guerrier intrépide désormais vaincu, mais on ne pouvait lui permettre de se relever, de nuire à la paix et à la tranquillité du pays de Ouaouat pendant de longues années à venir.

— Nous resterons un jour encore avant de continuer vers Semneh, annonça Amonked, s'arrêtant à mi-chemin sur le long sentier, escarpé et rocailleux, qui reliait la porte principale au fleuve. La simple idée de reprendre déjà la piste du désert m'est odieuse.

Bak et Neboua, qui descendaient derrière, s'arrêtèrent près de lui, et tous trois contemplèrent la rive occidentale par-delà la passe étroite. Des hommes et des femmes travaillaient dans les champs, sauvant ce qu'ils pouvaient des cultures piétinées durant les combats. Le bétail broutait les herbes folles le long des canaux d'irrigation et sur les hauteurs. Une scène paisible et bucolique, qui faisait oublier que la violence avait régné là, moins de vingt-quatre heures auparavant.

— Si tu veux terminer ta mission, il te faudra reprendre la route tôt ou tard, remarqua Neboua.

— Je crains que ce ne soit plus tôt que tard, soupira Amonked. J'ai dit à Nefret de rester ici, avec sa servante et mon chien. Je ne vois aucune raison de les entraîner plus avant dans cette expédition. Je laisserai aussi la plupart des meubles et des objets que nous avons apportés. Privée de l'abri du pavillon et de confort, Nefret souffrirait terriblement. Elle se sentirait très vulnérable et, la nuit, elle tremblerait au moindre petit bruit.

— Sage décision, inspecteur. Elle semble d'ailleurs bien s'entendre avec l'épouse d'Ahmosé.

Ils se remirent à descendre vers le fleuve, où les attendait l'esquif prêté par Ahmosé pour la durée de leur séjour. Amonked dépassa la barque pour se camper au bord de l'eau. L'odeur du trèfle fraîchement coupé flottait au-dessus de l'onde tel un parfum des dieux. L'inspecteur semblait pensif, et ses deux compagnons respectèrent son silence.

Enfin, il se tourna vers les officiers.

— J'ai adressé un rapport complet au commandant Thouti, comme vous le savez, et un autre au vizir. Vous avez vu vous-mêmes le messager partir. Je ne vois pas de raison immédiate pour votre retour à Bouhen. A moins que vous ne le désiriez, ajouta-t-il avec circonspection, en leur lançant un regard pénétrant.

Bak ne dissimula pas sa surprise :

— Nous suggères-tu de rester avec la caravane ?

— Je me suis entretenu avec le lieutenant Horhotep, et il a convenu que le groupe d'inspection aurait grand besoin de votre expérience et de votre bon sens.

— Horhotep en a convenu ? répéta Neboua, stupéfait.

Les lèvres d'Amonked frémirent, trahissant l'ébauche d'un sourire.

— Je pourrais vous ordonner de nous accompagner, mais il me déplaît d'aller contre votre volonté.

— Et le capitaine Minkheper ? objecta Bak. Nous sommes censés l'escorter jusqu'à Bouhen.

— Il peut rester ici, sous bonne garde.

— Nous pourrions l'emmener avec nous. Sa tâche est

incomplète. Il lui reste à voir le fleuve entre Askout et Semneh.

Un appel lointain attira un instant le regard d'Amonked vers un groupe d'oies sauvages qui volaient vers le nord, haut dans le ciel.

— Comme moi, il est convaincu que les rapides au sud d'Iken sont trop longs et trop puissants pour que l'on envisage de percer un canal. Il prépare un rapport en ce sens. Notre souveraine devra s'en satisfaire.

Bak avait maintes fois entendu dire que Maakarê Hatchepsout n'agissait qu'à sa guise, même si sa décision n'était ni la meilleure ni la plus avisée. Lui-même avait essuyé sa colère. Il ne pouvait s'empêcher d'admirer Amonked, qui ne semblait nullement inquiet à l'idée de la contrarier.

Ses pensées revinrent à la proposition de l'inspecteur. En ce qui le concernait, le voyage en amont ne soulevait aucune difficulté. Imsiba assurait le commandement des Medjai, à Bouhen ; ceux-ci étaient donc en de bonnes mains. Ce serait l'occasion de visiter certaines garnisons pour la première fois, et ce répit supplémentaire ne serait pas de trop pour qu'il se prépare à paraître devant le vice-roi avec Minkheper. Neboua, en revanche, assumait d'importantes responsabilités. Étant l'officier en second de la forteresse, il lui incombait de veiller à toute son organisation. C'était en outre un mari et un père dévoué.

Son ami avait sans doute lu dans ses pensées, car ses yeux pétillaient de malice lorsqu'il répondit avec une feinte sévérité :

— Je n'ai pas inspecté les forteresses du Sud depuis plus de deux ans. Il est grand temps de remédier à cette lacune.

— Ainsi, expliqua Bak, tu resteras à Askout en notre absence. Nous ferons halte ici en regagnant le Nord afin de vous reprendre, toi, Hor-pen-Dechret et Nefret.

Minkheper esquissa un sourire en coin et répondit avec un enjouement forcé :

— Moi qui espérais découvrir le Ventre de Pierres tout entier ! Fallait-il vraiment que tu me captures avant Semneh ?

Bak s'était installé sur un tabouret à côté du lit rudimentaire sur lequel le capitaine était assis. La pièce, claire et aérée grâce à deux petites fenêtres hautes, était située au premier étage de la résidence du commandant. De belle taille, elle donnait sur une cour centrale et avait pour fonction d'accueillir les hôtes de marque ; néanmoins, la forteresse en recevant rarement, elle servait de réserve à l'épouse d'Ahmosé. Par égard pour le rang de Minkheper, elle avait fourni un lit et, sur sa demande, avait repoussé contre le mur les coffres de jonc tressé, les hautes jarres de vin, les cuves de bière, et les paniers remplis de denrées non périssables. L'odeur des épices, mêlée à celles des oignons, du vin et des céréales, chatouillait le nez de Bak.

Il observait le prisonnier, incapable de le comprendre et en ressentant une tristesse accrue.

— J'aurais voulu que tu n'aies jamais offensé Maât, Minkheper. Je vois en toi un homme bon et courageux, qui a tué un autre homme de valeur afin d'apaiser un dieu qui m'est inconnu, de suivre une coutume qui m'est étrangère. Si je le pouvais, je te rendrais ta liberté et je t'exilerais dans une contrée lointaine. Mais, comme toi, je dois obéir à la volonté de mes dieux. Maât. Amon. Toutes les divinités de Kemet, grandes et petites.

Minkheper passa ses doigts dans ses cheveux dorés et se força de nouveau à sourire.

— Crois-moi, si je pouvais revivre cette matinée fatale à Bouhen, et si j'apercevais Baket-Amon, immobile dans la rue, je fermerais les yeux, je tournerais le dos et je m'en irais.

— Je te crois trop droit et intègre pour ignorer l'exigence de tes dieux.

— Ne me place pas sur un piédestal, lieutenant ! Je suis un homme, rien de plus.

Les pensées de Bak se bousculaient dans son esprit.

Comment formuler au mieux la question, quand il n'était pas sûr de vouloir entendre la réponse ?

— Avant sa mort, j'ai supplié Baket-Amon d'aller trouver Amonked, pour le convaincre qu'il était nécessaire de laisser notre armée à Ouaouat. Il a refusé et m'a dit que son passé était revenu le narguer. Je suppose que c'est à toi qu'il pensait.

— Sans l'ombre d'un doute. Il m'avait vu au port, alors que je m'assurais une dernière fois que nos navires seraient solidement amarrés pendant que nous remonterions le fleuve.

— Tu commandais la flotte, mais tu appartenais également au groupe d'inspection. Avait-il deviné que tu résidais dans la demeure où les autres membres étaient logés ?

— Il ne paraissait pas surpris de m'y trouver.

Le capitaine ne put s'empêcher de remarquer l'expression troublée de Bak et en devina aussitôt la raison.

— Était-il venu plaider votre cause auprès d'Amonked ? Je ne puis l'affirmer avec certitude. Je sais seulement que j'ai entendu un grand tapage dans la rue et que je suis allé à la porte pour découvrir ce qui se passait. Alors que les jeunes gens de Bouhen harcelaient nos marins, je l'ai vu, au coin de la rue, en train de regarder vers notre maison. S'en serait-il approché si je n'étais apparu ? Je l'ignore.

— Cent fois je me suis demandé si j'avais provoqué sa mort. Maintenant, je suppose que je ne le saurai jamais.

— Disons les choses ainsi : au lieu de s'éloigner dès qu'il m'a aperçu, comme l'aurait fait un homme fuyant une menace, il s'est approché.

— Parce qu'il était convaincu que tu le suivrais et qu'il a préféré t'affronter sur-le-champ.

— Alors que nous nous préparions à appareiller pour Kor ? Non, j'avais bien trop à faire.

Cela, Bak pouvait le concevoir. Déterminé à atteindre

le grade d'amiral, Minkheper aurait mis de côté sa rancœur personnelle.

— Il s'est approché de lui-même, soit. Mais est-il entré de son plein gré ?

— Il m'a demandé où nous pourrions être tranquilles.

Minkheper se leva, alla près de la porte, regarda la cour ensoleillée où une jeune et jolie servante balayait en chantonnant un air joyeux. Puis il se retourna vers Bak. Ses traits étaient difficiles à distinguer, à contre-jour.

— Je lui ai proposé de venir dans la pièce où tu as découvert son corps.

— Il a marché au-devant de la mort ?

— Il est entré, a regardé autour de lui et a hoché la tête pour marquer son assentiment. Ensuite, il est resté là. A attendre. Je lui ai demandé s'il était venu dans l'intention de mourir, poursuivit Minkheper d'une voix tremblante. Il a répondu qu'il ne supportait plus de demeurer dans l'incertitude, de se demander à chaque instant si ce jour serait le dernier. Il m'a dit que la mort de la fillette, chez Thoutnofer, puis le meurtre de mon frère, et même l'effort de savourer intensément tous les plaisirs lui avaient ôté le goût de vivre. Le cœur n'y était plus.

Le capitaine s'interrompit, respira un grand coup, douloureusement.

— Il avait profité pleinement de la vie, m'a-t-il dit. Il avait engendré un héritier dont il était fier, et apporté à son peuple la paix et la prospérité. Qu'est-ce qu'un homme pouvait laisser de plus derrière lui ?

— Le prince avait décidé d'en finir et a choisi ta main pour le frapper, comprit Bak, atterré.

Minkheper s'écarta de la porte, un sourire ironique aux lèvres.

— Je suis parvenu à la même conclusion, mais trop tard.

Bak regarda fixement celui qui se tenait devant lui : un homme bon, honnête et sincère. Si on lui permettait d'atteindre le haut rang d'amiral, il servirait Kemet avec honneur et compétence. Jamais encore il n'avait arrêté un meurtrier avec tant de regret. Pourtant, il ne pouvait le libérer. La justice devait être faite, l'ordre restauré.

Bak regagna la résidence du commandant afin de préparer ses conclusions sur l'enquête, ainsi qu'un rapport sur la défense de la caravane sous les ordres de Neboua. Ce second document — un service rendu au capitaine, dont les vaillants efforts pour apprendre à lire et à écrire avaient porté peu de fruits — était le plus long des deux et requit plus de temps. Bien des hommes méritaient des éloges, et leurs exploits devaient être cités dans l'espoir qu'ils obtiendraient une récompense appropriée.

Nul ne vint troubler sa quiétude tandis que, assis sur le toit de la résidence, abrité de la morsure du soleil par un auvent et rafraîchi par la brise, il sirotait une bière locale à l'odeur aussi âpre que son goût. Ahmosé lui avait assuré qu'il apprendrait à l'aimer. Bak se félicitait de ne pas rester assez longtemps à Askout pour y prendre goût.

Le soleil disparaissait sous l'horizon quand il traça le dernier hiéroglyphe sur le papyrus. Peu après, pendant qu'il nettoyait son calame et sa palette de scribe, il entendit Neboua traverser la cour triangulaire entre la maison et la porte principale. Il roula rapidement le rapport, le maintint par un lien et, l'ayant cacheté, y apposa son sceau, emblème de sa fonction. Puis il dévala les marches pour retrouver son ami et Amonked dans la cour du premier étage.

— Ah ! Te voilà, lieutenant.

L'inspecteur, l'air sérieux et déterminé, jeta un coup d'œil dans la salle d'audience privée, plus petite que celle du commandant Thouti — et beaucoup plus nette.

— Où est le lieutenant Ahmosé ? Il faut que je vous parle, à tous les trois.

Étonné par son attitude et son ton péremptoire, Bak interrogea Neboua des yeux. Ce dernier secoua la tête pour indiquer qu'il n'en savait pas plus long que lui.

Ahmosé entra par une porte du fond, se frottant les mains de satisfaction.

— Vous êtes là ! Parfait. Mon épouse a préparé un festin de roi, mais nous avons le temps de déguster une coupe de vin avant qu'il ne soit prêt.

Sans un mot, Amonked pénétra dans la salle d'audience et prit place sur le fauteuil, que l'on avait monté dans les appartements privés pour son confort. Ahmosé lança aux deux officiers de Bouhen un regard ébahi, n'obtint en retour qu'un haussement d'épaules de Neboua, et entra le premier. Quand tous trois furent assis sur des tabourets et qu'une servante eut rempli leurs coupes d'un vin rouge foncé au parfum d'épices, l'inspecteur prit la parole :

— Vous êtes, à juste titre, surpris par mon attitude. Nous sommes ici pour célébrer notre victoire, néanmoins je dois vous exposer une décision grave et lourde de conséquences.

Bak posa la coupe à ses pieds, ayant perdu provisoirement toute envie de la savourer.

— Inspecteur, s'est-il passé un événement qui rend notre victoire dérisoire, par comparaison ?

— Non. Nous la fêterons dignement, mais cette discussion doit avoir lieu avant.

Il but une gorgée, répugnant à s'exprimer comme s'il savait que ce qu'il allait dire leur déplairait.

— J'ai mûrement réfléchi au sort d'Hor-pen-Dechret, qui ne songe qu'à son intérêt personnel au mépris de tous ceux qui voient en lui leur chef.

— Son sort ? N'as-tu pas déjà décidé de l'emmener à Ouaset ? interrogea Neboua.

— Je crains que nous ne devions permettre à ce misérable de s'échapper.

De stupeur, Bak resta pantois.

— Quoi ! rugit Neboua.

— Tu ne peux décider cela, inspecteur, protesta Ahmosé, visiblement atterré.

— Je le peux et je le veux.

— Mais, persista Ahmosé, il reviendra comme cette fois-ci. Il rendra la vie dure à la population et nous devrons à nouveau l'affronter sur le champ de bataille.

— Il sait qu'aucune armée de nomades, si grande soit-elle, ne parviendra à vaincre la puissance de Kemet. Et il sait que le pal sera son châtiment lorsqu'il sera pris.

— Il n'aura plus rien à craindre si nos troupes quittent cette région, souligna Bak.

Amonked acquiesça avec un petit sourire énigmatique.

— Me présenterai-je devant Maakarê Hatchepsout pour lui parler de la victoire écrasante que nous avons remportée, des pertes nombreuses infligées à l'ennemi, et de leur chef captif ? Ou évoquerai-je d'âpres combats, des nomades errants, avides des trésors convoyés vers Kemet, et un chef puissant, libre de frapper encore ?

Bak commençait à comprendre. Neboua et Ahmosé gardaient les yeux rivés sur l'inspecteur comme s'ils doutaient de bien entendre. Amonked croisa les doigts sur son ventre et observa les trois hommes l'un après l'autre.

— Je ne puis, en toute bonne conscience, recommander à notre reine de maintenir l'armée dans le Ventre de Pierres si la principale menace envers la paix et la sécurité a disparu.

— La population sera furieuse, remarqua Bak.

— Que préfère-t-elle ? Un Hor-pen-Dechret relégué aux confins du désert, parmi des hommes qui ne croient plus à ses vaines promesses ? Ou la possibilité bien réelle que l'armée soit arrachée à cette terre ?

Désormais, Amonked avait conquis l'amitié et l'estime de Bak, qui le jugeait beaucoup plus fort que Noferi ne le pensait. Mais montrerait-il la même détermination à Ouaset, face à la femme toute-puissante qui occupait le trône ? Bak vit, à l'indécision de Neboua et d'Ahmosé, qu'ils éprouvaient les mêmes réserves. Il observa à nouveau Amonked, ce petit homme rondelet aux cheveux clairsemés, qu'il avait vu combattre aux côtés de Neboua durant la bataille, et décida de lui faire confiance :

— Hor-pen-Dechret ne pourra s'échapper avant que la caravane ne soit bien engagée sur la route de Semneh. En outre, pour qu'il reste libre, cela doit se produire alors que la forteresse d'Askout compte des effectifs réduits.

— La moitié de mes troupes est déjà partie vers le désert avec les nomades, dit Ahmosé, soulagé que la décision ait été prise par un autre.

Neboua, moins facile à convaincre, gardait le silence.

— Vous définirez les détails plus tard, dit Amonked. Mais rappelez-vous : toutes vos réactions devront sembler naturelles, afin que le blâme ne rejaillisse sur nul d'entre nous.

« Ainsi, il s'inclut parmi ceux qui risquent d'être blâmés ! » remarqua Bak.

— Je ne vois aucune raison de rapporter cette conversation au commandant Thouti ou à quiconque, poursuivit Amonked. Même Hor-pen-Dechret doit attribuer son évasion à la volonté des dieux.

— Oui, inspecteur, répondirent en chœur les trois officiers.

Bak songea au chef tribal et à Minkheper, comparant le sort qui leur était échu. Hor-pen-Dechret, dont les crimes excédaient de loin celui du capitaine, serait libéré, tandis que ce dernier mourrait. Une justice inique.

— Inspecteur, le capitaine Minkheper a enseigné aux âniers et aux gardes à se servir de leurs armes. Il a fait preuve de vaillance tout au long de la bataille. Sans lui, j'aurais péri sous les coups d'un ennemi. Subira-t-il la peine de mort, alors qu'Hor-pen-Dechret s'en sortira indemne ?

Amonked le regarda avec curiosité.

— Que proposes-tu, lieutenant ? L'épouse de Baket-Amon réclamera justice.

Bak s'exprima avec circonspection, pesant les mots à mesure qu'il élaborait ses arguments, afin que ceux-ci soient cohérents lorsque Amonked les soumettrait à Hatchepsout.

— En insistant pour que Minkheper meure, la veuve

du prince outrepasse la volonté de notre reine et force le pays de Kemet à plier devant elle. Maakarê Hatchepsout est une femme fière. Est-ce là un précédent qu'elle souhaite établir ?

— Continue, dit Amonked, hochant la tête.

Était-ce le signe qu'il l'approuvait, ou simplement qu'il suivait son raisonnement ? Bak ne put le deviner.

— Bien que le capitaine ait obéi aux dieux de ses ancêtres, c'est un véritable habitant de Kemet. Il a passé à Ouaset et à Mennoufer l'essentiel de sa vie et il aime notre pays plus qu'aucun autre. Se voir banni pour toujours de la terre qu'il considère comme son foyer, savoir qu'à sa mort il sera enseveli au loin reviendrait à lui briser le cœur, au plus profond de son âme.

Amonked demeura immobile, le visage de marbre, les yeux fixés sur Bak. Enfin, il déclara :

— Je conférerai avec le vice-roi Inebni et avec l'épouse de Baket-Amon. Puis je conduirai le capitaine Minkheper à Ouaset, où il paraîtra devant notre souveraine, et je recommanderai le bannissement.

Bak adressa une prière silencieuse à Amon afin qu'Amonked se montre assez ferme, et que la justice puisse triompher.

Épilogue

Quatre semaines plus tard

— Ainsi, ils repartent demain, dit Neboua. Ils me manqueront.

Bak regrettait lui aussi cette séparation.

— Je n'aurais jamais cru que je considérerais l'un des leurs comme un ami, et voilà que je me suis pris d'affection pour eux tous.

Le capitaine en tête, ils gravirent quatre à quatre les marches de pierre jusqu'au premier étage de la résidence. Ils traversèrent la cour, enjambèrent des jouets, contournèrent un bébé blotti sur un coussin douillet à l'intérieur d'un couffin. Dans la pièce à l'arrière, l'épouse de Thouti grondait une servante. Une odeur d'oignons brûlés attestait d'un accident malencontreux à la cuisine, où les femmes de la maison préparaient un banquet pour le groupe d'inspection.

En arrivant dans la salle d'audience privée, ils constatèrent qu'Amonked les avait devancés. Assis avec Thouti au milieu d'un fouillis de jouets, de tabourets et de paniers débordant de papyrus, il occupait un fauteuil de bois sans accoudoirs, qui ressemblait singulièrement à la récente acquisition de Noferi. Le commandant, qui n'aurait cédé son propre siège à personne hormis au vice-roi, lui avait-il emprunté ce trésor pour honorer son hôte ?

— Je dois admettre qu'il me tarde de rentrer chez

moi, dit Amonked, souriant aux nouveaux venus. Revoir mon épouse, dormir dans ma chambre à coucher, disposer de domestiques et de scribes qui emplissent mes jours d'aisance et de confort !

— Je déplore que nous n'ayons pas été à même de t'offrir un tel raffinement, répliqua Thouti d'un ton acide.

— Je ne te critiquais aucunement, Thouti. Je comprends les limites imposées par l'éloignement et les difficultés du transport. Je suis bien placé pour cela, ajouta-t-il en adressant aux jeunes officiers un sourire satisfait. Après tout, j'ai parcouru une grande distance à travers le désert de Ouaouat, sur une piste que seuls les plus endurants des bêtes et des hommes peuvent emprunter.

— Franchement, inspecteur, tu nous as tous impressionnés, convint Bak, qui approcha un tabouret en tempérant ses paroles par un sourire. Au début, nous pensions que tu ne quitterais jamais ta chaise à porteurs. Au contraire, tu ne l'utilisais que rarement, pour permettre à Thaneni d'en profiter.

— Thaneni... dit Amonked avec tristesse. Comme Sennefer, il voulait découvrir le monde qui s'étendait au-delà de Ouaset. Devrais-je me réjouir d'avoir exaucé son rêve l'espace de quelques semaines, ou regretterais-je jusqu'à mon dernier jour de l'avoir emmené ?

« Thaneni s'est vu épargner la souffrance d'aimer sa vie durant une femme qui le traitait avec dédain. Mais, malgré tout, ne vaut-il pas mieux résider dans ce monde-ci que dans le royaume souterrain ? » songea Bak, qui garda ses pensées pour lui-même.

Neboua, ayant débarrassé un banc des jouets qui l'encombraient afin de s'y faire une place, rompit le silence embarrassé.

— En tout cas, je n'aurais jamais imaginé te voir, dague au poing, repousser avec moi une horde de pillards. Tu n'avais jamais laissé entendre que tu savais te servir d'une arme — et avec adresse.

— Je n'ai pas toujours eu de l'embonpoint, tu sais, répondit l'inspecteur en tapotant son ventre.

— Je regrette que tu ne retournes pas à Ouaset avec plus de preuves de ces prouesses, remarqua Thouti, les sourcils froncés, se référant visiblement aux prisonniers que Bak et Neboua avaient rendus au désert et à l'évasion d'Hor-pen-Dechret.

Amonked leva la main pour prévenir tout reproche.

— J'en endosserai le blâme s'il le faut. Ce ne sera ni la première ni la dernière fois que je me présenterai les mains vides devant notre reine.

— Je prie pour qu'elle ne t'en garde pas rancune lorsque tu recommanderas de maintenir notre armée dans le Ventre de Pierres. Car telle sera ta recommandation, n'est-ce pas ?

Thouti ne semblait jamais las d'en obtenir l'assurance.

— Hor-pen-Dechret étant libre, je ne puis agir autrement, répondit Amonked, regardant le commandant dans les yeux sans la moindre duplicité.

Bak et Neboua échangèrent un sourire de conspirateurs. Thouti le remarqua, les considéra d'un air songeur et un peu soupçonneux. Il eut cependant le bon sens de ne pas poser de question.

Bak s'était posté avec Neboua et Sechou au sommet de la porte à tourelles qui donnait sur le quai central, le lieu idéal pour observer le départ de la flotte. Thouti, sur le quai avec les prêtres de l'Horus de Bouhen et les princes qui avaient accueilli l'inspecteur, quelques semaines plus tôt, agita la main en signe d'adieu. Amonked, du pont de son navire, lui rendit son salut pendant que ses marins rangeaient la passerelle. Derrière le groupe officiel, Imsiba se tenait à la tête de la garde d'honneur qui avait escorté le haut fonctionnaire. La journée était belle et claire, la brise sporadique et changeante. L'air frais semblait pour une fois exempt de poussière.

Au pied de l'enceinte, les esplanades étaient noires de

monde. Chaque soldat de la garnison jouait des coudes pour mieux voir, parmi les civils de la ville basse et les dizaines de gens des villages voisins. La rumeur courait par tout le Ventre de Pierres que l'inspecteur recommanderait le maintien de l'armée. Amonked avait embarqué au milieu des vivats et des applaudissements, d'une clameur de gratitude et de bonheur.

— Amonked est un homme de mérite, dit Neboua. Dommage qu'il ne puisse prétendre régner à son tour !

Bak regarda le vaisseau de l'inspecteur s'éloigner lentement du quai. Le chant des rameurs et le battement du tambour lui parvenaient à travers les flots.

— Parfois, un conseiller qui se tient derrière le trône, murmurant à l'oreille d'une reine, exerce bien plus de pouvoir.

— D'après Noferi, c'est un homme loyal et fidèle, mais il n'a pas l'âme d'un chef, leur rappela Sechou.

— On pourrait en dire autant de moi, dit Neboua avec un large sourire. Mais ça ne m'a pas empêché de sortir du rang.

— Peu importe qu'il ait ou non l'étoffe d'un monarque, déclara Bak. Un beau jour, Menkheperrê Touthmosis montera sur le trône et sera un excellent roi.

— Détecterais-je un préjugé en sa faveur, lieutenant ? dit Sechou en riant.

— Voyez-vous ce que je vois ? gloussa Neboua. Amonked tend sa main à Nefret pour l'inviter à monter sur le pont avec lui. J'étais certain qu'il s'était lassé d'elle et s'apprêtait à la renvoyer chez son père.

— Peut-être lui a-t-il pardonné, dit Sechou, suivant des yeux le navire de Sennefer qui sortait du port à son tour, ses bannières aux couleurs vives claquant dans la brise. Depuis Askout, on ne l'a pas entendue proférer une seule plainte.

Bak songea à la jeune femme silencieuse et grave, qui s'était montrée réservée depuis le jour où elle avait rejoint la caravane. Si Amonked avait fait la paix avec elle, cela ne pouvait s'être passé qu'à Bouhen.

— Elle ne m'a rien confié, mais, d'après Sennefer, la mort de Thaneni l'a beaucoup affligée.

— Comment en irait-il autrement ? remarqua Sechou avec sincérité.

— Je parie que l'épouse d'Ahmosé lui a enseigné quelques petites vérités, dit Neboua. Les autres femmes et elle sont coincées sur cette île, au milieu de nulle part.

La grande barge de transport quittait en douceur son point d'amarrage, grâce au capitaine du vaisseau appartenant à l'épouse d'Imsiba. En maître d'équipage expérimenté, il lança des ordres, campé sur le château avant, et la coque se détacha du quai. Amonked avait volontiers accepté son aide, se rappelant l'arrivée peu gracieuse, voire périlleuse, de la barge à Bouhen.

Le navire de l'inspecteur commençait à virer vers le nord pour descendre le fleuve. Le tambour accélérait la cadence, les rameurs la suivaient avec un chant plus rapide et sonore ponctué par leurs coups d'avirons. Paouah traversa le pont en courant pour venir auprès de son maître et de la concubine. Il agita la main à l'adresse du commandant Thouti et de sa suite, sur le quai. Amonked tendit le doigt vers les remparts, d'où les officiers les contemplaient. Le jeune garçon redoubla de vivacité pour dire au revoir à ses amis. L'inspecteur l'imita.

Tous trois restèrent longtemps à la rambarde, regardant la forteresse comme s'ils répugnaient à la quitter des yeux, sachant qu'ils n'y reviendraient sans doute jamais plus. Quand enfin ils se détournèrent, minuscules silhouettes dans le lointain, Amonked passa un bras autour de la taille mince de Nefret, et l'autre autour des frêles épaules de Paouah.

Bak pria pour que leur affection subsiste tout au long de l'éternité.

Photocomposition : Nord-Compo
59650 Villeneuve-d'Ascq

Impression réalisée sur Presse Offset par

BRODARD & TAUPIN

GROUPE CPI

La Flèche (Sarthe), 20004
N° d'édition : 3508
Dépôt légal : septembre 2003

Imprimé en France